作家榜®经典名著

读经典名著，认准作家榜

SELECTED STORIES OF O.HENRY 短篇小说精选

# 欧·亨利

## 牛仔很忙故事集

[美] 欧·亨利 著
黎幺 译

浙江文艺出版社

本书据 Garden City Publishing Company, Inc. 1911 年版 *The Complete Works of O. Henry* 翻译

约瑟法还站在原地,不动声色地填装她那把镀银的点三八手枪。
——《公主与美洲狮》

这是他的主意,我们就这样搞到了合伙做生意的启动资金。
——《催眠师杰夫·皮特斯》

"我始终没能让我的搭档安迪·塔克遵从纯正的骗术行业操守。"
——《艺术良心》

"这是我头一回参加全国掠夺者大会——窃贼界、诈骗界和金融界的代表都到齐了。"
——《黄雀在后》

走出三里格之外,前方的一切就都成了谜。
——《命运之路》

"妈妈,我来了。"
——《双料骗子》

多数时候,男人们把钱弄丢了,你们总要说"要线索,找女人"。
——《要线索,找女人》

"如果我还是过去的我,就算把整座贡多拉金矿搬来,也不能诱使我出卖他。"
——《黑比尔藏身记》

他希望能和这个正经历转变的人一起留在这里,不再下山。
——《平均海拔问题》

"他们还没发现羊栏里的羊羔已经给狼叼走了。愿上帝保佑狼。"
——《红酋长的赎金》

钞票像着陆的鸽子,无拘无束地飘落在治安官的桌子上。
——《生活的波澜》

"谢谢,谢谢你,威尔斯,我想要的就是这个。"
——《托妮娅的红玫瑰》

# 牛仔很忙故事集

| | |
|---|---|
| 刎颈之交 | 001 |
| 婚姻手册 | 013 |
| 比绵塔薄饼 | 030 |
| 索利托的卫生学 | 045 |
| 饕餮姻缘 | 066 |
| 活期贷款 | 091 |
| 公主与美洲狮 | 100 |
| "干谷"约翰逊的小阳春 | 110 |
| 催眠师杰夫·皮特斯 | 122 |
| 慈善数学讲座 | 133 |
| 精确的婚姻科学 | 145 |
| 虎口拔牙 | 155 |
| 艺术良心 | 164 |

| | |
|---|---|
| 黄雀在后 | 174 |
| 命运之路 | 195 |
| "言外之意" | 227 |
| 双料骗子 | 248 |
| 要线索，找女人 | 265 |
| 黑比尔藏身记 | 278 |
| 平均海拔问题 | 297 |
| 红酋长的赎金 | 311 |
| 生活的波澜 | 327 |
| 小熊约翰·汤姆的返祖现象 | 336 |
| 托妮娅的红玫瑰 | 355 |
| 幽默家的自白 | 369 |

译后记
"在他的故事里看到了自己" 383

欧·亨利年表 394

## 刎颈之交

狩猎归来,我在新墨西哥州的洛斯皮诺斯小镇等候南下的火车。火车晚点了一个小时。我坐在"顶峰"饭店的游廊上,同老板泰勒马科斯·希克斯攀谈,一时顺嘴,竟探讨起生活的意义来。

看他的个性,不像是会跟人耍狠的角色,于是我便问他,是哪一种野兽毁了他的左耳。作为猎人,我很清楚,在捕猎的过程中常有不幸发生。

"这只耳朵,"希克斯说,"是真挚友情的纪念。"

"一次意外?"我追问。

"友情当中没有意外。"泰勒马科斯说。而我只能沉默。

"就我所见,说到真挚的友情,只能找出一个完美的例证,"此间的主人继续说道,"那存在于一个康涅狄格人和一只猴子之间。在巴兰基亚¹,那只猴子爬到椰子树上,摘下椰子,丢给等在树下的人。那人就把椰子锯成两半,做成长柄勺,每只卖两个雷亚尔;卖掉了,就拿钱去买酒。而那只猴子会把椰汁喝掉。他们两个坐地分赃,各取所需,就像一对兄弟。

"但如果双方都是人类,友情就成了一种变幻莫测的把戏,随时可能废止,从不另行通知。

"曾经有一个人够资格称得上是我的朋友,他叫佩斯利·费什。我天真地以为,他和我的友情是永恒不变的。我们俩肩并着肩,一起打拼了整整七年,采矿、拓荒、卖一种专利搅拌器、放羊、给人照相、帮人拉铁丝网、摘梅子,还干了挺多别的事情。我想,无论是凶杀、奉承、钱财、诡辩,或是酒精,都不能在我和佩斯利·费什之间造成龃龉。我们的交情深厚到别人难以想象的程度。我们是生意上的好伙伴,也将这种和睦的关系延伸到日常消遣之中。我们就像达蒙和皮西厄斯²一样度过日日夜夜。

---

1 巴兰基亚,哥伦比亚的第四大城市,加勒比海北部沿海地区最大的海港。
2 达蒙和皮西厄斯,故事最早见于关于古罗马演说家西塞罗的记载。传说锡拉库扎的统治者狄奥尼修斯逮捕了皮西厄斯,并要将他处死,皮西厄斯的朋友达蒙以自己的性命为他担保,让他在受刑前回乡与妻儿道别。行刑日到了,皮西厄斯仍未归来,达蒙必须代友受刑,但他仍坚信朋友不会欺骗他。在行刑的前一刻,皮西厄斯终于赶到,原来他在归途中遭遇了船难。狄奥尼修斯对两人之间忠贞的友谊大感惊奇,于是将他们释放了。这两人的名字已经成为莫逆之交的代名词。

"有一年夏天，我和佩斯利穿上一身户外的行头，跑去圣安德烈山脉那一带，打算停下手头的事情，好好地放松一个月。我们来到了这个洛斯皮诺斯镇。这里简直是这个世界的屋顶花园，遍地流淌着牛奶和蜂蜜。小镇只有一两条街道，只有新鲜的空气和四处乱窜的母鸡，只有一家吃饭的馆子；对于我们，这些就足够了。

"我们到达的时候，恰好是晚餐时间。我们决定在铁道边上的这家馆子歇歇脚，随便吃一点东西。那时候，我们刚坐定，用小刀把粘在红色油布上的盘子撬起来，寡妇杰瑟普便端着冒着热气的面包和炸猪肝走了进来。

"唉，那是个什么样的女人啊，就连一条凤尾鱼见到她也会心动，会忘记已有的海誓山盟。她的身材适中，表情亲切，让接近她的人感到放松。她那粉红色的脸蛋同时暗示了厨房的高温和热情的个性，她的微笑能让山茱萸在腊月开放。

"寡妇杰瑟普跟我们聊了很多，说到了天气、历史、丁尼生、干梅子、羊肉缺货，最后，还问起我们来自哪里。

"'春谷。'我回答道。

"'大春谷。'佩斯利嘴里塞满了土豆和火腿，却还是抢着说了一句。

"我意识到我和佩斯利之间这段天长地久的友谊算是走到头了，这是第一个标志。他知道我讨厌话多的人，但仍然要插嘴纠正和补充我的说法。地图上标注的地名的确是'大春谷'；但我不下一千次听到他自己也叫它'春谷'。

"之后谁都没有再说什么，吃过晚饭，我们走出去，到铁轨那里坐了下来。我们搭档的时间太久了，不可能不知道彼此的想法。

"'我猜你肯定明白，'佩斯利说，'我已经下定决心要得到那个寡妇，要让她永远成为我的私人财产，从家庭、社会和法律方面，都属于我，直到死亡终止我们的合约。'

"'嗯，我当然明白，'我说，'尽管你只说了一句话，可我已经读懂了你的言外之意。我想，你应该也了解了，我想抢先一步，让这个寡妇改姓希克斯。你最好省下力气，给报纸的社会新闻栏写封信，问问男傧相参加婚礼时是不是要戴一枝山茶花，是不是要穿无缝短袜！'

"'你盘算得倒好，但是不是漏了点什么？'佩斯利嘴里嚼着一小片铁轨枕木，'我来帮你捋一捋吧，'他说，'一切世俗的事务，我都可以遵从你的心意，但这件事除外。那个女人的笑容，'佩斯利继续说，'是海葱和山泉的漩涡，遇上它，再牢固的友谊之船也会触礁沉没。我会和一头熊拼命，只要它惹你不高兴；我会为你的借条做担保，会用樟脑肥皂给你擦洗两块肩胛骨之间的那块地方。一切还和过去一样，但在这件事上，我不能跟你讲交情。在关于杰瑟普太太的问题上，咱们不可能达成一致。我先把丑话说在前头。'

"于是，我自己跟自己作了一番合计，提出了以下的结论

和附则:

"'男人与男人之间的友谊,'我说,'是一种历史悠久的美德,在他们不得不彼此保护,对抗有八十英尺长的蜥蜴和会飞的海龟时,这种美德就是天经地义的。他们把习惯保持到今天,始终都在互相支持,直到饭店的门童跑来告诉他们,这几种动物并不存在。我常听人说,一旦有女人插足进来,男人之间的友情就破灭了。为什么非得这样?我来告诉你吧,佩斯利,杰瑟普太太和她的热面包乍一出现,就给我们的心带来了一阵剧烈的冲击。就让我们当中更好的那一个得到她吧。我要和你明明白白地竞争,绝不搞那些不清不楚的小动作。我要在你的眼皮底下追求她,一举一动都不会瞒着你,这样一来,你的机会也均等了。在这种安排之下,无论我们哪一个胜出,我都不认为,我们友谊的汽轮会像你说的那样,在这个充满药水味的漩涡里翻船。'

"'好哥们,'佩斯利握着我的手说,'我同样会这么做。我们在同一套守则下追求这个女人,不让这种场合下常会出现的欺骗和流血事件发生。无论成败,我们仍是朋友。'

"在杰瑟普太太的饭店那边,有一条长椅摆在几棵大树底下。在南下的乘客被喂饱离开后,她常一个人坐在上面乘凉。晚饭之后,我和佩斯利就去那里碰头,以我们说好的方式,公平、公开地讨好这个女人。我们的求爱方式都光明正大,也都讲究迂回策略。正像我们之前说的,如果有人先到了,一定会等另一个也在场的时候,才开始献殷勤。

"终于有一个晚上,我们的安排被杰瑟普太太知道了。那晚,我比佩斯利先到了长凳那里。晚饭时间刚过,出门前,杰瑟普太太新换了一套粉红色的衣服,清爽得让看到她的人都感到一丝凉意。

"我在她身边坐下,发表了一些观点,有关自然如何通过透视法,以近景和远景的结合搭配出动人的表象。就这一点而论,那一晚的确十分典型。月亮被其所属的那片天空布置得相当妥帖,树木依据自然与科学的规定,在大地上描绘阴影,灌木丛中始终有一种难以忽视的噪声,既像夜莺,又像黄鹂或野兔,以及森林里那些羽状的昆虫。此外,还有从山那边吹来的风,用铁道旁边那堆过期的番茄罐头,以单簧口琴般的声音演奏乐曲。

"我察觉身体左边有些异样——多出了某样东西,触感像火炉边正在发酵的一缸面团。原来是杰瑟普太太朝我靠了过来。

"'哦,希克斯先生,'她说,'一个人若独居于世,在这样一个美丽的夜晚,是否会倍感凄凉?'

"我立刻从长椅上站了起来。

"'对不起,夫人,'我说,'我很不情愿这样讲,但在佩斯利到达之前,对于这种具有诱导性的问题,我只能听而不闻。'

"然后,我向她解释,我们是怎样成为朋友的,是怎样被经年累月的贫困和漂泊牢牢地捆绑在一起,又是怎样相互协作、相互扶持的。我还告诉她,我们一致同意,在爱情问题尚未明朗的阶段,谁都不应借着多愁善感之机或近水楼台之便抢先获利。杰瑟普夫人似乎严肃思考了片刻,之后便哈哈大笑,在林野间激起阵阵回声。

"很快,佩斯利也来了,头发上抹了香柠檬油,在杰瑟普太太的另外一边落座,开始讲述一段悲惨的冒险故事。说的是一八九五年,桑塔瑞塔山谷经历了九个月的干旱,他和扁脸拉姆雷比赛给旱死的牛剥皮,赌注是一个镶银的马鞍。

"你看,在这场求爱行动的开始,佩斯利·费什就已经一败涂地了。对于如何攻进女人内心的柔软地带,我们各自有一套办法。佩斯利的手段就是用那些或是他亲身经历的,或是从书里借来的奇闻逸事来唬人。我想,他一定是受到一部莎士比亚戏剧的启发,那出戏我看过,名字叫《奥赛罗》。戏里有个黑人,将赖德·哈格德[1]、卢·多克斯塔德[2]和帕克赫斯特博士[3]的语言熔于一炉,跟公爵的女儿谈天,赢得了她的欢心。但这种求爱方式,在舞台之外是没有可行性的。

"好吧,我说说我自己的秘诀吧。怎样诱惑一个女人,使她甘愿在被人提起时把娘家的姓换成你的?只要学会拿起她

---

1 赖德·哈格德,英国小说家,作品多为传奇故事。
2 卢·多克斯塔德,美国电影演员。
3 帕克赫斯特博士,美国长老会牧师、演说家。

的手,然后握紧它,她就是你的了。这没有听上去那么容易。有些男人攥得太紧,像极了在做肩膀复位,你都能闻到山金车酊的气味,都能听到撕扯绷带的声音。还有些男人把女人的手当成了滚烫的马掌,举着它,把手臂远远地伸出去,就像一个药剂师,正把阿魏酊倒进瓶子里。而大多数男人,一旦握住女人的手,就如同男孩终于找到了草丛里的棒球,总要把它拽到她的眼前,生怕她忘记手是长在胳膊上的。这些方法全是错的。

"我来告诉你怎样做才是对的。你可曾见过有人偷偷溜进后院,捡起一块石头,丢向一只坐在篱笆上盯着他看的公猫?他假装手里没东西,假装猫没看见他,他也没看见猫。同样的道理,千万别把她的手拽到她不得不关注的地方。她知道你正握着她的手,但别让她知道你知道她知道。这就是我的取胜之道。至于佩斯利的那些有关战争和灾祸的小夜曲,就和读星期天的列车时刻表给她听没什么两样,那天的火车也会在新泽西的欧辛格罗夫停靠的。

"一天晚上,我比佩斯利早到了一袋烟的工夫,我的友情在这片刻之中损失了少许。当时,我问杰瑟普太太,她是否也认为'H'要比'J'好写一些[1]。她的头立刻靠在我的胸口,碾碎了插在扣眼里的夹竹桃,我也紧紧地贴着她——但好歹

---

[1] "H"是希克斯的首字母,"J"是杰瑟普的首字母。

还是忍住了。

"'如果你不介意,'我站起来说道,'咱们还是等佩斯利来了再继续吧。我从未辱没我们的友谊,在这件事上,也不能有失公平。'

"'希克斯先生,'在黑暗中,杰瑟普太太用一种奇怪的目光看着我,'如果不是另有原因,我已经将你赶出这片峡谷,叫你永远别再来见我。'

"'那是什么原因呢,夫人?'我问她。

"'你是这样称职的朋友,想必也会成为称职的丈夫。'她说。

"不到五分钟,佩斯利也坐在杰瑟普太太身边了。

"'一八九八年夏天,在银城,'他开始说他的故事,'我看到吉姆·巴托洛缪在蓝光沙龙咬掉了一个中国人的耳朵,就为了一件横纹棉布衬衫——什么声音?'

"是我和杰瑟普太太,我们又接着做起了之前中断的事情。

"'杰瑟普太太,'我说,'已经答应改姓希克斯了。我们这么做也不算稀奇吧。'

"佩斯利把脚扳到长凳上,双腿盘坐,嘴里呻吟着。

"'勒姆,'他说,'我们做了整整七年的朋友。你亲杰瑟普太太可以别亲得这么大声吗?我以后也会注意的。'

"'好啊,'我说,'轻一点也无妨。'

"'那个中国人,'佩斯利继续说着,'在一八九七年枪杀了一个叫马林的人,那是——'

"他又自己打断了自己。

"'勒姆,'他说,'如果你是真朋友,别把杰瑟普太太搂得这么紧。这会儿我觉得整条长凳都在晃。你懂的,你跟我说过,只要还有一丝希望,你都会给我同样的机会。'

"'这位先生,'杰瑟普太太转过脸,面对着佩斯利说,'二十五年以后,如果你来参加我和希克斯先生的银婚典礼,被你自己叫作头脑的那个大南瓜,是不是还会觉得你在这件事情上是有希望的?我忍了你这么久,只因为你是希克斯先生的朋友,但很显然,现在你该收拾东西,下山去了。'

"'杰瑟普太太,'我说,但并未丢掉作为未婚夫的立场,'佩斯利先生是我的朋友,只要一切还没最终落定,我都会给他平等的机会和权益。'

"'机会!'她说,'好吧,他也许还觉得自己有机会;但我希望他在旁观了今晚发生的一切之后,别再对自己那么有信心。'

"接着,一个月之后,我和杰瑟普太太在洛斯皮诺斯的卫理公会教堂举行了婚礼;整个镇子的人都赶来观礼。

"就在我们走向台前,牧师即将开始主持仪式的时候,我环顾四周,但没有看到佩斯利。我叫牧师先别进行。'佩斯利还没到,'我说,'我们得等等佩斯利。曾经是朋友,就永远是朋友——这话说的就是泰勒马科斯·希克斯。'杰瑟普太太瞪了我一眼，但牧师还是按照我的吩咐，暂时没有宣读婚礼誓言。

"没等多久，就看到佩斯利从过道里飞奔而来，一边跑，一边还在戴一只硬袖口。他解释说，镇上的唯一一家干洗店因为老板来看婚礼关了门，他喜欢的衬衫是在那里浆洗的，他叫不开门，最后只能敲碎了那家店的后窗，自己取了衣服。说完后，他站到了新娘的另外一边，婚礼继续进行。我一直在想，佩斯利是不是还盼着最后一个机会，指望着牧师弄错，把寡妇嫁给他。

"仪式完成后，喝了茶，吃了羚羊肉脯和杏子罐头，大伙儿就散了。佩斯利是最后一个走的，他握着我的手，说我始终忠实可靠，始终光明磊落，作为我的朋友，他深感自豪。

"牧师在街边有一间小屋，他把它翻修了一遍，用来出租。他准许我和希克斯太太占用到第二天早上十点四十分，我们登上前往埃尔帕索的火车去度蜜月为止。他的妻子用蜀葵和野葛把整间屋子装饰起来，让它看起来喜庆极了，也舒服极了。

"那晚大约十点钟的时候，我坐在门前，脱掉靴子，想凉快凉快，那会儿希克斯太太正在收拾房间。很快，屋里的灯光熄灭了；我又坐了一阵，独自回味旧日点滴。接着，我听到希克斯太太在喊我：'怎么还不进来啊，勒姆？'

"'来了,来了,'我像被惊醒了一样说道,'你看看我,我还在等老佩斯利——'

"可是,话还没说完,"泰勒马科斯·希克斯结束了他的故事,"我觉得好像有人用一支点四五手枪一枪轰掉了我的左耳。转头一瞧才知道,那一击只不过是希克斯太太用手里的扫帚柄给我的一点教训。"

婚姻手册

本人桑德森·布拉特，仅凭个人经验，提出如下主张：应将联邦合众国的教育系统划归气象局管理。对此，我有充分的理由；然而，你却找不到理由来说明为何不把我们的大学教授调去气象部门。他们都识字，都能阅读，看一眼晨报，再把上面的天气预报摘下来拍电报发给总局，对他们来说轻而易举。不过，这是另外一回事了。我要继续告诉你的是气象怎样给我和爱达荷·格林提供了高规格的教育。

为了勘探金矿，我们登上了蒙塔纳一带的苦根山脉。在瓦拉瓦拉，一个留络腮胡的男人扛着发现矿脉的希望，就像扛着一件超重的行李，他要卸下重负，就把补给都给了我们。我们手头的物资足以维持一支军队在和平谈判期间的开销，于是就不紧不慢地在山麓间挖着。

一天，一个从卡洛斯城来的邮递员骑着马，翻过了山，在我们这里停下来,吃了三个青梅罐头,给我们留了一份近期的报纸。报上登了一则天气预报,它替苦根山脉翻开的那张底牌是"晴朗,转暖,有轻微的西风"。

那个晚上下雪了,还伴有强劲的东风。我和爱达荷把营地转移到更高处的一间空置的小木屋里,还以为这只是一场十一月的阵雪。但是,当雪积到三英尺深的时候,仍未见一点要缓和的意思,我们便知道自己被雪困住了。在积雪变厚之前,我们囤了大量的柴火,物资也充足,够我们撑两个月的,所以干脆把两眼一闭,任由风雪肆虐,破坏它想要破坏的一切。

如果你想教唆别人杀人,只需把两个男人关在一间十八英尺宽、二十英尺长的小屋里一个月即可。人类天生受不了这个。

雪片最初飘落的时候,我和爱达荷·格林给对方讲笑话,赞美我们从长柄锅里倒出来的那团被我们称为"面包"的东西。然而,在第三个星期将要结束的时候,爱达荷对我发表了如下声明。

他说:"我从没听过馊掉的牛奶从瓶口流出滴到铁皮锅底上的声音,但我想,跟你的表达器官生产的千篇一律的、越来越没劲的思想相比,这声音可以算是天籁了。你每天都要发出的这种稀稀拉拉的噪音,叫我想到了牛的反刍。只有一点不同,它还能管住自己,不去打扰别人,你不能。"

"格林先生，"我说，"鉴于你曾经是我的朋友，我有点不好意思对你坦白，如果我可以在你和一只三条腿的黄色土狗之间选个伴，那么这间小屋的其中一个住客现在就在摇尾巴了。"

我们像这样过了两三天，之后就不再对话了。我们分了厨具，爱达荷用火炉的一边做饭，我则用另一边。雪积到了窗口，我们不得不让火整天烧着。

你明白，我和爱达荷除了认字以及在石板上抄写"如果约翰有三个苹果，詹姆斯有五个"之外，没受过任何教育。我们从不觉得对大学的学位有什么特别的需要，浪迹天涯的经历使我们学到了实用的学问，让我们能应对各种突发状况。可是，被雪困在苦根山的那间小屋里之后，我们头一回觉得，如果我们学过《荷马史诗》或是希腊语，学过分数和那些比较高级的学科分支，也许就会更善于沉思，更善于自省。

我见过那些从东部大学里走出来的小伙子，他们遍布整个西部，在各个农场里做工。就我的所见所闻来说，教育至少没有给他们带来什么优势。比如有一次，在蛇河那边，安德鲁·麦克威廉斯的坐骑得了马胃蝇寄生虫病，他雇了辆平板马车，去十英里外接来一个自称植物学家的陌生人。但马还是死了。

一天早晨，爱达荷拿一根棍子在一个小木架的顶上捅来捅去的,那里太高了,手够不着。两本书从那掉了下来,落在地上。我朝它们扑了过去,但看到爱达荷的眼神,就没去捡。他开口了,这是一星期以来,他第一次说话。

"当心你的手指,"他说,"尽管你只配和冬眠的泥龟为伍,我仍然会和你公平交易。你父母对你都没这么好。你对待朋友像条响尾蛇,睡姿像个冻萝卜,他们遗传给你的,就只有这两样。我跟你打一局七点儿,赢家先拿走他选中的书,输家拿走剩下的那本。"

我们打了一把牌,爱达荷赢了。他挑走了他的书,我拿了我的。之后,我们回到各自在这间屋里的地盘,开始看书。

看书的时候,我快活得像看着一个十盎司重的金块。而爱达荷看着他那本书的样子则像一个孩子看着一根棒棒糖。

我的书是本小书,大约五英寸宽、六英寸长,名叫《赫基默必备知识手册》。我说的可能不对,但我认为它就是迄今为止最伟大的书。我今天还把它带在身上,用里面的知识,我可以在五分钟之内把你或其他任何人问倒五十次。拿所罗门和《纽约论坛报》来说吧,赫基默把他俩都盖过了。这人肯定花了五十年的时间,走过一百万英里的路程,才搜罗了这么多的素材。

书里有所有城市的人口数目,有判断女孩年龄的办法,有骆驼的牙齿数量。它告诉你世界上最长的隧道是哪一条,天上有多少颗星星,水痘要潜伏多久才发出来,怎样测量一位女士脖子的尺寸，州长们如何行使否决权，罗马人哪一天建好了水渠，要买几磅大米才能与每天三杯啤酒的营养相当，缅因州奥古斯塔城的年平均气温有多高，用播种机种一英亩胡萝卜需要多少种子，各种毒药该怎么解，金发女郎的头发有多少根，怎样储存鸡蛋，还有世界上每一座山的高度，每一场战争和每一次战役的日期，还有针对溺水者和中暑者的急救法，一磅平头钉的个数，还有炸药的制造方法、床的制造方法和花的栽种方法，还教你在医生赶来之前该做什么——此外还有数不清的其他内容。也许还有什么是赫基默所不知道的，但至少我找不出这本书里没提过的东西。

我坐着没动，读那本书读了四个小时。知识的全部奇观都浓缩在其中了。我忘记了雪，忘记了我和老爱达荷的纠纷。他正安安静静地坐在凳子上读书，棕黄色的大胡子里透出一种既温柔又神秘的表情。

"爱达荷，"我说，"你那本是什么书？"

爱达荷一定也忘了之前的事，因为他的口气十分平和，不伤人，也不带恶意。

"哦，"他说，"看起来，应该是一个叫荷马·K. M.[1]的人写的一本集子。"

---

[1] 荷马·K. M.，指《鲁拜集》的作者，古代波斯诗人欧玛尔·海亚姆。

"荷马·K. M. 后面是什么？"我问。

"什么后面？就只有荷马·K. M.。"他说。

"你胡说。"我觉得爱达荷肯定在诓我，于是有点冒火，"没有人用缩写来给自己的书署名的。要么是荷马·K. M. 思博彭蒂克，要么是荷马·K. M. 麦克斯威尼，要么是荷马·K. M. 琼斯。为什么你不好好讲人话，说名字只说半截，就像头小牛，啃掉了挂在晾衣绳上的衬衫下摆。"

"我跟你说的都是实话，桑迪，"爱达荷平静地说，"这是一本诗集，荷马·K. M. 写的。起初我没看出意思来，可一旦看进去了，就跟找到宝藏似的。拿两条红毯来跟我换这本书，我也不答应。"

"你太高看它了，"我说，"我想要的是能让脑筋动起来的不偏不倚的事实，我得到的这本书里似乎就有这些东西。"

"你得到的，"爱达荷说，"只是统计材料，是留存于世的底层信息。它们会给你的脑袋下毒。我喜欢老 K. M. 的那套推论。他看起来就像个酒类产品代理商；他最爱说的祝酒词是'万般皆空'；他似乎有满腹牢骚，但却在饮宴当中用杯中物滋润了它们，抱怨得最凶的时候，也只像在请人跟他分享一夸脱美酒。这就叫诗啊，"爱达荷说，"你那本充其量只是一辆运输知识的卡车，装载了各种尺寸和数字。你拿它当宝，真是可笑。一旦要用自然的艺术来解释本真的哲理，老 K. M. 就能用他的每一行每一段，把你那位作者打得一败涂地，无论是播种机、胸围还是年平均降雨量。"

我和爱达荷就以这种方式消磨时间。日日夜夜,我们阅读我们的书,我们学习,并且从中收获所有的乐趣。暴风雪无疑给我们两人灌输了不少学问。

等到雪融的时候,如果你突然走到我面前,对我说:"桑德森·布拉特,用九美元五十美分的一箱铁皮来铺屋顶,屋顶的尺寸是二十乘以二十八,每平方英尺合多少钱?"我会立刻回答你,快得像闪电以每秒十九万两千英里的速度掠过一根铁锹柄。这种事有几个人做得到?

如果你在半夜叫醒你认识的随便哪个人,要他立刻告诉你,除去牙齿,人的骨骼结构总共含多少块骨头,或是在内布拉斯加立法院,支持率要达到多少才能推翻一项否决,他能回答你吗?试试看吧。

至于爱达荷从他那本诗集里得到了什么好处,我实在不清楚。他张口闭口都在推广那位酒类商品代理人,但我不太信。

从爱达荷透露的有关这本诗集的一切来看,这个荷马·K. M. 就像一条狗,把生活当成了绑在尾巴上的铁罐子。在把自己折腾得半死以后,他坐下来,吐着舌头,看着那只罐子说道:"好吧,既然甩不掉这个空洞的东西,不如到街角去,拿酒灌满它。大家为我干一杯吧。"

此外,他好像是个波斯人;除了土耳其地毯和马耳他猫,我从未听说波斯还有什么值得一提的名产。

那年春天，我和爱达荷挖到了富矿。我们俩的习惯是早出手，快周转。转让了开采权之后，我和他每人分到了八千美元，之后我们便溜达着来到萨尔蒙河畔的小镇罗萨，打算歇歇脚，吃点人吃的东西，把胡子刮干净。

罗萨不是矿业基地。它坐落在山谷里，和这块国土上的其他乡村小镇一样，避开了喧嚣和疫病。近郊有一条三英里长的电车线路，我和爱达荷在车里消磨了一个星期，到了晚上才会下车回日落旅店休息。

那会儿我们既读过书，也行过路，很快便融入了罗萨的上流社会，开始接到邀请，频繁出入那些格调高雅的、必须盛装出席的娱乐场所。一次，为了给消防队募捐，市政厅举办了钢琴独奏会暨吃鹌鹑比赛，那是我和爱达荷同德·奥蒙德·桑普森太太的初次会面。她称得上是罗萨社交界的女王。

桑普森太太是一个寡妇，镇上唯一一栋两层楼房就是她的。那楼被漆成黄色，无论从哪个方向看，都像礼拜五那天沾在爱尔兰人下巴上的蛋黄一样扎眼。除了我和爱达荷，在罗萨还有二十二个男人想要争夺那栋黄色的房子。

在将乐谱和鹌鹑骨头扫出市政厅之后，那里举行了一场舞会。二十三个人轮番上阵，跑来请桑普森太太跳舞。我多走了几步,避开了那只让人走两步的舞[1],请她准我陪她回家。我成功了。

在回家的路上,她说:"今晚的星星真是又亮又美,你说呢,布拉特先生?"

"为了像这样闪耀一次,"我说,"它们用全部的力气撕碎了自己。你看到的那颗大的,距离我们六百六十亿英里。它用了三十六年的时间,才把光传到我们这里。用一台十八英尺长的天文望远镜,你能观测到四千三百万颗星星,包括十三等星。如果现在有一颗十三等星爆炸了,今后的二千七百年,你都能看到它的光芒。"

"啊,"桑普森太太说,"我之前完全不了解这些。天多热啊!我之前跳了太多舞,把身上弄湿了。"

"这很容易解释,"我说,"要知道,你身上有两百万条汗腺在同时运行。每一条汗腺有四分之一英寸长,要是把它们全部首尾相接,我们就能得到一条七英里长的管道。"

"天啊,"桑普森太太说,"听起来,就好像你描述的是一条灌溉渠似的,布拉特先生。你怎么会知道这么多事情?"

"通过观察,桑普森太太,"我对她说,"我在环游世界的时候,一直把眼睛睁得很大。"

---

1 走两步的舞,指两步舞,一种交际舞蹈,每朝一个方向走两步,便需要转一次身。

"布拉特先生,"她说,"我一向钦佩有学问的人。在这个满是笨蛋和流氓的镇子上,哪里挑得出有学问的人。能和有文化的绅士谈话,实在是赏心乐事。只要你觉得方便,随时可以来我家找我,我会非常高兴。"

我就这样赢得了黄楼女主人的好感。每逢周二和周五的晚上,我都到她那儿去,把赫基默发现的、记录的、引用的那些宇宙间的奥妙说给她听。爱达荷和镇上其他的仰慕者则使尽浑身解数争夺一周当中剩余的每一分钟。

以往,我从未想过,爱达荷竟会尝试用老 K. M. 的那一套来追求桑普森太太,直到一天下午,我走在路上,拎着一篮野生李子,正打算给她送去。我和我们这位女士相遇了,当时她正在通往她那栋房子的一条小巷里走着。她的目光很严厉,帽子斜戴着,遮住了一只眼睛,模样有点吓人。

"布拉特先生,"她开口说道,"如果我没弄错的话,那位格林先生应该是你的朋友吧。"

"九年的老交情。"我说。

"和他绝交,"她说,"他不是正派人!"

"怎么啦,太太,"我说,"他就是个朴实的山里人,有点粗鲁,也有在骗子和混混身上比较多见的缺点,但即使有最严重的事由,我也绝不会打心眼里认为他不是一个正派人。他为人自大,爱炫耀,穿衣品位一言难尽,也许确实叫人看不顺眼,但话说回来,太太,我知道他不会自甘堕落。我和爱达荷来往了九年，桑普森太太，"我最后总结道，"我不愿意说他坏话，也不愿意听别人说他坏话。"

"布拉特先生，维护朋友固然无可厚非，"桑普森太太说，"但他分明在对我动可恶的歪脑筋，任何有身份的女性都会把这看作耻辱。你改变不了这个事实。"

"哎呀，哎呀，"我说，"老爱达荷会做出这种事！简直难以置信。他之所以变成这副样子，只可能有一个理由：这都是一场风雪造的孽。有一回，我们被大雪困在了山里，在那期间，他被一本诗集给害了，里面那些胡言乱语败坏了他的举止风度。"

"这就对了，"桑普森太太说，"打从我认识他开始，他给我读了很多渎神的诗句，据他自己说，都是一个叫露比·奥特的人写的。从她的诗作来看，这女人可不是什么好货色。"

"这么说，爱达荷又搞到一本新书，"我说，"他之前的那本是一个笔名叫 K. M. 的人写的。"

"甭管是本什么书，"桑普森太太说，"反正是叫他着了魔。今天他又搞了些乱子出来。我收到他送来的一束花，花间用别针别了一张纸条。布拉特先生，你很了解女人，也了解我在罗萨社交界的口碑。你想想看，我会不会和一个男人一起偷偷溜去树林里，带着一壶酒和一大块面包，还跟他一块又唱又跳的？我在吃饭的时候会喝点酒，但我可没有带着酒去灌木丛里大吵大闹的习惯。当然了，他肯定还会带上那本书。

这是他说的。让他自己去参加这场可耻的野餐吧！或者，让他的露比·奥特和他做伴吧！我估计她不会反对，除非面包带得太多，酒带得太少。现在，你还觉得你的朋友是个正人君子吗，布拉特先生？"

"夫人，"我说，"也许，老爱达荷的邀请只是一段像诗一样的东西，没有主观恶意。也许，这属于他们称之为'象征'的那类诗歌修辞。它们不太规矩，也不太合理，但它们能够通过信件邮递到世界各地，只因为它们表达的是与字面不同的含义。希望你不要见怪，我替爱达荷多谢你了。"我说，"在这样一个美好的午后，桑普森太太，让咱们把自己的心智从低层次的诗歌领域解救出来，往更高维度的事实和假想中去吧。"我接着又说："我们应当让我们的思想有根有据。这里虽然暖和，但我们要记住，就算在赤道线上，海拔一万五千英尺的地方也终年积雪不化。在纬度四十度到四十九度之间，这条雪线更是下降到了四千到九千英尺的高度。"

"哦，布拉特先生，"桑普森太太说，"在被那个叫露比的风骚女人用她的诗给折磨过之后，再听你讲这些美妙的事实，可真叫人舒心惬意！"

"咱们在路边的树墩上坐一会儿吧，"我说，"忘掉诗人的粗俗下流和不通人性吧。显而易见的事实和合理合规的数据闪耀着动人的光辉，在其中，我们可以找到真正的美。就在我们坐着的这些树墩里，桑普森太太，"我说，"就包含着比任何诗歌都更神奇的数字。这些年轮表明这棵树活了六十岁。三千年以后，它会在两千英尺深的地底变成煤。世界上埋藏得最深的煤矿在纽卡斯尔附近的基林沃斯。一个四英尺长、三英尺宽、两英尺八英寸高的箱子就能盛得下一吨煤。假如动脉被割破了，要紧按伤口的上方。人的一条腿有三十根骨头。伦敦塔在一八四一年遭过火灾。"

"继续啊，布拉特先生，"桑普森太太说，"这些说法个个独特新颖，还让人觉得安心。我觉得，统计数字简直是最迷人的东西。"

但其实，两个星期以后，我才算真正享受到赫基默给我的全部好处。

一天晚上，我被吵醒了，到处都有人在喊："着火啦！"我跳起来穿上衣服，跑出旅馆去看热闹。认出失火的正是桑普森太太的房子之后，我立即大叫一声，两分钟之内就赶到了现场。

黄楼的底层整个没入火焰之中，罗萨镇的每个男性、每个女性和每条犬都聚在那里，吵吵闹闹、歇斯底里，净给消防员添麻烦。我看到爱达荷想从拦住他的六名消防员的手里挣脱出来。他们告诉他，楼下全都着了火，一旦进去就别想活着出来。

"桑普森太太在哪儿？"我问。

"没看到她。"一名消防员说，"她在楼上睡觉。我们想进去，但办不到，我们队里没有配备消防云梯。"

我跑到被大火照亮的地方，从衣服里面的口袋掏出那本手册。在确信已经把它攥在手里的时候，我发出了像笑一样的声音——我想我肯定是激动过头了。

"赫基，老伙计，"我一边翻书，一边对它说话，"你从没欺骗过我，也从没抛弃过我。告诉我该怎么做，老伙计，告诉我！"

我翻到第117页的"遇到意外该怎么处理"，手指一行一行向下划，很快就找到了。老赫基默太棒了，他真是无所不知！书里说：

> 吸入烟气或煤气导致的窒息——用亚麻籽效果最好。取少许放进外侧眼角即可。

我把手册塞回我的口袋，抓住了一个正从这儿跑过去的男孩。

"给你，"我递给他一些钱，说道，"赶快去药店，买一美元的亚麻籽回来。快去，另一张钞票你自己留着。好了，"我对人群喊道，"我们现在去救桑普森太太！"说完把帽子和外套随手一丢。

消防员和围观群众之中有四个人一起拉住了我。他们说，现在进入肯定会送命的，因为楼板就快塌了。

"该死的火,"我喊着,又一次发出那种像笑一样的声音,但一点也不觉得好笑,"你叫我把亚麻籽放进眼睛里,可没有眼睛怎么办?"

我用双肘撞击两个消防员的脸,一脚踢得一名群众蹭破了皮,还把在另一边抓住我的那位绊了一跤。之后,我便闯进了着火的房子。

如果我先死,我会写信告诉你地底下是不是比黄楼里更糟糕;但你可别信。反正,我那会儿比你在饭馆里点的那种速食烤鸡香得多。

烟和火把我撂倒了两次,差一点让老赫基默丢脸,幸亏消防员用他们的细水管帮了我一把,我才进得了桑普森太太的房间。她被烟熏得已经不知道害臊了,所以我用床单把她一裹,抱起来扛在肩膀上。是的,楼板没他们说的那么不结实,不然我可做不到——谁也别想做到。

我扛着她跑到距离房子五十码远的地方,把她搁在草地上。之后,当然啦,另外二十二个缺席了半场的当事人全都来到这位女士的身边,拿着装满水的铁勺围成一圈,准备抢救她。去买亚麻籽的男孩也赶回来了。

我解开了缠在桑普森太太头上的床单。她睁开眼睛说:"是你吗,布拉特先生?"

"嘘——"我说,"别出声,我先给你治疗一下。"

我小心翼翼地搂住她的脖子,托起她的头,用另一只手撕破了装亚麻籽的袋子，然后慢慢俯下身子，把三四颗亚麻籽放进她的外侧眼角。

这时，乡村医生也赶到了。他捉住桑普森太太的手腕，测了测脉搏，哼了几下表示不满，问我这样乱来到底是什么意思。

"嗯，老药喇叭和耶路撒冷橡树籽，"我说，"我没有行医资格，但不管怎么说，我有我的依据。"

他们取来了我的外套，我把手册掏了出来。

"看看第117页，"我说，"那里写到了烟气或煤气中毒的治疗方法。书上说，要把亚麻籽放进外侧眼角。我不知道它的作用是中和烟毒，还是促进胃部神经的修复功能，但赫基默是这么说的，他先给这个病例做了诊断。假如你还想会诊一下，那也没有问题。"

老医生拿起书，戴好眼镜，借着消防员的提灯看了两眼。

"布拉特先生，"他说，"你在做诊断的时候显然是看串行了。窒息的处理方法是'尽快给病人呼吸新鲜空气，并将之置于仰卧位'。亚麻籽是用来治疗'煤灰入眼'的，在下面这一行。不过，说到底——"

"看这里，"桑普森太太插嘴说，"对于这个诊断，我想我也应该说点什么。这些亚麻籽给我带来的好处比我以往尝试过的任何东西都要大。"接着，她抬起头，躺回我的臂弯里，又说道："亲爱的桑迪，请给我的另一只眼睛里也放一点。"

所以，明天或往后的任何一天，只要你在罗萨镇停留，就一定会看到一栋漂亮的、崭新的黄色楼房。它的装修是由布拉特太太，也就是曾经的桑普森太太负责的。如果你走进去，就会看到一本《赫基默必备知识手册》，用红色摩洛哥皮整个包了起来，摆在位于客厅中央的大理石桌子上，随时准备为人们查找所有关于幸福和智慧的条目。

## 比绵塔薄饼

那会儿我们在弗里奥山麓赶一群烙有圆圈套三角印记的牲口，一根枯死灌木的斜枝挂住了我的木马镫，害我扭伤了脚踝，在营地里躺了一个星期。

在被迫休假的第三天，我一瘸一拐地走到炊事车那边，很快就陷入营地厨子贾德森·奥多姆猛烈的口头火力之下，哪怕卧倒在地，仍是避无可避。贾德天生就爱说话，但命运对他不太友好，给了他一个与此无关的职业，让他在绝大多数时间里都找不到听众。因此，在语言的荒漠里，我便成了贾德的吗哪[1]。

那时候，我跟所有伤员一样，特别嘴馋，总想吃些不

---

[1] 吗哪，《圣经》中提到的一种神赐的食物。正因为有了吗哪，出埃及的以色列人才能在荒芜的旷野上存活下来。

能被归类为"伙食"的东西。我忆起了母亲的餐柜,不由得"深情如初恋,悔憾至疯癫",于是我问:"贾德,你会做薄饼吗?"

贾德放下他正准备用来敲碎羊排的六连发手枪,带着我认为是恐吓的表情朝我走来。他那怒气冲冲的姿态,闪烁猜疑的浅蓝色眼睛,又进一步加深了我的这种印象。

"喂,"他说,虽然怒气冲冲,但仍保持克制,"你是真心问我,还是在给我下套?是不是哪个小子跟你说过我和那薄饼的破事儿了?"

"不,贾德,"我诚恳地说,"我没别的意思。我愿意用我的矮种马和它那套鞍具换上一沓烤成焦黄色的薄饼,抹上新鲜的罐装新奥尔良蜂蜜。关于薄饼,难道还有什么故事不成?"

贾德见我丝毫没有含沙射影的样子,立刻就放松了很多。他从炊事车里拿出一些神秘的袋子和铁盒,放在我靠着的那棵孔雀木的凉荫底下。我看着他慢条斯理地把它们排成一列,然后解开扎袋口的绳子。

"不,不是故事,"贾德一边做着手头的工作,一边说,"只是我和加拿大陷骡谷来的粉红眼睛的牧羊人,还有维莱拉·利赖特小姐之间那点事情的合理结果。告诉你也无妨。

"那时候,我在圣米格尔牧场给老比尔·图米赶牛。一天,我特别想吃罐头食品,只要不哞哞,不咩咩,不哼哼,也不到处乱啄的东西都成。于是,我跨上我那匹小野马,一路追着风跑,到了纽西斯河比绵塔渡口的伊姆斯利·特尔费尔大叔商店。

"大约下午三点的时候,我把缰绳套在一棵灌木的枝条上,步行走过最后二十码,到了伊姆斯利大叔的商店。我跳到柜台上坐着,跟伊姆斯利大叔聊了两句,说有迹象表明全世界的水果都遭了灾。不到一分钟之后,我拿着一袋饼干和一把长柄勺,看着身边一字排开的杏子罐头、菠萝罐头、樱桃罐头和青梅罐头,伊姆斯利大叔则还在手忙脚乱地用斧头一个接一个地砍开罐头盒上的黄色铁箍。我简直像苹果之祸发生前的亚当一样幸福。我脚上一蹬,把靴子上的马刺插进了柜台外边,手上挥舞着我那把二十四英寸长的勺子,忙得不亦乐乎。这时,我抬眼望向窗外,看着紧邻店铺的伊姆斯利大叔家的后院。

"有个姑娘站在那里——一个外国姑娘,一边看着我为水果工业加油助威,一边学我的样子,挥着手里的一根槌球棍,自己逗自己开心。

"我从柜台上滑下来,把我的勺子递给了伊姆斯利大叔。

"'那是我的侄女,'他说,'维莱拉·利赖特小姐,从巴勒斯坦来的。需要我给你们引见一下吗?'

"'圣地啊。'我暗自想着。我的念头很难驯服,我想把它们赶回畜栏里去,它们却总绕着她兜圈子。'干吗不呢?天使

们一定都在巴勒斯坦,当然好了,伊姆斯利大叔,'我大声地说,'我当然想认识维莱拉·利赖特小姐,都有点迫不及待了。'

"于是,伊姆斯利大叔领着我去了后院,替我们做了介绍。

"我在女人面前从不腼腆。我总也不明白,为什么有些男人不吃早饭就能制服野马,在黑暗中也能剃好胡子,却在看到包在一匹印花棉布里的同类异性时,就笨手笨脚、汗流浃背、张口结舌。还不到八分钟,我和维莱拉小姐就一起打起了槌球,熟络得像两个亲戚。她拿我吃掉的水果罐头数量取笑我,我则随口回应她,说有关水果的麻烦一定都是那个叫夏娃的女人在第一块天然牧场上惹出来的——'那地方就在巴勒斯坦吧,对不对?'我说,轻松得像用套索套住一只一岁大的小马。

"我就这样获得了接近维莱拉·利赖特小姐的许可,随着时光流逝,我们的关系愈发密切。她一直留在比绵塔渡口,说是为了健康,但其实她的身体很棒;还说是为了气候,但其实这里比巴勒斯坦还要热百分之四十。头一个阶段,我每星期都会骑马去看她一次,后来,我寻思着如果我把去店里的次数加倍,那我和她相见的频率也就加倍了。

"有一个星期,我一共去了三次,就在第三次时,薄饼和粉红眼睛的牧羊人也掺和了进来。

"那晚我坐在柜台上,嘴里叨着一个桃子、两颗李子,向伊姆斯利大叔探问维莱拉小姐的情况。

"'哦,'伊姆斯利大叔说,'她出去了,跟加拿大陷骡谷来的牧羊人杰克逊·伯德骑马去了。'

"我把桃核和李核都吞进了肚子。我觉得,说不定有人用缰绳勒住了柜台,否则我跳下去的时候,它恐怕得翻倒在地。我径直朝外走,撞到拴着我那匹杂毛马的灌木上,才停下脚步。

"'她出去骑马了,'我凑在我的小马耳边低声说,'和伯德斯通·杰克,那头从牧羊人的加拿大雇来的骡子一起。你明白吗,喜欢挨鞭子的老伙计?'

"那匹矮马以它的方式替我哭了一通。它被养大,是用来放牛的,从不知道牧羊是怎么回事。

"我又走了回去,对伊姆斯利大叔说:'你刚才提到一个牧羊人?'

"'是的,我提到了一个牧羊人,'大叔又继续说,'你一定听说过杰克逊·伯德的事。他有八片牧场和四千只北极圈以南最好的美利奴羊。'

"我出了店门,走到店铺背阳的一面,坐在地上,靠着一棵霸王树。我自言自语,说了许多关于那只杰克逊老鸟[1]的话,

---

[1] 老鸟,牧羊人杰克逊·伯德的姓"伯德"原文为"bird",即"鸟"的意思。

手不自觉地抓起沙子往靴筒里灌。

"我对牧羊人一向不带偏见。有一天,我看到一个牧羊人坐在马背上读一本拉丁文语法书,我碰都没碰他。我不像大多数放牛人,我从不会被牧羊人激怒。你不能一边工作,一边揍牧羊人,你不能跟那些坐在桌边吃饭,穿着小鞋子,跟你聊闲天的家伙动粗,给他们的脸上添几道疤。我总是会放他们过去,就像你总是会放兔子过去;最多说句客气话,但不会为他们停步,不会和他们用同一个水壶喝水。我从不觉得有必要与牧羊人为敌。就因为我宽宏大量,给他们留了条活路,这会儿他们中的一个居然跑来找维莱拉·利赖特骑马了!

"太阳落山前一小时,他们骑着马漫步而来,在伊姆斯利大叔家门口停住了。牧羊人扶她下马。他们站在那里聊了几句,说的话愉快而又机智。最后,这位长了羽毛的杰克逊跃上马鞍,抬了抬炖锅似的帽子,就一路小跑,回他的羊肉牧场去了。这时,我把靴筒里的沙子倒出来,把自己从霸王树的棘刺上拔下来。他才走出半英里地,我就策马赶上了他。

"我说过,那牧羊人的眼睛是粉红色的,但其实不然。他那看东西的摆设是如假包换的灰色,但他的睫毛是粉红的,头发的颜色跟沙子一样,所以会给人一种错误印象。牧羊人——其实他只养羊羔,只能叫牧羔人——是个小个子,脖子上围着黄绸巾,鞋带还绑成了蝴蝶结。

"'下午好!'我对他说,'现在和你并排的骑手,常被人叫作"一击必杀",说的是我打枪的本事。想让一个陌生人认识我的时候,我会在拔枪之前介绍一下自己,但不和他握手,因为我从不喜欢和死人握手。'

"'啊。'他说,像是在表示'啊,贾德森先生,幸会幸会。我是陷骡牧场的杰克逊·伯德'。

"就在那时,我一只眼睛看到一只走鹃叼着一只小狼蛛从山坡上跳下来,另一只眼睛看到一只兔鹰蹲在一截水榆树的枯枝上。我拔出点四五手枪,朝它们各放一枪,给他展示了一下我的枪法。'随便在哪开枪都一样,鸟儿好像会吸引我的子弹,'我说,'打三次,最少两次能打中。'

"'好枪法,'牧羊人神色自若地说,'但有时,第三下也可能会打偏是吗?上星期下的那场雨对新草大有裨益,你说呢,贾德森先生?'

"'威利,'我向他的马靠了靠,说道,'你那昏头昏脑的父母可能会叫你杰克逊,但你换过羽毛就成了叽叽喳喳的威利——我们先搁下关于雨水的分析和道理,聊些鹦鹉的词汇表里找不到的话吧。你在比绵塔和年轻的女士一起骑马,这可不是什么好习惯。我认识的鸟儿,'我说,'远没有这么坏,但都被摆上了烤架。维莱拉小姐不需要鸟类学杰克逊科的山雀用羊毛做成的巢。现在,你是打算退出,还是想试试我这个"一击必杀"的别名是不是名副其实?这几个字可是很善

于给人操办葬礼的。'

"杰克逊·伯德先是脸红了,之后却笑出了声。

"'贾德森先生,'他说,'你误会了。我确实去找过利赖特小姐几次,但原因可不像你以为的那样。我纯粹是为了满足我的胃口。'

"我伸手去摸枪。

"'哪来的野种,'我说,'以无耻为荣。'

"'少安毋躁,'伯德说,'先听我解释。我要老婆来干吗?如果你见过我的牧场,你就懂了。我自己做饭,自己补衣服。在放羊之外,我唯一的乐趣就是吃了。贾德森先生,你尝过利赖特小姐做的薄饼吗?'

"'我?没有,'我告诉他,'我从未听说她有烹饪方面的特长。'

"'那些薄饼是金色的阳光,'他说,'是伊壁鸠鲁[1]用芬芳的火焰烤成的焦甜美味。如果能得到制作它们的办法,我愿意少活两年。这就是我去看望利赖特小姐的原因,'杰克逊·伯德说,'但我一直都没能弄到手。那是一个古老的配方,在她的家族之内代代相传,已经传了七十五年。他们还从未把它泄露给外人。如果我能得到配方,我就能在牧场里做给自己

---

1 伊壁鸠鲁,古希腊哲学家。他主张追求生活的至善,但后来人们往往将享乐主义附会为伊壁鸠鲁的思想。

吃,那我该有多么幸福啊。'

"'你敢保证,'我对他说,'你追求的不是那做薄饼的人吗?'

"'我保证,'杰克逊说,'利赖特小姐是非常好的姑娘,但除了满足我的胃口,我没有其他的意图——'见到我的手朝枪套伸过去,他又改了口,'只是抄一张配方而已。'这才算把话说完。

"'你倒还不算坏透了,'我做出大度的样子,说道,'我本来想将你的小羊们变成孤儿,但现在,我要放你飞走了。但你最好把目标对准薄饼,别偏离轨道,别把感情当糖浆一样吞下肚去,否则,有人在你的牧场里唱歌,你也听不到了。'

"'为了让你相信我的话,'牧羊人说,'我想请你帮我的忙。你是利赖特小姐的密友,她不愿为我做的事,或许愿意为你做。如果你能帮我搞到薄饼配方,我向你承诺,以后再也不去见她。'

"'你的请求很合理,'我说,然后和杰克逊·伯德握了手。'乐意效劳。只要我能办到,我就一定替你弄到它。'于是,他掉转马头,下到皮德拉的大梨树平原,回陷骡牧场去了;我则向西北方向策马而去,直奔老比尔·图米的牧场。

"五天之后,我才又找到机会上比绵塔去。维莱拉小姐和我在伊姆斯利大叔家度过了一个愉快的傍晚。她唱了几首歌,在钢琴上敲敲打打,弹了好多段歌剧里的曲子。我模仿响尾蛇的模样,告诉她'蛇头'迈克菲剥牛皮的新法子,跟她描述我那次去圣路易斯的旅途见闻。我们两个处得十分投机。我想,要是能让杰克逊将牧场迁走,我就赢了。我记起他关于薄饼配方的承诺,我想,我也许可以从维莱拉小姐这里把东西弄来交给他;事成之后,若是再叫我逮到他在陷骡山谷之外乱跑,我就送他归天。

"所以,到十点钟左右,我脸上挂着带有哄骗意味的笑容,对维莱拉小姐说:'现在,如果有什么比青草地上的红马更叫我喜欢的,就只有涂过糖浆的、热腾腾的美味薄饼了。'

"维莱拉小姐差点从钢琴凳上蹦起来,之后好奇地看了看我。

"'是啊,'她说,'薄饼确实是好东西。奥多姆先生,你刚刚说的,你在圣路易斯弄丢了帽子的那条街叫什么来着?'

"'薄饼大街。'我眨了眨眼,表示我执意要搞到她的家传配方,绝不会乖乖地缩回去。'来吧,维莱拉小姐,'我说,'来说说你是怎么做的吧。薄饼就像车轮一样在我的脑子里转来转去。快说说——比如一磅面粉,八打鸡蛋,反正说说这一类的东西。里头都有哪些成分?'

"'请稍等一会儿。'维莱拉小姐说。她飞快地用余光瞥了我一眼,从凳子上溜下来,慢慢地走出去,上另一个房间去了。紧接着,伊姆斯利大叔进来了,拿着一个水罐,衣服都还没穿好。在他转身去拿玻璃杯的时候,我看到他的裤兜里塞了一把点四五手枪。'我的天,'我心想,'这家人这么看重一个食谱配方,甚至不惜用枪炮来保护它。就算有家族世仇,这样做也过头了。'

"'把这个喝掉。'伊姆斯利大叔递给我一杯水,说道,'你今天骑马走了那么远的路,贾德,你有点太兴奋了。还是考虑点别的事情吧。'

"'你知道怎么做那种薄饼吗,伊姆斯利大叔?'我问。

"'嗯,我对这种问题不像有些人那么专业,'伊姆斯利大叔说,'不过,我觉得你可以像大家通常做的那样,筛些石膏粉,加上一点生面、小苏打和玉米粉,用鸡蛋和全脂牛奶混在一起。今年春天老比尔是不是还要把牛肉运到堪萨斯去,贾德?'

"这就是我在那一晚了解到的有关薄饼的一切。难怪杰克逊·伯德将它看得难如登天。于是,我把这个话题先搁到一边,跟伊姆斯利大叔聊了会儿空角病和龙卷风。之后,维莱拉小姐进来跟我道晚安,我便骑马回牧场了。

"大约一周之后,我在骑马前往比绵塔的路上遇见杰克逊·伯德,他刚从那里离开。我们停在路边,随口闲扯了几句。

"'你还没搞到薄饼的详细做法吗?'我问他。

"'唉,没有,'杰克逊说,'看起来,我是没什么指望了。你试过没有?'

"'试了,'我说,'但太难了,就像用花生壳把土拨鼠从

洞里刨出来一样难。看他们那副抱紧不撒手的架势,这薄饼配方肯定是件稀罕物。'

"'我几乎准备放弃了,'杰克逊说,语气显得极端失望,让我都替他难过,'可我实在很想知道薄饼的做法,以便在孤寂的牧场里独自享用,'他说,'夜里,我无法入睡,只想着它们的美味。'

"'你还要再争取争取,'我对他说,'我也会的。我们中间总有一个人会用套索套住它的角。好吧,再会,杰克逊。'

"你瞧,这个时候,我们的关系已经是和合无间了。当我发现这个沙黄头发的牧羊人并没有追求维莱拉小姐的时候,我对他也就宽容多了。为了帮助他达成食欲方面的抱负,我一直努力着,想从维莱拉小姐那里搞到配方。但我一提到'薄饼',她就会流露出疏远和不安的眼神,并且主动岔开话题。如果我仍不放弃,她就会溜出去,接着就轮到手里拿着水罐,兜里揣着火炮的伊姆斯利大叔来替她。

"一天,我在毒狗草场的野花丛中采了一束漂亮的蓝色马鞭草,然后赶着马去了那家店铺。伊姆斯利大叔只睁开一只眼睛看着它们,嘴里说道:'你还没有收到消息吗?'

"'牲口涨价了吗?'我问道。

"'维莱拉和杰克逊·伯德昨天在巴勒斯坦结了婚,'他说,'信今早才到。'

"我把花扔进了饼干桶,任由这则消息缓缓流进我的耳朵,再下滑到左胸的衬衫口袋，最后落在我的脚底。

"'你能再重复一遍吗，伊姆斯利大叔？'我说，'也许我的听力出了问题，你刚才只是说一头良种小母牛值四美元八十美分，或是别的类似的话。'

"'昨天结的婚，'伊姆斯利大叔说，'然后就去韦科和尼亚加拉大瀑布度蜜月去了。怎么了，你一直都没有看出来吗？杰克逊·伯德就是从带维莱拉出去骑马那天开始追求她的。'

"'那么，'我几乎吼道，'他跟我说的那通关于薄饼的鬼话究竟是怎么回事？告诉我！'

"我一说到'薄饼'，伊姆斯利大叔马上闪开，后退了几步。

"'有人在薄饼的事情上欺骗了我，把我蒙在鼓里，'我说，'我会搞清楚的。你一定知道什么。快说，不然我就把你这里砸个稀烂。'

"我翻过柜台去抓伊姆斯利大叔。他想拿枪，但枪还在抽屉里，他差了两英寸，没有够着。我揪住他的衬衫前襟，把他推到角落里。

"'说说薄饼吧，'我说，'不然我就拿你做一张薄饼。维莱拉小姐会做薄饼吗？'

"'她这辈子都没做过，我也从没见她做过。'伊姆斯利大叔安慰我说，'冷静一下，贾德，静一静。你太激动了，头上的旧伤把你弄得神志不清。试着别去想薄饼了。'

"'伊姆斯利大叔,'我说,'我的头没有受过伤,除非你指的是我天生就迟钝得像头牛。杰克逊·伯德告诉我,他接近维莱拉小姐是打算从她那里套出制作薄饼的配方,他还请我帮他讨配料的清单。我照做了,结果你都看到了。我被一个粉红眼睛的牧羊人用约翰森青草给蒙蔽了,还有别的吗?'

"'你先放开我,我再告诉你,'伊姆斯利大叔说,'唉,看起来杰克逊·伯德骗了你,然后就溜了。那天,和维莱拉一起骑过马之后,他又回来了,跟我和维莱拉说,无论什么时候,只要你提到薄饼,就得小心提防。他说,你曾经在一个营地里遇到意外,那时候,那里的人正在烙薄饼,其中一个家伙用平底锅砸伤了你的头。杰克逊说,你一紧张或激动,就会旧伤复发,变得疯疯癫癫的,嘴里就会胡扯些关于薄饼的话。他告诉我们,只要把你从这个话题引开,让你静下来,就没什么危险。所以,我和维莱拉就用我们知道的一切办法来照顾你。哎呀,哎呀,'伊姆斯利大叔说,'杰克逊·伯德真是一个不一般的牧羊人。'"

在讲故事的过程中,贾德已经缓慢但灵巧地把袋子和铁罐里的东西搅和在一起。快讲完的时候,他把成品端到我的面前——摆在铁盘子里的两张模样诱人的、滚烫的薄饼。接着,他又从某处秘密储藏地取出了一块上好的黄油和一瓶金黄色的糖浆。

"这是多久以前的事了?"我问他。

"三年了,"贾德说,"他们现在就住在陷骡牧场,但我从那时起就没再见过他们了。他们说,杰克逊·伯德用他的薄饼计诓我的时候,一直都在布置他的牧场,又是摇椅,又是窗帘,该准备的都备齐了。哦,没多久我就放下这件事了。但那帮伙计还会拿它说笑。"

"你这些饼是用那个著名的配方做的吗?"我问道。

"我没有告诉过你,根本就没有所谓的配方吗?"贾德说,"那些伙计们总是拿薄饼的事来取乐,弄得大家都想吃了,后来我就从报纸上裁了一份配方下来。这玩意儿味道怎么样?"

"很好吃,"我回答他,"为什么你不也来点,贾德?"

我确信我听到了一声叹息。

"我?"贾德说,"我从不吃这种东西。"

## 索利托的卫生学

如果你了解拳击的历史,你大概会记得发生在九十年代初期的一件事。当时,在国界河的另外一边,一个拳王和一个"很有前途"的挑战者展开了一场仅仅持续一分零几秒的对决。这次交锋以此种方式草草收场,在提倡公平和真实的体育赛事中,是极为罕见的。记者们使出了浑身解数,无奈材料匮乏,报道少得可怜。拳王轻易击倒了对手,转过身,当众宣称:"我了解自己,拳头再重点就出人命了。"接着把胳膊像桅杆一样伸得笔直,叫人给他脱掉手套。

正是由于这个原因,一车大为光火的先生们,身穿花哨的背心,绑了浮夸的领结,在赛后第二天的清晨从停靠在圣安东尼奥车站的普尔曼列车上下来。也部分由于这个原因,"蟋蟀"麦奎尔突然发觉自己处境不妙,他跌跌撞撞地从车厢里出来,坐在月台上,猛烈地干咳了一阵,这种声音对圣安东尼奥人的耳朵来说并不陌生。那时，纽西斯的牧场主，柯蒂斯·雷德勒在朦胧的晨光中走过这里。从影子也看得出来，他的身高不下于六英尺两英寸。

为了赶南下的火车回牧场去，牧场主早早地出了门。他在这个倒霉的体育迷身边站住了，用慢吞吞的本地腔调和善地问道："感觉很糟糕吗，老弟？"

"蟋蟀"麦奎尔，这位退役的次轻量级拳击手、赛马分析员、骑师、马场的常客、全能赌棍、资深老千，将"老弟"这个不敬的称呼视为挑衅。

"走开，"他嘶哑地说，"电线杆子。我可没叫你来。"

又一阵咳嗽打断了他，他浑身虚弱无力，只好倚靠在一辆便携式行李车上。雷德勒耐心地守在一边，环顾了一遍月台上那些白礼帽、短外套和大雪茄。"你是从北方来的，对吗，老弟？"待对方缓过气来之后，他问道，"是来看拳击的吗？"

"拳击！"麦奎尔咬牙切齿地说，"简直像在墙角打架的猫。他挨的不是拳头，是皮下注射。人家只不过拿手碰了他一下，他就跟打了麻药似的，躺下睡着了。他这家免费旅馆，门口连块招牌都不用竖。这能叫拳击？！"他喉咙里发出一阵痰音，咳嗽了几声，又继续往下讲，这些话很可能不是对牧场主说的，只是为了倾吐他的烦恼："我本来是十拿九稳的。换成拉斯·塞奇本人，他也不会放过这个机会。五赔一，赌那个科克来的小子撑不过三回合，但我觉得他行。我连最后一个子儿都拿出来了,准备赢了钱就把吉米·德莱尼在第三十七街的那家通宵咖啡馆买下来,我都能闻到那里的锯木屑气味了。喂,电线杆子,你说说,一个人一次押上自己的全部家当,这多傻啊!"

"你说得太对了,"大个子牧场主说,"输钱以后说的话尤其对。孩子,你快点起来,去找家旅馆吧。你咳得很凶。病了多久了?"

"是肺病,"麦奎尔很有把握地说,"我清楚得很。看病的说我还有六个月好活——如果我能管好自己,也许可以延长到一年。我想安个家,好好照顾自己。也许就因为这个,我才把宝押在五赔一的冷门上面。我攒了一千美金。如果赢了,我就买下德莱尼的咖啡馆。谁料到那家伙在第一回合就打起了瞌睡。"

"真够倒霉的。"雷德勒评论道,看了看麦奎尔蜷缩着靠在行李车上的消瘦身体,"不过,你还是找家旅馆休息吧。这附近有门杰旅馆、马福里克旅馆,还有——"

"还有第五大道旅馆,还有沃尔多夫·阿斯托利亚旅馆,"麦奎尔嘲讽地说,"我告诉过你,我破产了,就跟个叫花子差不多。我身上只剩一个钢镚儿了。也许,去欧洲旅行,或者坐私人游艇出海逛逛对我有好处——报纸!"

他把他那枚硬币给了报童,接过买来的《快报》,靠着行李车读了起来。报纸上绘声绘色地描述了他的滑铁卢,立刻将他牢牢地吸引住了。

柯蒂斯·雷德勒看了一眼他那只硕大的金表，把手摁在麦奎尔的肩头。

"来吧，老弟，"他说，"我们只有三分钟赶火车了。"

挖苦人似乎是麦奎尔的本能。

"一分钟以前我告诉你我破产了，之后你没看到我捞到什么筹码，或是得到什么转机吧？朋友，你自己赶车去吧。"

"你到我的牧场去，"牧场主说，"待到痊愈为止。那儿不出六个月就能治好你，保准你像换了一个人似的。"他用一只手架着麦奎尔，拖着他向火车走去。

"钱怎么算？"麦奎尔说，他挣了两下，但没有挣脱。

"什么钱？"雷德勒大惑不解地说。他们互相看着对方，谁也弄不懂谁，因为他们的接触只像是斜轴上的齿轮，虽然恰好咬合在一起，却只能围绕不同的轴线转动。

南下列车上的乘客看到他们坐在一起，都为这对反差极大的组合感到惊奇。麦奎尔只有五英尺一英寸高，面孔像是横滨人或是都柏林人。眼睛又圆又亮，面颊和下巴骨骼突出，脸上布满了疤痕，表情透露着顽固，神态让人害怕，像大黄蜂一样好斗。他这种人很典型，对于人们，既不新鲜，也不陌生。雷德勒是另一类土壤的产物。他身高六英尺两英寸，肩膀宽阔，天真得像清澈的溪流，一眼就看得到底，他这种人身上融合了西部和南部的特色。精准描摹了这一类人的画像非常少，因为艺术馆太小了，而在得克萨斯，人们还不知电影为何物。总之，要为雷德勒这种类型的人画肖像，只能画得像壁画一样——某种大尺幅的、极简的、冷静的、没有边框的图画。

他们乘坐的是国际铁路公司的南行列车。一路上，树木拥挤在一起，向远处延伸，在无垠的绿草原上汇聚成一片郁郁葱葱的森林。这里是牧场的土地，是牛群之王的领土。

麦奎尔瘫倒在座位的一角，刻薄地、满心猜忌地与牧场主对话。这个硬要把他带走的大块头究竟在玩什么把戏？麦奎尔说什么也不会往利他主义的方向去揣摩。"他不是个农夫，"这个俘虏想，"肯定也不是骗子。他到底是什么人？走一步看一步吧，蟋蟀，看看他打的是什么牌。反正你现在是个穷光蛋了。你有的只是五分钱和奔马痨，最好什么也不做。什么也不做，等着看他耍什么把戏。"

在距离圣安东尼奥一百英里的林康，他们下了火车，坐上在那儿候着雷德勒的四轮马车。他们要乘着这辆交通工具走完从火车站到目的地的三十英里。如果有什么东西能让刁钻的麦奎尔忘掉他的赎金问题，那就属这马车了。它载着他们，用仿佛裹着丝绒的车轮，在令人振奋的大草原上疾驰。那对西班牙小马脚步轻盈，不知疲倦，偶尔会使着性子疯跑一阵。空气中混着草原野花清新的芳香，就像泉水和美酒，沁入他们的身心。道路渐渐隐没，马车在海图没有标注的草浪中漂浮，由雷德勒熟练的手来掌舵，对他来说，远处的每个小树丛都是一块路标，每一片连绵起伏的低矮山丘都表明了方向和里程。但麦奎尔半躺在车上，眼中只有一片荒芜，对于驾车的牧场主，仅仅报以愠怒和猜疑。"他要干吗？"这个问题成了他的思想包袱，"这个大块头到底想做笔什么买卖？"麦奎尔只能以他用脚步便能丈量的街道来类比这片由地平线和四维空间构筑的广大区域。

一星期之前，雷德勒在草原上骑行的时候，发现一头被遗弃的病弱牛犊正在哞哞叫唤。他马都没下就够到了它，把这可怜的牲口拎起来，横放在马鞍上，带回了牧场，交给那些小伙子去照顾。麦奎尔不可能知道，也不可能理解，在牧场主的眼中，他的情况和那头小牛如出一辙，都需要人帮助。一个生物得了病，无依无靠，而他有能力给予援助——仅凭这些条件，牧场主就会采取行动。它们构成了他的逻辑体系和生活信条。麦奎尔是雷德勒在圣安东尼奥偶遇并且带回来的第七个病人，因为据说这座城市正在施工的街道附近有臭氧弥漫，所以有几千个得了肺病的人都去了那里。来索利托牧场做客的这七人中有五个，或是被治愈了，或是有了明显好转，在离开的时候感激涕零。有一个来得太迟，最后长眠在花园里的一株灌木底下，也算得到了安息。

所以，当四轮马车飞驰到门前，而雷德勒像拎着一团破布一样，架着他那个虚弱的救助对象下了车，并把他搁在走廊上的时候,牧场的雇工们都已经见怪不怪了。

麦奎尔打量着眼前陌生的一切。这牧场的建筑是当地最好的。建房子的砖是用马车从一百英里以外运来的,但房子只有一层,四间屋子周围环绕着一条泥地"走廊"。马具、狗具、辔头、马车、枪支,以及牛仔的装备都乱糟糟地堆在地上,这落难的体育健将以他都市人的眼光看待这些,觉得实在不像样。

"好了,我们到家啦。"雷德勒快活地说。

"这鬼地方。"麦奎尔马上接口说,话刚出口,一阵突发的咳嗽就让他倒在走廊上打起了滚。

"我们会尽量让你好受点,老弟,"牧场主友善地说,"屋子里不怎么美观;不过,室外的环境对你可大有好处。你的房间在里面。任何东西,只要我们有,你只管要就好。"

他把麦奎尔领到东边的屋子里。地上没有铺任何东西,但很干净。窗户敞开着,白色窗帘在一股从海湾吹来的清风中起起伏伏。屋子中间有一把柳条大摇椅,两把直背椅,还有一张长桌,桌面堆满了报纸、烟斗、烟草、马刺和子弹。墙上有几个安装得很结实的鹿头和一个硕大的黑野猪头,墙角支好了一张宽大、凉爽的帆布床。纽西斯郡的人认为这间客房的规格高得足以招待一位王子。麦奎尔却朝它龇了龇牙。他掏出他那枚硬币,朝着天花板一抛。

"我说过我没钱,你觉得我是在说谎吗?好吧,你乐意的话，可以搜我的身。这是金库里的最后一个子儿了。谁来付钱啊？"

牧场主用清澈的灰色眼睛，从灰色眉毛底下坚定地看向他那位客人的黑越橘般的眸子。过了一会儿，他简短但不失礼貌地说："老弟，如果你不再提钱，我会很领你的情。一次就够了。被我请来牧场的人一分钱也不用花，而且他们也很少会提到钱。再过半小时，晚饭就准备好了。壶里有水，走廊里挂了一只红瓦罐，里面的水更凉，可以喝。"

"哪儿有摇铃？"麦奎尔四下打量着，说道。

"什么摇铃？"

"叫人拿东西来的摇铃。我可不能——喂，"他突然虚弱地发起脾气，"我从没请你把我带到这儿来。我没有拦住你，向你讨钱。不是你自己问起，我也从没打算把我的不幸告诉你。现在我在这里，离酒店门童和鸡尾酒有五十英里。我病了。我没法抵抗。啊，我身无分文了。"麦奎尔扑倒在帆布床上，浑身颤抖着抽泣起来。

雷德勒走到门口喊了一声。一个身材细长、面色红润、二十来岁的墨西哥小伙子很快走过来。雷德勒用西班牙语和他说话。

"伊拉里奥，我记得我答应过你，到了秋天，就派你去圣卡洛斯牧场当牛仔。"

"是的，先生。您真是太好心了。"

"你听着。这位先生是我的朋友。他病得很重。你待在他身边,看看他需要什么,随时照应他。对他要耐心一点。等他好了,或者——嗯,等他好了,你就不用当牛仔了,我给你当多石牧场的总管,你看好吗?"

"先生,先生——那太好了,多谢您。"伊拉里奥感激得差一点跪在地上,但牧场主却善意地踢了他一脚,吼了一句:"别演滑稽戏啦。"

十分钟之后,伊拉里奥从麦奎尔的房间出来,站在雷德勒面前。

"那位小先生向您致意,"——这是雷德勒教给伊拉里奥的讲话规矩——他转述道,"他要一些碎冰,要洗热水澡,要一杯杜松子酒,要把所有窗户关严实,要烤面包,要刮脸,要一份《纽约先驱报》,要香烟,还要发一封电报。"

雷德勒从药品柜里拿出瓶装的一夸脱威士忌。"把这给他。"他说。

于是,索利托牧场就此开始了一段恐怖统治时期。头几个星期,牛仔们骑着马从几英里外赶来看雷德勒最近引进的新品种,麦奎尔在他们面前大吼大叫、大摆架子、大肆吹嘘。他这种人是他们见所未见的。他向他们解释复杂的拳击知识和攻防诀窍。他让他们了解到职业运动员退役之后的混乱生活。他脱口而出的切口和俚语带给他们一连串的快乐和惊奇。他的手势、独特的姿态、直白的下流话和下流想法令他们着迷。

他就像一个来自新世界的物种。

说来也怪,他在自己意外闯入的新环境中,仍然能我行我素。他是个彻头彻尾的利己主义者,顽固得像抹了灰泥的砖头。他觉得自己已从世界中出离,暂时退入一个敞开的空间,那里的所有人都热衷于听他追忆过往。无论是白天在草原上无拘无束的自由,还是夜晚的星光璀璨和庄严静谧,都无法触动他。曙光的色彩不能将他的注意力从体育杂志的粉色内页上引开。"不劳而获"是他的人生追求,"第三十七街咖啡馆"是他的奋斗目标。

大约两个月过后,他开始抱怨说自己感觉更糟了。从那时起,他就成了牧场的梦魇、哈耳庇厄[1]和海老人[2]。他把自己关在屋子里,像恶毒的妖精或是长舌妇,整天抱怨、咒骂、控诉、发牢骚。他感叹的主旨是:有人不顾他的反对,把他骗来了这座地狱;他就要因为缺乏照料和舒适而死了。尽管他以可怕的语气断言自己的病情正急剧加重,但在别人眼中,他根本没什么变化。他葡萄干似的眼睛仍旧那么亮、那么凶狠;他的嗓音仍旧那么刺耳;他那张冷酷的脸,皮肤仍旧像鼓面一样紧绷,未曾消瘦半点。他那高高凸起的颧骨,每个下午都泛起潮红,这暗示着也许用一支温度计就能确认的症

---

[1] 哈耳庇厄,是希腊神话中的鹰身女妖,代表着极端的贪婪。
[2] 海老人,《一千零一夜》中的人物,是辛巴达在海岛上遇到的老人。他请求辛巴达用肩膀扛着他,带他走一走,之后却骑在他身上再也不肯下来。

状,和也许只需叩诊就能查证的事实。麦奎尔也许只剩半边的肺能够呼吸了,但他的外表还保持原样。

伊拉里奥一直在照顾他。奖赏指日可待,他即将成为总管,这肯定给了他莫大的激励,因为麦奎尔简直没把他当人看。新鲜空气——麦奎尔唯一的活命机会——被他自己用紧闭的窗户和窗帘阻截在室外。房间里整日弥漫着呛人的蓝色烟雾;无论谁走进这里,都一定得坐一阵,屏住呼吸,听这小妖精没完没了地吹嘘他那并不光彩的职业生涯。

这一切怪事之中,最奇怪的要数麦奎尔和他的恩人之间的关系。这个病人对牧场主的态度,正像一个顽劣乖张的小孩对待过度纵容他的父母。雷德勒离开牧场时,麦奎尔就默不作声地、恶狠狠地闹脾气。雷德勒一回来,等待他的就是粗暴恶毒的责难。面对他的指控,雷德勒的态度也令人十分费解。牧场主似乎真的承认了,并且觉得自己的确是麦奎尔猛烈抨击的那号人——一个暴君,一个有罪的压迫者。他似乎认定自己得对这人的现状负责,以至于总要用平和、忍耐和不变的友善来回报那些言辞刻薄的长篇大论,有时甚至还向对方致歉。

一天,雷德勒对他说:"多呼吸些新鲜空气吧,老弟。如果你想出去走走,每天都有马车和车夫可以给你用。找一个牧牛营地,试一两个星期。我会让你过得舒舒服服的。这块土地和这块土地上的空气——它们才是能治愈你的东西。我知道一个从费城来的人,病得比你还重,他在瓜达卢佩迷了路,在牧羊的草场睡了两个星期。然后,先生,他的病情开始有了好转,后来就痊愈了。亲近土地——天造的灵药就储藏在新鲜的空气里。从现在开始,尝试着骑一骑马。有一匹温顺的小马——"

"我做了什么?"麦奎尔喊道,"我坑过你吗?我请你带我来这里了吗?如果你想的话,就把我赶到你那些营地去吧;或者一刀捅死我,一了百了。骑马!我连抬脚的力气都没有。一个五岁孩子的拳头,我都躲不过去。都是你这该死的牧场造成的。没有好吃的,没有好看的,没有人说话,只有连拳击沙袋和龙虾沙拉都没听说过的乡巴佬。"

"这里确实是个荒凉的地方。"雷德勒满脸羞愧地表示歉意,"我们这里物产丰富,但条件简陋。你有什么想要的,小伙子们会骑马出去给你弄来。"

查德·穆奇森,圆圈横杠牛队的一个牛仔,最先提出麦奎尔是在装病。他把一筐葡萄绑在马鞍上,赶了三十英里路,还绕了四英里冤枉路,终于把东西送到麦奎尔手上。在烟雾弥漫的房间里待了一会儿之后,他出来透气,趁机把他的怀疑直言不讳地告诉了雷德勒。

"他的胳膊,"查德说,"比金刚石还硬。他跟我讲解怎样打击别人的太阳神经丛,那里要是被人打中了,就跟被野马连踢了两下一样。他在蒙你呢,柯特。他和我一样健康。我本来不想说的，可这小子在你这里骗吃骗住，我看不过去。"

牧场主天真的头脑里容不下查德的揣测。后来，他之所以安排了一次体检，动机也不是出于怀疑。

有一天，大约正午时分，两个男人来到牧场，把马拴好后进去吃饭；这地方的风习就是踏实和好客。他们中的一个是圣安东尼奥的名医，收费昂贵，一位富有的牧牛人被意外走火的枪打伤了，所以请他来医治。现在，他正被送去火车站，准备赶火车回城。饭后，雷德勒把他拽到一边，往他手里塞了一张二十美元的钞票，说道："大夫，在那个房间里住了一个小伙子，我猜，他可能得了严重的痨病。所以，想请您去做个诊断，看看他的情况到底有多糟，我们又能为他做点什么。"

"雷德勒先生，我刚才吃的那顿饭该付多少钱？"医生从眼镜上沿看着他，直爽地说。于是，雷德勒把钞票放回了口袋，医生则立刻走进了麦奎尔的房间。牧场主在走廊里的一堆马鞍上坐下来，准备为糟糕的检查结果而自责。

十分钟不到，医生就快步走了出来。"你的人，"他飞快地说，"身体棒得像一枚新铸的硬币。他的肺比我的好。呼吸、体温和脉搏都正常。胸围扩张幅度有四英寸。哪里都找不出生病的迹象。当然，我没有给他做结核杆菌检测，但不可能有结核杆菌。你可以给这份诊断签上我的名字。即便在污浊的封闭环境里拼命抽烟，他也还是毫发无损。他咳嗽吗？好吧，你告诉他，没必要咳给人看了。你刚才问我，我们能够为他做什么。我建议你叫他去挖井或者驯马。我们得走了。再见，先生。"说完，医生就像一台机器，喷着健康的尾气，疾风般地离开了。

雷德勒伸手从栏杆旁的牧豆树上摘下一片叶子，搁在嘴里，若有所思地嚼着。

给牛群打烙印的时节到了。第二天早上，牛队领班罗斯·哈吉斯在牧场上召集了二十五个人，叫他们在他面前列好队，准备前往圣卡洛斯牧场去执行这项任务。到了六点钟，马都备了鞍，运粮草的车都套好了，牛仔们翻身上马，这时，雷德勒却叫住了他们。一个男孩另外牵来一匹鞍辔齐全的小马，一直牵到门口。雷德勒走到麦奎尔的房间，一把推开了门。麦奎尔正躺在他的帆布床上，光着身子，抽着烟。

"起来。"牧场主说，声音像军号一样清晰、响亮。

"怎么回事？"麦奎尔吃了一惊，问道。

"起来穿上衣服。我可以容忍一条响尾蛇，但我讨厌骗子。要我对你再说一遍吗？"他捉住了麦奎尔的脖子，把他拽到地上。

"喂，朋友，"麦奎尔大叫道，"你疯了吗？我有病啊，明白吗？被人这样推推搡搡的，我会送命的。我怎么得罪你了？"他又开始了那套惯用的抱怨，"我从来没求你——"

"穿好你的衣服！"雷德勒抬高嗓门呼喝道。

麦奎尔咒骂着,哆嗦着,用受惊的闪烁目光看着牧场主的可怕模样,跟跟跄跄地下了床,跌跌撞撞地穿好衣服。接着,雷德勒揪住他的衣领,走出房间,穿过院子,把他推到门口那匹后来加入队伍的小马旁边。牛仔们懒洋洋地坐在马鞍上,张着嘴巴看着。

"把这个人带走,"雷德勒对罗斯·哈吉斯说,"带他去工作。叫他多干活、多睡觉、多吃饭。你们这些小伙子都知道,我已经为他做了我能做的一切。昨天,圣安东尼奥最好的医生给他检查了身体,说他的肺像驴的一样健康,体格像牛的一样强壮。你知道该怎么对付他,罗斯。"

罗斯·哈吉斯仅仅冷笑了一声。

"噢,"麦奎尔面带奇特的表情,凝视着雷德勒,说道,"那位大夫说我身体很好,是吗?说我在演戏,是吗?你找他来看我。你觉得我没病。你说我是个骗子。你看,朋友,我讲话粗鲁,我知道,可我多半不是故意的。如果你和我一样难受——噢,我忘了——大夫说我没病。好吧,朋友,我会给你干活的。这样才公平。"

他飞身跃上马鞍,轻盈得像一只鸟,然后从鞍柱上取下马鞭,在小马的身上抽了一记。曾在霍索恩骑着"好孩子"爆冷获胜的"蟋蟀"——当时的赔率是十赔一——终于又把脚踏在了马镫上。

麦奎尔在向着圣卡洛斯疾驰的队伍里一马当先,牛仔们只能追近马蹄扬起的尘土，不禁为他大声喝彩。

但还没到一英里，他就落在了后面。当他们驰过牧马地下面那片高大的树林时，他已经是最后一个了。他在一个小树丛后面勒住马，用手帕捂住嘴。手帕被鲜红的动脉血浸透了，他把它拿开，小心地丢在一丛仙人掌当中。然后，他又挥起了马鞭，嘶哑地对吃了一惊的小马喊了句"走啦"，就加快速度，追赶同伴们去了。

那一晚，雷德勒收到了从阿拉巴马老家寄来的信。他家里有人去世了，有遗产要分配，因此，他们叫他回去一趟。天一亮他就坐着四轮马车，穿越草原，直奔火车站。两个月之后，他才回来。到达牧场的时候，他发现除了伊拉里奥还在，这里几乎可算是荒无人烟了。他不在的时候，伊拉里奥暂时扮演了管家的角色。这个年轻人一点一点地把他离家以来的各项事务汇报给他听。他这才得知，打烙印的营地还在运行。由于发生了多次强风暴，牛群被吹得七零八落的，烙印工作虽不至于中断，但进展缓慢。扎营的地点目前在二十英里之外的瓜达卢佩山谷。

"对了，"雷德勒突然想起了什么，说道，"我让他们带去的那个人——麦奎尔——他还在干活吗？"

"我不知道，"伊拉里奥说，"营地里的人很少有空来牧场。他们把功夫都花在小牛身上了。他们没提起过。哦，我想，那个叫麦奎尔的人早就死了吧。"

"死!"雷德勒说,"你说什么呀?"

"麦奎尔,他病得很重,"伊拉里奥耸了耸肩膀,回答道,"他走的时候,我就知道他活不了一两个月了。"

"呸!"雷德勒说,"他把你也诓住了,是不是?医生说他像牧豆树疙瘩一样壮实。"

"那个医生,"伊拉里奥笑着说,"他这样跟你说吗?那个医生啊,他根本没见到麦奎尔。"

"讲清楚,"雷德勒命令道,"你到底是什么意思?"

"麦奎尔,"那小伙子心平气和地继续说着,"在医生进来的时候出去喝水了。那医生抓住了我,用手指在我这里到处乱敲,"他把手放在胸口,"我不知道他要干什么,他把耳朵贴在这里、这里和这里,听着什么——我不知道他要干什么。他把一根小玻璃棒放进我嘴里。摁在我胳膊这里,还轻声地对着我数数,二十、三十、四十,就像这样数。"最后,伊拉里奥摊开双手,做出不以为意的样子,说道,"谁知道那个医生为什么要做这么些滑稽的事情?"

"有马吗?"雷德勒简短地问。

"'乡巴佬'在外面的小栅栏后边吃草,先生。"

"立刻帮我备鞍。"

只待了几分钟时间,牧场主就上马走了。"乡巴佬"就跟它的名字一样,跑起来不太雅观,但和鸟一样快。它大步奔跑着,道路就像被吞食的通心粉,一截一截地在蹄下消失。

不到两小时十五分钟之后,雷德勒从一处地势微微隆起的地方望见了打烙印的营地。它就驻扎在瓜达卢佩山谷里的一个水坑旁边。他十分焦虑,既期待又害怕他即将听到的消息。一直骑行到营帐之前,他才翻身下马,放开了"乡巴佬"的缰绳。他的心地太好了,以至于当时他都想去自首,告诉人家自己是杀害麦奎尔的凶手。

只有厨师一个人在营地里。他正忙着把大块的烤牛肉和铁皮咖啡杯分好摆妥,为晚饭做准备。雷德勒先是避开了自己最关心的问题。

"营地里一切还好吧,皮特?"他克制住冲动,平静地询问。

"就那么回事,"皮特谨慎地回答,"断了两次粮。大风吹散了牛群,我们不得不在方圆四十英里的区域里搜寻。我需要一个新咖啡壶。这里的蚊子可不是一般的凶。"

"弟兄们——都还好吗?"

皮特并不是个乐天的人。此外,询问牛仔们的健康状况不仅多余,而且显得不够硬气。这不像一个老板该说的话。

"剩下来的这些人,就算没人招呼,也绝不会错过饭点。"厨师回应道。

"剩下来的?"雷德勒哑声重复道,下意识地左看右看,寻找着麦奎尔的坟墓。他心下以为能看到白色的墓碑,就像他曾在阿拉巴马墓地看到的一样。但随即他便明白,这种想法实在很蠢。

"没错,"皮特说,"剩下来的。营地在两个月之内迁移了几次。有些人走了。"

雷德勒给自己鼓了鼓劲。

"那家伙——就是那个叫麦奎尔的——我派来的那个——他——"

"听着,"皮特打断了他,两手各拿了一大块玉米面包,站了起来,"真是可耻啊,居然派那么一个生了病的可怜孩子来营地。那医生竟没看出他快死了,真该拿马肚带扣剥了他的皮。他做的事也真够——这事早就传开了——让我告诉你他都干了些啥。在营地的第一晚,小伙子们开始用皮鞭给他上课。罗斯·哈吉斯抽了他的屁股一下,你猜这个可怜的孩子是怎么做的?他站起来,揍了罗斯。揍了罗斯·哈吉斯。狠狠地揍了他。揍了他很久,揍了他全身,揍得凶,揍得狠。罗斯所能做的全部抵抗只不过是站起来,然后换个地方再躺下。

"然后,麦奎尔也倒在那儿,把头埋在草里,吐了很多血。他们说这叫内出血。他躺了十八个钟头,他们守着他,但没法挪动他。罗斯·哈吉斯喜欢能揍他的人,他一边想办法,一边把从格陵兰到波兰的医生都骂了一遍。他和格林·布兰奇·约翰逊一起把麦奎尔抬进帐篷,轮流喂他剁碎的生牛肉和威士忌。

"但这孩子似乎不想活下去。晚上,他们没在营帐里找到他，而是发现他躺在草地上，那时，外面飘着细雨。'走吧，'他说，'让我照自己的意思去死。他说我撒谎，说我是骗子，说我装病。别理我。'

"他又躺了两个星期，"厨师继续说着，"当别人都不存在。然后——"

突然传来一阵雷鸣般的声音，二十个人骑着马疾驰着，闯过树丛，直奔营地。

"不得了啦！"皮特嚷嚷着，立刻慌里慌张地忙活起来，"小伙子们回来了，晚饭如果没在三分钟内准备好，我会被杀掉的。"

但雷德勒只注意到一件事。一个褐色脸膛的小个子，咧嘴笑着，翻身下马，站在熊熊火光之前。麦奎尔不是这副模样的，但是——

下一刻，牧场主便抓住了他的手和肩膀。

"老弟，老弟，你怎么样啊？"他发觉自己除了这一句，竟说不出别的话来。

"你说，叫我亲近土地，"麦奎尔大声说，将雷德勒的手指捏得嘎吱作响，"我在那里找到了健康和力量，并且领悟到自己过去所做的事情是多么卑鄙。多谢你把我赶出去，老兄。还有——嘿！笑话是那个大夫闹出来的，对吗？我在窗外看到他敲打那个外国小伙儿的太阳神经丛。"

"你这个淘气鬼，"牧场主叫道，"你为什么不说出来，说那医生没有给你做过检查?"

"得了吧!"在那个瞬间,麦奎尔过去的粗鲁似乎又回来了,"谁也唬不了我。你也没问过我啊。你跟我扯了一通,然后把我丢了出来,我也就听天由命了。而且,喂,朋友,赶牛这事儿真叫人大开眼界。这是我从事过的最干净的运动,这帮伙计是我遇见过的最好的人。你会让我留下来的,对吗,老兄?"

雷德勒用带着疑问的目光看向罗斯·哈吉斯。

"这个浑小子,"罗斯温和地说,"在所有牧牛营的所有牛仔当中,都算得上是最带劲的——也是最能打的。"

## 饕餮姻缘

"女人的脾气,"在有关这个话题的各种意见都被人提出之后,杰夫·皮特斯说,"会周期性地改变。女人想要的,恰是你缺少的。越是稀罕的,她就越是想要。她酷爱收藏一些她听都没听过的玩意儿。对于女性的观察,只能为我们得出一些分散的、不连贯的片面印象。"

"一来我确实天性如此,二来我去过太多地方,"杰夫若有所思地从架高的双脚之间望着杂货店的火炉,继续说道,"所以很不幸,我有一个毛病:看问题比大多数人更加深刻。我几乎去过美国的所有城市,吸着汽车尾气,和街上的行人交谈。我用音乐、雄辩、熟练的把戏和糊弄人的本领,把他们搞得迷迷瞪瞪的,顺便推销首饰、药品、肥皂、生发油和其他这类废物给他们。在四处奔走期间,出于消遣的目的和补偿的心理,我对女人做了一番研究。要弄明白一个女人的个性，得耗尽一个男人的一生；不过，如果他肯花上，比如说，十年的时间，勤于求知，就也能稍稍学到有关这一性别的入门知识。

"我的关键一课，是在西部一条运输巴西钻石和专利引火线的道路上干活时学到的。此前，我带了些多尔比防爆灯油粉从萨凡纳穿过棉花种植带。那会儿，俄克拉何马这一带刚刚繁荣起来。格思里在居中的位置，像自发酵的面团，正在迅速地发展。这一类新兴的城镇，总是同一副样子——要洗脸，得排队；吃饭时间超过十分钟，就得多付住宿费；在木板上躺了一夜，第二天早上他们就要你交钱。

"出于先天的本能和后天的原则，我专爱找吃饭的好去处。于是，我到处转悠，终于发现一个完全达标的地方。我找到了一家刚开张的帐篷餐厅，那家人在各个新兴的市镇间流动经营，借势求财。他们搭起了一间板房，既用来住宿，也用来做饭，接着，又在房子旁边支了一个帐篷，就在里面做起餐厅生意来。帐篷里贴了许多标语，让人看着高兴，使疲倦的旅人们不至深陷于廉价旅社和酒馆的罪孽之中。'尝尝妈妈做的家常点心''我们的苹果布丁和甜辣酱怎么了''热蛋糕和槭糖浆，和你小时候吃的一样''我们的炸鸡从不打鸣'——这些绝妙的文字有助消化！我对自己说，作为妈妈的游子，今晚一定要去那儿吃饭。时候一到，我就去了。在那里，我和玛米·杜根结下了缘分。

"杜根老爹是个高六英尺、宽一英尺的印第安纳懒汉,他整天待在棚屋里,缩在一把摇椅当中,回忆一八八六年的玉米大歉收。杜根大妈负责做菜,玛米负责跑堂。

"我一看到玛米,就知道人口普查报告有错误。可以说,整个美国就只有一个姑娘。想要说清这一点,可不容易。她的身材、她的眼睛和她的气质,都与天使无异。

"想知道她的样子,你只要在从布鲁克林桥西面到艾奥瓦州的康瑟尔布拉夫斯这一带好好转转,就能找到很多她这类的姑娘。她们在商店、餐馆、工厂和办公室里忙活,自食其力。她们是夏娃的直系后裔,她们是已经挣得了妇女权利的群体,要是有哪个男的对此有异议,他们的脸上就得挨上一记。她们亲切、诚实、自由、温柔、活泼,她们的双眼敢于直视人生。她们和男人面对面打交道,发现他们是一种可怜的生物。她们认为海滨图书馆里的文献把男人说成神话里的王子明显缺乏依据。

"玛米就是那种人。她风趣、开朗、充满活力。她巧妙而敏捷地在食客间周旋,谁都没法跟她嬉皮笑脸。我不想在个人情感中陷得太深。我抱定了一套理论,即像爱情这种以多变和多样著称的病症,就像牙刷一样,只属私人所有。我还有个观点,即心灵的传记应该和肝脏的轶事一起,放在杂志的广告页上。因此,请原谅,有关我对玛米的感情,我就不在这里详述了。

"很快,我就养成了一个有规律的习惯:我习惯不依任何时间规律,专挑人比较少的时候去帐篷餐厅吃饭。穿着黑衣服和白围裙的玛米,会微笑着走过来说:'嗨,杰夫——为什么你不在饭点来,你肯定是专给人添麻烦来的。现在有炸鸡牛肉牛排猪肉碎肉火腿蛋菜肉馅饼。'——以及其他这一类的话。她叫我杰夫,但并没什么用意,只是为了便于称呼。她省去了我们每一个人的姓,顺口而已。我要吃足两餐饭的量才会离开,并且会像参加社交宴会那样细嚼慢咽。在那种场合,他们交换盘子和妻子,一面吃东西,一面兴高采烈地互相调侃。玛米赔着笑脸在一旁伺候,只因既然支起帐篷做生意,总不能因为人家在饭点之后才光顾,就跟人家的钱过不去。

"没过多久,另一个叫艾德·科利尔的家伙也犯了不按点吃饭的毛病。他和我在早饭和午饭,以及午饭和晚饭之间架起了桥梁,把帐篷餐厅变成了一个循环表演的马戏团,玛米则成了一个从不休息的演员。科利尔那家伙满腹心机。他是个钻井的,或者卖保险的,或者强占土地的,或者是干别的什么行当的——我记不清了。这人讲话非常圆滑,彬彬有礼,很容易就让你对他的说法深信不疑。就这样,科利尔和我频繁地出入帐篷餐厅,彼此留心,相互较劲。玛米则对我们一视同仁。她将她的青睐平均分配,像在赌场分发纸牌一样——一张给科利尔,一张给我,一张放在桌上,绝不把好牌藏在袖子里。

"我和科利尔自然也认识了,在餐厅之外,也常聚在一起。若不计较他的狡猾,这家伙仿佛还挺讨人喜欢,即使怀有敌意,也能和蔼可亲。

"'我注意到,你喜欢在客人都走光了之后才去吃饭。'有一天,我想探探他的口风,便这么对他说。

"'嗯,没错,'科利尔若有所思地说,'人多的时候太吵了,对于我敏感的神经来说,是种折磨。'

"'我也不喜欢人多,'我说,'那小妞可真不错,你觉得呢?'

"'我懂了,'科利尔笑着说,'经你这么一提,我想起来了,她对人的视神经倒没什么损害。'

"'对我来说,看着她简直是种享受,'我说,'而且,我要追她。特此通知。'

"'我也和你一样直说吧,'科利尔承认道,'只要药房里的胃蛋白酶没有断货,我就跟你比赛一下,给你个花钱的机会,直到你消化不良为止。'

"于是,我和科利尔就开始了比赛。厨房增加了供应,玛米随时候着我们,态度愉快、和善,我俩似乎一时难分伯仲。在杜根餐厅,丘比特和厨师们都在加班加点。

"九月的一个晚上,晚饭结束,把餐厅收拾干净之后,玛米同意和我一起去散步。溜达了一阵子,我们在小镇边上找了一堆木料坐了下来。我见机会难得,就把该说的都说了,向她解释,靠巴西钻石和引火线积攒的财富足以保证两个人的幸福生活,并且这两样东西的光芒加在一起也抵不上某人的一双眼睛,还说'杜根'这个姓应当改作'皮特斯',如果有人不同意,必须得说明理由。

"玛米没有马上回话。她先是打了个哆嗦,我感到有些不妙。

"'杰夫,'她说,'你说了这么多,我却只能说抱歉。我喜欢你,就像我也喜欢别的人一样,但我不会嫁给世上的任何一个男人,永远也不会。你知道,在我看来,男人是什么吗?是坟墓。是一具埋葬牛肉牛排猪肉片培根火腿蛋的石棺。除了这个,就没别的了。两年来,我看着男人吃、吃、吃,吃个没完,直到他们在我心目中成为一种只会反刍的两足动物。除了坐在餐桌前,对着刀叉和碗碟捣鼓一通,他们的存在就没有其他意义了。这样的印象已经烙在我的思想和记忆之中。我想要克服,但没能成功。我听过姑娘们兴致勃勃地谈论她们的恋人,但我无法理解。男人、绞肉机、餐具室,在我心中唤起的是同一种情感。有一次,我去看日场戏,专为看一个让女孩们疯狂的男演员。我的兴趣却主要集中在猜想他喜欢吃几成熟的牛排,以及他想要单面煎蛋还是双面煎蛋。事情就是这样。不行,杰夫;我不会和任何男人结婚,不会看着他吃早饭,接着再回来吃午饭,然后又吃晚饭,就这么吃、吃、吃,一直吃下去。'

"'但是,玛米,'我说,'这种念头会消退的。你看得太多,所以想得太多。某一天,你肯定还是要结婚的。男人也不是整天吃个不停。'

"'就我以往所见,男人就是整天吃个不停。不行,让我把我的打算告诉你吧。'玛米突然精神一振,眼睛都变亮了,她说,'在特雷霍特有个叫苏西·福斯特的姑娘,是我的好闺蜜。她在铁路食堂做服务员。我在那个镇上的一家餐厅工作过两年。苏西比我更讨厌男人,因为在铁路食堂吃饭的男人们吃相更加难看。他们在狼吞虎咽的同时还想找人调情。呸!苏西和我有一整套计划。我们存钱,存够了之后就买下我们选中的一间平房和五亩地,我们一起住,种紫罗兰,供应东部市场。男人必须先卸下他的食欲,否则最好不要走进那家农场的方圆一英里之内。'

"'难道女人从不——'我才开口,就被玛米截住了话头。

"'是的,从不。有时秀气地吃上一点。如此而已。'

"'我觉得甜点——'

"'看在老天的分上,换个话题吧。'玛米说。

"我刚刚说过,这段经历教育了我,让我知道女性对镜花水月情有独钟。先说英国——牛排塑造了英格兰;香肠成就了日耳曼;山姆大叔的伟大得归功于炸鸡和馅饼。但年轻女人只知道自说自话,她们不信这些。她们只认莎士比亚、鲁宾斯坦[1]和义勇骑兵团[2],以为是他们的雕虫小技驱动了世界。

"这种状况真叫人乱了方寸。我舍不得放弃玛米;但要我放弃对吃的爱好,只是想想都让我感到痛苦。很早之前,我就养成了好吃的习惯。二十七年以来,我闭着眼睛在命运安排的道路上横冲直撞,早已无力抗拒这头可怕的怪兽——食物——对我抛出的诱饵,我已对它臣服。太晚了。我只能待在食欲的笼子里,做一头只会反刍的两足动物了。从龙虾沙拉到油炸甜甜圈,我的生命只能在其中不断循环。

"我仍继续光顾杜根家的帐篷,盼着玛米能改变心意。我对真爱充满信心,认为既然食物短缺不能叫它消失,那么食物过剩应该也不能压倒它。我还在侍奉我那要命的恶习,尽管我觉得每当我在玛米面前把一颗土豆塞进嘴里的时候,都在给我那正被埋葬的姻缘添上一铲新土。

"我猜科利尔一定也和玛米谈过,并且得到了相同的答复,因为有一天,他点了一杯咖啡和一块饼干,像一个先在厨房里用冷烤肉和炸白菜填饱肚子,再在客厅里摆样子的女孩儿一样,一点一点地蚕食起来。我心领神会,也马上照做,我们以为自己也许找到了窍门。第二天,我们又试了一次,这

---

1 鲁宾斯坦,此处可能指十九世纪末著名钢琴家阿图尔·鲁宾斯坦。
2 义勇骑兵团,是美国-西班牙战争中,由西奥多·罗斯福领导的在古巴作战的一支部队,这一番号一直沿用至今。

一回,杜根老头端着那些神仙美食走了出来。

"'两位的胃口不太好,是吗?'他以长辈的口吻和嘲讽的语气向我们询问,'我看这阵子活儿不忙,我的风湿病也还不至于让人受不了,就替玛米分担一点她的工作。'

"于是我和科利尔又走回了暴饮暴食的老路。我发现,那段时间,我被一种异乎寻常的、吞食天地的饕餮之欲俘虏了。我的吃相如此不堪,玛米肯定不愿看见我的身影出现在门前。后来我才搞清楚,一切都是艾德·科利尔的杰作,这是他首次以阴暗、卑劣的诡计坑害我。我和他常一起在镇上找地方喝酒,想把食欲溺死在酒精里。这家伙贿赂了十来个酒吧服务生,让他们在我喝下的每一杯酒里都掺进大剂量的阿普尔特雷牌水蟒开胃药。然而,他的最后一次诡计,才是最叫我难忘的。

"有一天,科利尔没有在帐篷餐厅出现。有人告诉我,他在那天早晨离开了小镇。这时,菜单便成了我唯一的情敌。科利尔在走之前送给我两加仑装的上好威士忌,他说那是一个肯塔基的亲戚寄给他的。现在,我有理由相信,那里面几乎灌满了阿普尔特雷牌水蟒开胃药。我继续胡吃海塞,在玛米的眼中,我仍旧是那种两足动物,但比过去更贪婪了。

"在科利尔出门大约一星期之后,镇上来了一队从事余兴表演的人,他们在铁路附近支起了帐篷。我推断那只是一个猎奇大会和赝品展览罢了。一天晚上,我去探望玛米,杜根大妈说，她和她最小的弟弟托马斯一起去看表演了。在那个星期当中，有三天晚上出现了同样的情况。

"星期六夜里，我在她回家途中拦住了她，我们在台阶上坐了一会儿，聊了几句。我注意到，她看上去有点异样。她的眼神更加温柔了，而且非常明亮。仿佛她不再是那个想要飞离贪吃男人，去种紫罗兰的玛米·杜根，而是上帝按惯例制造的玛米·杜根，平易近人，适合沐浴在巴西钻石和引火线的光辉之中。

"'那个"无与伦比的世界奇珍异物博览会"，'我说，'似乎把你给迷住了。'

"'只是图新鲜。'玛米说。

"'如果你每晚都去的话，'我说，'那就不再新鲜了。'

"'别想多了，杰夫，'她说，'我去那儿，就为了让我的脑子暂时摆脱生意，放松一下。'

"'那些奇珍异物不吃东西吗？'我问。

"'不全是吃东西的。有些是蜡像。'

"'当心啊，可别被粘住了。'我的话显得轻率而又愚蠢。

"玛米脸红了。我不懂她在想什么。我的希望又重新燃起，我觉得，或许我的殷勤冲淡了男人将过多食物引荐给消化系统的可怕罪孽。她说了一些和星星有关的话，提及它们时毕恭毕敬、彬彬有礼。我却说了许多傻话，诸如心心相印啊，在真实的感情基础上建立的幸福家庭啊，还有引火线什么的。

玛米只是听着，并未表示不屑。我告诉自己：'杰夫，老伙计，你就快消除附在食品消费者身上的晦气了；你的鞋跟就快踩住潜伏在肉汤碗里的蛇了。'

"星期一的晚上，我又去了餐厅。玛米和托马斯去看'无与伦比的世界奇珍异物博览会'了。

"'但愿四十一个在七海之上漂浮的随船厨师的诅咒，'我说，'还有九个顽固的蚂蚱的厄运都降临在这个博览会的头上，从现在直到永远。阿门。明晚我要自己去看看，研究研究它那害人不浅的魅力。难道一个顶天立地的男子汉会先是因为刀叉，后来又因为一个下三烂的马戏团，就弄丢了他的恋人吗？'

"第二天晚上，我先问过了，知道玛米不在家，于是便动身前往博览会的帐篷。她没有和托马斯在一起，因为托马斯在帐篷餐厅外的草地上拦住我，在我吃晚餐之前，把自己的盘算告诉了我。

"'如果我把自己知道的告诉你，'他说，'你会给我什么好处，杰夫？'

"'那要看它的价值，小兄弟。'我说。

"'姐姐被一个怪胎给迷住了，'托马斯说，'是表演余兴节目的那堆怪胎中的一个。我不喜欢他。她喜欢。我偷听他们说话。你也许想知道他们都说了些什么。喂，杰夫，你说这消息值不值两美元？镇子里有一支打靶用的来复枪——'

"我搜遍口袋，将五毛钱、两毛五的硬币捋成一道涓涓细流，引着它们淌进了托马斯的帽子。这消息对我不啻一记重击，也在一瞬间让我茅塞顿开。我随手把零钱向外丢，脸上露出了愚蠢的笑容，内里却焦心如焚，我像白痴似的以快活的口气说道：'谢谢你，托马斯——谢谢你——是一个怪胎，你说的，托马斯。现在，能不能请你把这个怪物的来头说得再清楚一点？'

"'就是这家伙，'托马斯说，同时从口袋里掏出一张黄色传单，伸到我鼻子底下，'他是寰球绝食冠军。我猜姐姐就为了这个对他另眼相看。他什么都不吃。他要绝食四十九天，今天是第六天。喏，这就是他。'

"我看着托马斯的手指划过一个名字——'爱德华多·科利埃里教授'。'啊，'我钦佩地说，'真不赖啊，艾德·科利尔。你的鬼伎俩让我不得不服。但在这姑娘成为怪胎夫人之前，我绝不会把她让给你。'

"我朝博览会的方向狂奔而去。刚到营帐背后，就看见一个人从帆布帐篷的后门溜出来，鬼鬼祟祟的，活像一条蛇。这人站都站不稳，跟发疯的野马似的，向我冲了过来。我揪住他的脖子，借星光仔细打量。来人正是爱德华多·科利埃里教授，他穿着人类的服饰，一只眼睛充满了极度的渴望，另一只眼睛闪烁着不安的光芒。

"'你好啊，奇珍异物，'我说，'等一下再走，让咱们好

好看看你奇在哪里。被叫作婆罗洲来的威洛帕斯－沃洛帕斯，或者毕姆－巴姆，或者任何博览会给你取的其他名字，滋味怎么样啊？'

"'杰夫·皮特斯，'科利尔有气无力地说，'放开我，不然我要打你了。我有急事。放手！'

"'啧啧，艾迪，'我一边更用力地抓紧他，一边回应道，'把你的奇异表演给老朋友看看。你现在可出名了，老弟。不过，别再说你要打人了，这话不适合你。你现在只剩下一堆神经和一个强大而又空虚的胃。'事实的确如此。这家伙弱得像一只吃素的猫。

"'这事我倒要和你辩一辩了，杰夫，'他沉痛地说，'只要让我锻炼半小时——主要是，锻炼之前来一块两尺见方的厚牛排，我就能跟你不死不休。我得说，那个发明了绝食表演的人真该死。愿他的灵魂被铁链锁住，悬吊在无底的深渊之上，距离炽热的碎肉羹不到两英尺。我弃战了，杰夫；我要向敌人投降了。杜根小姐正在仔细观摩世上唯一存活的那具木乃伊和那头博闻多识的猪，你进去以后马上就能找到她。她是个好姑娘，杰夫。如果我还能继续不吃东西，只要再坚持一会儿，我就能把你踢出局。你得承认，绝食策略在一段时期里有奇效。我的经历已经说明了这一点。但是，杰夫，据说是爱情推动了世界。让我告诉你吧，这是胡说八道。从开饭的号角中吹出的劲风让世界转动。我爱玛米·杜根。为了合她的心意，我不吃不喝地过了六天。不，其实我还是吃了一口，就一口。我拿棍子敲晕了一个有文身的男人，抢走了他叼在嘴里的三明治。经理扣光了我的薪水；但我在乎的不是薪水，而是那个姑娘。我已把我的生命许给了她，但为了一锅炖牛肉，我不惜毁灭永生的灵魂。饥饿真是一件恐怖的事情，杰夫。爱情、事业、家庭、信仰、艺术、爱国，对一个挨饿的人来说，都只是一些空洞的字眼！'

"艾德·科利尔可怜巴巴地对我说了这番话。就我的诊断来看，他的毛病在于情感和消化缠斗在一起，到最后，是食物供给部门取得了胜利。我一向并不讨厌艾德·科利尔。我搜肠刮肚，想找两句合乎礼节的劝解，希望多少能用言辞给他一些安慰，但实在找不出。

"'现在，只要你让我走，'艾德说，'我就感激不尽了。我受了一记重击，但接下来，我要给粮食供给端更重的一击。我要吃空镇子上的每一家餐馆。我要在齐腰深的牛里脊河里跋涉，要在火腿蛋的海洋里游泳。一个人到了这步田地——要为了食物而放弃他所爱的姑娘——实在是可怕啊，杰夫·皮特斯，这比那个为了一只松鸡就出卖了继承权的以扫还要糟糕[1]，但谁也抵挡不了饥饿啊。恕我失陪，杰夫，因为我闻到了

---

[1]《圣经》中是为了一碗汤（pottage），这里的松鸡（partridge）是科利尔说错了。

远处飘来的煎火腿的气味,我的双腿就要哭喊着冲那个方向狂奔了。'

"'祝你饱餐一顿,艾德·科利尔,'我对他说,'希望你别撑到了。就我自己而言,我宁愿做个最平常的食客,对你的困境,我要表示深切慰问。'

"一股浓郁的煎火腿气味突然随风而来;绝食冠军像匹烈马一样,喷了几下鼻气,之后就奔进黑暗,朝饲料的方向疾驰而去。

"我希望那些总在宣扬爱与浪漫能挽救一切的文化人士都来看看。艾德·科利尔,一个擅计谋、懂情调的大男人,放弃了心中的姑娘,转投另一相邻内脏的领地,去追求鄙俗的食物。对于抒情诗人,这是一种谴责;对于那些大为畅销的小说,这是一记响亮的耳光。空无一物的胃,对于过度满溢的心而言,是一剂绝对有效的解药。

"我自然急于了解玛米究竟被科利尔和他的计谋迷惑到何种地步。我走进了'无与伦比博览会',她还在那儿。她看到我时有些吃惊,但并不惭愧。

"'今晚,外面的夜色十分迷人,'我说,'天气凉爽舒适,星星整齐地排列在空中,各安其位,散发着一等一的星光。你愿意暂且放下这些动物王国的副产品,抽点时间和我这个生平从未上过节目单的普通人类去散散步吗?'

"玛米神神秘秘地四下扫视,我明白她在干吗。

"'哦,'我说,'我不忍心告诉你。不过,那个靠喝西北风活命的奇珍异物从笼子里逃了出去。他刚刚正从帐篷底下往外爬,这会儿已经跟镇上的半数熟食摊打成一片了。'

"'你是说艾德·科利尔?'玛米问。

"'是的,'我回答,'很遗憾,他又走回到罪恶的老路上来。我在帐篷外面遇到他,他表示自己想要吞灭全世界的粮食收成。当一个人从理想的宝座上跌下来,把自己变成一只活了十七年的蝗虫,真是悲哀啊。'

"玛米直视我的双眼,将我心底的声音也给挖了出来。

"'杰夫,'她说,'这些可不像你会说的话。我不在乎听人笑话艾德·科利尔。一个人难免会做点可笑的事,但如果这些事是为了一个女孩做的,至少在她眼中,他并不可笑。这样的男人百里挑一。他不吃东西,是为了让我满意。如果我还对他没有好感,那未免心肠太硬,也太不近人情了些。他做过的事,你能做到吗?'

"'我懂了,'我理解了问题的重点,于是说道,'我是没戏了。但我确实无力改变,我的额头已被打上了吃客的烙印。在夏娃夫人同那条蛇讨价还价的时候,有关我的买卖就已经定了。我从烈火中逃生,又掉进了煎锅。我想,我大概只能做寰球吃饭冠军。'我的话很谦逊,玛米的态度也和气了一些。

"'艾德·科利尔和我是好朋友,'她说,'就像你和我一样。

我给他的答复也和给你的答复一样——我不想结婚。我喜欢和艾德在一起,喜欢和他说话。一想到有一个男人为了我再也不碰刀叉,我就会非常开心。'

"'你没有和他恋爱吧?'我极不明智地问道,'你没有答应做奇珍太太吧?'

"不管是谁,有时都会犯这种错误。不管是谁,都会时不时地冒出几句不得体,也不讨喜的话。玛米露出了一种时冷时甜的、柠檬果冻般的笑容,刻意以愉快的口吻说:'你没资格提这种问题,皮特斯先生。除非你先绝食四十九天,那样才能给自己争得立足之地,到那时,我也许就会回答你。'

"所以,即使在科利尔遭到胃口的反叛,被迫退出之后,我在玛米的心里依旧是前途暗淡。此外,我在格思里的生意也走到头了。

"我在那里待了太久。我卖出去的巴西钻石渐渐露了馅,引火线在那些潮湿的早晨常常无法点燃。在我做买卖的时候,总会在某个时间发生这种事,照耀我成功之路的福星会说:'走吧,去下一个镇。'那段日子,我驾着四轮马车到处考察,以此保证不错过任何一个小镇;几天之后,我套好了车,去跟玛米道别。我并未放弃;我打算到俄克拉何马城去做一两个礼拜生意,然后再回来,想点新招,继续跟玛米切磋。

"我到了杜根家,只见玛米穿着一身醒目的蓝色旅行服,站在门口,身边还有一只小行李箱。据说,她有个在特雷霍特当打字员的名叫洛蒂·贝尔的姐妹,下个星期四要结婚了,玛米要去那里待一周,在人家举行婚礼的时候,要在现场帮忙。玛米在等一辆前往俄克拉何马的货运马车。我用机灵的俏皮话贬低货运马车,同时毛遂自荐,邀请玛米同行。杜根大妈没有理由拒绝,毕竟货运马车不能白坐,得付钱;于是,半小时之后,玛米和我登上了我那辆有白色帆布顶篷的轻便弹簧马车,一起向南进发。

"那个早晨值得赞美。微风阵阵,花草的芬芳分外怡人。小小的白尾灰兔在路上穿梭,嬉戏。我那两匹肯塔基栗色马一路狂奔,速度太快,以至于让你不禁想低头避开迎面而来的地平线,就像避开一条晾衣绳。玛米打开了话匣子,跟个孩子一样喋喋不休。她说到了她的老家印第安纳;说到她的旧居;说到她在学校的恶作剧;说到她喜欢的东西;说到住在她家对面的约翰逊家的女孩儿们,她们可恶极了。没有一个词与艾德·科利尔或食物有关,也没有一个词与任何此类严肃的话题有关。

"大约中午的时候,玛米查看了一下,发现自己把装午餐的篮子给落下了。我本已做好吃喝一番的打算,但玛米看上去并不为食物短缺而痛心,我便也只好装作无所谓。这对我是个沉重的话题,我在谈话中尽量回避它。

"我不打算细说自己是怎么迷路的。这一路光线昏暗,野草丛生,加之玛米就坐在我身边,把我的脑子和魂儿都带走了。这些理由是好还是不好,全凭你自己判断吧。然而,我就是迷路了,迷失在那个傍晚的暮色之中,我们本该已经抵达俄克拉何马城了,实际却一直沿着一条不知其名的河床来回乱转,暴雨倾泻而下,淋透了我们。从沼泽地带向另一边眺望,我们看到地势较高处有个小山坡,坡上有一座小木屋。小屋周围净是矮草、荆棘、孤树,看上去似乎愁容不展,让人不禁为它伤心。这座小屋可以过夜,我认为,我们也没有其他选择。我向玛米解释,她让我来做决定。在这种情况下,她没有像多数女人那样,变得激动、满口抱怨,反而表示理解;她知道我不是存心的。

"我们发现小屋里空无所有。屋子被隔成两个房间,院子里还有一个曾圈养过牲口的小畜棚。畜棚上层堆着不少陈草。我把马牵进去,给它们吃了些草,它们悲伤地看着我,盼着我能道个歉。我把其余的干草抱进屋里,打算用来铺床,并且也把专利引火线和巴西钻石带了进去,因为这两样东西同样经不得水的考验。

"玛米和我把马车坐垫放在地上当椅子,天气寒冷,我在灶里点了不少引火线。如果我的判断不错,这姑娘挺开心的。对于她,这不失为一个变化,给她开辟了一种不同的视角。她有说有笑,明亮的双眼令引火线的光芒黯然失色。再加上我的口袋里装满了雪茄,对我来说,人类堕落受罚的事情根本没发生过,我们仍然还在伊甸园里。天堂之河就在屋外流淌，隐藏在大雨和黑暗中的某个地方，高举火剑的天使还不曾竖立'远离草坪'的标识。

"我拆开了一两袋巴西钻石饰品，给玛米戴在身上——有戒指、胸针、项链、耳坠、手镯、腰带、盒式吊坠，一应俱全。她是如此光彩照人，像百万富翁家的千金，两片红晕浮上她的脸颊，看起来，她几乎忍不住要拿面镜子来欣赏欣赏自己了。

"天色渐晚，我用干草、旅行毛毯和马车里的毡子给玛米打了一个舒服的地铺，劝她早点歇着。我则坐在另一个房间里抽烟，听着瓢泼大雨，思索着一个人在七十多年的人生中，或哪怕仅仅在葬礼之前的那一刻，也实在有太多难以预料的遭际。

"黎明之前，我一定是打了一阵瞌睡，因为不知何时，我的眼睛闭了起来，等它们再次睁开时，天已经亮了。玛米就站在我面前，头发梳洗得干净整齐，眼眸中闪烁着生命的光辉。

"'哇哦，杰夫，'她叫道，'我饿啦。我能吃得下——'

"我抬起头，和她对视。她收起了笑容，冷冷地瞥了我一眼，目光充满戒备。我笑了，重又躺了下去，以便笑得更轻松一些。在我看来，这太好笑了。出于乐天与随和的性格，我总是大笑，这会儿我笑得特别欢畅。等我恢复平静，玛米转过身，背对我坐着，摆出一副凛然不可侵犯的模样。

"'别生气嘛,玛米,'我说,'我实在忍不住。你的发型太逗了。如果你能看到就好了!'

"'你别编故事了,先生,'玛米冷静地、深思熟虑地说道,'我的发型没问题。我知道你在笑什么。喂,杰夫,看外面。'她不再言语,透过木板间的缝隙窥视外间。我推开小木窗向外看。河床完全泛滥了,小屋所在的山坡突兀地耸立在陆地上,被一百多码宽的湍急的泥水河围在中央,像一个孤独的岛屿。大雨倾盆,没有缓和的迹象。我们无事可做,只能等待鸽子衔来橄榄枝。

"我必须承认,接下来的一整天,对话与消遣都失去了生气和趣味。我发觉玛米又开始钻牛角尖了,但我无力使她改变。我自己的情况更不乐观,对食物的渴望已经占领了我。我产生了碎肉和火腿的幻觉,一直在跟自己说:'你要吃什么,杰夫?——等侍应过来了,你要点什么菜,老伙计?'

"我在不存在的菜单里挑选各种我爱吃的美味,想象上菜的场景。我猜,所有饿过头的人大概都类似吧。除了吃的东西,他们不可能把脑筋放在别的上面。这表明,摆着断了把手的味精瓶和冒牌伍斯特酱油、用餐巾遮盖咖啡污渍的小饭桌才是头等大事,人的永生问题或国家之间的和平终究只是次要的。

"我坐着,顺着这条路径继续深思,同自己发生了激辩,争论到底该怎么吃牛排——是配蘑菇酱,还是配克里奥尔式酱料。玛米在另一个座位上,手捧着脑袋,同样心事重重。'土豆要油炸,'我在心里默念,'用平底锅把肉丁煎得焦黄,装盘时要用九个水煮蛋围边。'我把手插进口袋,仔细摸索,想看看是否能找到一粒花生或是一两颗爆米花。

"夜幕再次降临,河水还在涨,大雨还在下。我看了看玛米,注意到她的脸上挂着女孩们经过冰淇淋店时的那种既绝望又渴望的表情。我知道这可怜的姑娘饿了——在她的人生中,这或许还是头一遭。她的眼中满是焦虑,女人通常只在弄丢了一餐饭,或是发现裙子没有束紧,快要掉下来时才有这种眼神。

"第二天晚上,十一点左右,我们还坐在这间像失事船只似的小屋里。我使劲将念头从食物上拉开,但在我拴住它之前,它又扑了回来。我将以往听过的所有好吃的东西都念了一遍。我追溯我的童年时代,满怀热爱和向往地记起了浸在高粱和咸肉汤汁里的热饼干。接着,我又逐年向后回想,分别在盐渍青苹果、槭糖浆烙饼、碱玉米粥、弗吉尼亚老式炸鸡、玉米棒子、小排骨和甜薯馅饼停留片刻,到了佐治亚布伦斯维克炖锅的时候,我兴奋到了极点,它处在所有美食的巅峰,因为它将它们每一个都包含在其中。

"人们说,溺水的人会看到自己的整个人生图景从眼前闪过。好吧,一个人在挨饿的时候能够看到他吃过的所有食物的幽灵在眼前浮现,还能发明出能让厨师功成名就的新菜式。

如果有人整理饿死的人的最后遗言，他们将不得不殚精竭虑地筛查一番，以发现其中的真情实感，但他们倒是可以据此编辑一本能卖几百万册的菜谱。

"我猜，我一定把心灵的所有决断权都移交给了烹饪的部分，因为，连我自己都预计不到，我竟会大声地对想象中的侍应喊道：'牛排切厚一些，煎得嫩一些，在烤面包上加炸薯条和六个摊鸡蛋。'

"玛米在一瞬之间转过脑袋，眼睛闪闪发亮，突然笑了起来。

"'我的牛排要煎得适中，'她絮絮叨叨地说，'再加一份什锦菜丝汤、三个煎蛋，蛋要单面煎的。再来杯咖啡，小麦饼煎成金黄色。每样都要双份。哦，杰夫，那该有多棒啊！我还想要半只炸鸡、一份咖喱鸡饭、一杯牛奶布丁冰淇淋，还有——'

"'慢着，'我截住话头，'还要鸡肝馅饼、嫩煎腰子配烤面包、烤羊羔肉，还有——'

"'哦，'玛米激动不已，抢着说道，'加薄荷酱、火鸡沙拉、橄榄塞肉、树莓挞，还有——'

"'继续啊，'我说，'赶快再点一份炸南瓜、热玉米饼配甜牛奶，别忘记苹果布丁，要多放酱汁，还有悬钩子果条——'

"是啊，这套餐厅里的典型对答一直持续了十分钟。我们在有关饮食的话题上来回往复，把所有路径、所有枝节都走了一遍，玛米主导了这个游戏，因为她对于餐饮这个领域比较熟悉，她报出的菜名又加重了我的食欲。感觉上，玛米似乎即将与食物重归于好；似乎她不再如过去那般将可憎的饮食科学视为耻辱。

"第二天早晨，我们发现洪水已经退去。套好马之后，我们在泥泞中艰难驶过，遇上了一些危险，但总算找对了路。幸运的是，多走的冤枉路不过几英里，不到两个小时之后，我们就进了俄克拉何马城。我们第一眼看到的东西就是巨大的餐厅招牌，于是，一刻也没耽搁，我们立刻就冲了过去。稍后我才意识到自己和玛米已经坐在了一张桌子旁边，面前摆着刀叉，她没有鄙视的样子，反而露出了饥饿和甜蜜的笑容。

"那是一家新开的餐厅，备货充足。我对着菜单猛点了一气，以至于侍应要出去看看马车里还有多少人没有下来。

"我们在那等着，菜陆续上了桌。这是一餐为十二个人准备的盛宴，但我们俩抵得上十二个人。我看着坐在对面的玛米，不禁笑了，因为我想起了过去。玛米盯着桌面，像一个男孩盯着他的第一块机械手表。接着，她直勾勾地看着我，眼中噙着两颗硕大的泪珠。侍应这时又去取菜了。

"'杰夫，'她温柔地说，'我以前真是个傻姑娘。我总是从偏颇的角度看问题。过去我从未察觉这一点。男人们每天都这么饿，对吗？他们块头大，身体壮，承担了这世上的辛劳，他们吃东西，并不是为了刁难餐馆里傻乎乎的女侍应，对吗，杰夫？你曾经说过——你问过我——你想要我——好吧，杰夫，如果你还惦记着这事——我很乐意和你就这样坐在同一张桌子旁边，一生一世。现在，赶快给我弄点吃的吧。'

"所以，我已经说过，女人需要时不时地转变一下观点。一成不变的环境很容易使她们厌倦——旧餐桌、洗衣盆、缝纫机，都得换一换。多给她们制造一点花样——一点旅行、一点休闲，在家务的烦闷中加一点有趣的调剂，吵架之后给点安抚，有时添点乱，唱点反调也无妨——用这种手段，每个人都能渐渐融入这个游戏，玩出各自的精彩。"

## 活期贷款

在那段日子里,牛仔都是天选之子。他们是草原的贵族,牛群的国王,牧场的君主,是牛肉和牛骨的男爵。如果他们想,他们能坐上镀金的战车。金钱蜂拥而来,将牛仔团团围住。他们的钱似乎多得不合情理。但当他们买来一块表盖上镶了许多宝石,以至于会硌伤肋骨的大怀表,再买来一副饰有银钉和安哥拉皮垫的加利福尼亚马鞍,又在酒吧里给每个人点杯威士忌之后——供他们在别处花销的钱还能有多少?

另有一些地主,他们的身上拴着随了他姓的女人,消耗过剩财富的手段就多得多,也容易得多了。年景不好的时候,在少了一根肋骨的胸膛里,散财有道的性别天赋可能暂时蛰伏,但,我的兄弟啊,这种天赋绝不会消失。

因此,在丛林里出生长大的"长条"比尔·朗利离开了弗里奥河畔的圆圈横杠牧场,挣脱了妻子的束缚,上城里享受成功的乐趣去了。他的资产折合下来大约五十万美元，而且还不断有收入进账。

"长条"比尔是营地和草场的优秀毕业生。幸运、节俭、冷静的头脑，加上总能帮他发现无主的牛的好眼力，这种种因素让他从放牛的变成了牛主子。之后，畜牧行业进入繁荣期，命运女神小心翼翼地从仙人掌的棘刺间穿过，来到了牧场，并在牧场主的小屋门前倒空了丰饶角[1]。

在边境小城查帕罗萨，朗利修建了一栋造价高昂的住宅。在这里，他被禁锢在社会生活的车架上，成了一名俘虏。他注定要成为有头有脸的人物。像初次被关进畜栏里的野马，他先挣扎了一阵，接着，便将马鞭和马刺挂了起来，也将沉甸甸的时间挂了起来，从此开始度日如年。他组建了查帕罗萨第一国民银行，并当选为总裁。

一天，有一个消化不良症患者，戴着比放大镜还厚一倍的近视眼镜，将一张官方派头的名片递进第一国民银行的出纳员窗口。五分钟之后，在银行里服务的整支队伍都由金融审计员指使着，跳起了忙忙碌碌的舞蹈。

这位审计员，J. 埃德加·陶德先生，明摆着是个滴水不漏的家伙。

---

[1] 丰饶角，在希腊神话中，主神宙斯由羊人阿玛耳忒亚哺育长大，其童年时曾不慎拗断养母的一只角，这只角便是丰饶角。这只角能够源源不断地产出食物和财富。

走完一切程序之后,审计员戴上帽子,请总裁威廉·R.朗利[1]先生到一间私人办公室去。

"说吧,发现有什么不对的吗?"朗利用他那缓慢而深沉的腔调问道,"牛群里有让你瞧不顺眼的标记吗?"

"银行的账目没有问题,朗利先生,"陶德说,"我发现您放出的贷款也都相当合理——只有一单例外。您有一张糟糕透顶的借条,糟糕到您根本想象不到它会将您置于何等不利的局面。我指的是给托马斯·默温的一万美元活期贷款。不仅数目超过了银行获准借给个人的法定限额,而且没有任何抵押或担保。因此,您违反了国家银行法的两项规定,把您自己推到政府的枪口底下,随时可能遭到刑事诉讼。如果把情况如实向货币监察官汇报——我有义务这么做——我确信,这案子一定会转由司法部办理。您明白这件事有多严重了吧。"

比尔·朗利直起他颀长的身躯,缓缓向转椅的椅背靠去,双手合抱,托在脑后,稍稍侧着头,看着审计员的脸。审计员不无惊讶地看到,在这位银行家坚毅的嘴角浮现出一丝微笑,而在他湛蓝的双眼中,还有善意的光芒在闪动。如果他已经理解了事态的严重性,本不应该做出这副表情。

"当然啦,你不认识汤姆·默温[2],"朗利说道,语气几

---

[1] 前文中的"比尔"是对"威廉"的昵称。
[2] 此处的"汤姆"是对"托马斯"的昵称。

乎称得上快活，"是的。我知道这笔贷款。除了汤姆的口头保证，没有任何抵押品。不管怎样，我总认为，一个男人若是守信用，他的话就是最好的抵押品。哦，是的，我知道政府并不这么认为。看来，我得为了这张借条去拜访一下汤姆了。"

陶德先生的消化不良症似乎突然恶化了。从他那副比放大镜还厚一倍的近视眼镜后面射出一道惊奇的目光，盯着这位山野出身的银行家。

"你懂的，"朗利以轻松的口吻解释着，想要化解这件事，"汤姆听说在里奥格朗德的洛基福特有两千头两岁龄的小牛待售，一头只要八美元。我猜那是老莱恩德罗·加西亚运来的私货，他肯定急着出手。那群牛在堪萨斯城的行情是十五美元一头。汤姆知道，我也知道。他有六千美元，我再给他补上一万美元，让他去完成这笔采购。他弟弟埃德三个星期之前就赶着牛到市场去了。就这几天，他差不多就该带着钱回来了。他一到，汤姆就会归还这笔钱。"

银行审计员被吓得不轻。也许，职责所在，他应该立刻去电报局拍封电报，向监察官说明情况。但他没有这么做。他简明扼要地同朗利谈了三分钟，终于使这位银行家明白自己已经站在灾难的边缘。之后，他又给他指出了一线生机。

"今晚，我要赶去希尔代尔，"他告诉朗利，"去那里的一家银行做审计。返程的时候，我还会经过查帕罗萨。明天十二点,我再来一次。到那时,如果这笔贷款已经结清,我就不在报告里提及这件事。否则,我不得不履行职责。"

随后,审计员鞠了一躬就离开了。

第一国民银行的总裁在椅子上干坐了半小时,然后点燃一支醇和的雪茄,这才动身去汤姆·默温家。默温,一个穿着棕色帆布装,眼神若有所思的牧场主,此刻正在家里坐着,把脚搁在一张小桌上,编一条生皮马鞭。

"汤姆,"朗利往桌边一靠,说道,"埃德那里有消息了吗?"

"还没有,"默温继续编他的鞭子,回答道,"我想,埃德最近几天就该回来了。"

"有一个银行审计员,"朗利说,"今天在我们那儿到处打探,把你那张借据给拣出来了。你清楚的,我知道这事绝对没有问题。但这笔贷款违反了银行法。我本来笃定你能在银行审计员查账之前还清贷款的,但这家伙比我们预计的提前来了,汤姆。现在我自己手头正好也缺现金,不然我就先帮你把钱垫上了。我得在明天十二点前解决,到时必须交出现金,还清贷款,否则……"

"否则怎么样,比尔?"见朗利踌躇着开不了口,默温便主动询问。

"嗯,我想大概会被汤姆大叔狠狠地修理一顿吧。"

"我尽力准时为你筹齐这笔钱。"默温说,仍旧专心地做着手上的活计。

"好的,汤姆,"朗利转身朝门口走去,同时说道,"我了解你,只要你能做到,你就一定会做到。"

默温丢下他的皮鞭,向城里仅有的另一家银行走去,那是库珀和克雷格合开的私营银行。

"库珀,"他对两位合伙股东里叫这名字的那一位说道,"今明两天我必须弄到一万美元。我有一栋房子,再加上其他东西,总共值六千美元,我能拿出的实物担保就这么多了。不过,我正在做买卖牛群的生意,几天之内就能赚到一大笔,远远超过这个数目。"

库珀开始咳嗽起来。

"好了,看在老天的分上,别拒绝我,"默温说,"我借了一笔一万美元的活期贷款。现在得还了,向我要钱的人和我在同一座牧牛营和同一片林场一起待了十年。他向我要任何东西都可以。哪怕他想要我血管里的血,我也会给他。他遇上了麻烦——总之,他需要这笔钱,我就必须为他搞到这笔钱。我很守信用,你知道的,库珀。"

"那当然啦,毫无疑问,"库珀彬彬有礼地附和道,"但你知道的,我还有个合伙人。放贷的事,我一个人说了不算。况且,默温啊,即使你手头有最可靠的抵押品,我们也不可能在一个星期之内贷款给你。我们正要运一万五千美元现款给罗克代尔的迈尔兄弟公司,用来收购棉花,今晚就要用窄轨火车运走。这么一来，我们的现金储备马上就捉襟见肘了。非常抱歉，我们没法为你安排。"

默温回到他的小工作间，继续编他的皮鞭。下午四点左右，他来到第一国民银行，靠在朗利办公桌的隔挡上。

"今晚，我会想办法为你搞到那笔钱——我的意思是，明天就给你，比尔。"

"好的，汤姆。"朗利平静地说。

当晚九点钟，汤姆·默温小心翼翼地从他住的那间小木屋里走了出来。这房子坐落在小城的边缘，在这个时间，附近几乎没什么行人。默温腰带里别着两把六连发的手枪，头上戴着一顶宽边帽子，沿着一条冷清的街道迅速走了下去，之后又转入和窄轨铁道平行的沙路上，一直走到了距离城镇两英里的水塔旁。汤姆·默温在那儿停下脚步，用一条黑色丝帕蒙住下半张脸，拉低了帽檐。

还不到十分钟，从查帕罗萨开往罗克代尔的夜班火车就在水塔旁边停住了。

默温站起身，两手各拿了一支枪，从树丛后面出来，向火车头走去。但他才刚迈出三步，就被一双强壮有力的长臂从身后拦腰抱住，然后又被举起来，脸朝下摔在草地上。一个沉重的膝盖顶着他的脊背，一只铁钳般的大手牢牢地捉住他的手腕。他就这样被制服了，就跟个小孩似的。直到火车取好水，然后启动，逐渐加速，驶离他的视线，他才被放开。

默温爬起来,转过身,站在他面前的人是比尔·朗利。

"这事绝不至于用这种方式来解决,汤姆。"朗利说,"今天傍晚,我和库珀见了一面,他把你跟他的谈话都告诉我了。晚上我去你家,看到你带着枪出了门,我就跟着你了。咱们回去吧,汤姆。"

两人肩并着肩,一起走了。

"这是我能找到的唯一机会,"过了一会儿,默温说道,"你要我归还贷款,我得尽力给你还上。现在怎么办?比尔,如果他们因为这事要来对付你,你怎么办?"

"如果他们因为这事要对付你,你又打算怎么办?"朗利反问道。

"我从没想过自己会为了打劫火车而埋伏在灌木丛里,"默温说,"但是,一笔活期贷款可不管那么多。对我来说,该还的就得还。咱们还有十二个小时呢,比尔,在那个探子跳出来为难你之前,咱们无论如何都得筹到这笔钱。也许,我们可以——伟大的萨姆·休斯敦啊!你听到了没有?"

默温突然狂奔起来,朗利一路跟着他,只听到夜空中某处响起一阵相当悦耳的口哨声,吹的是《牛仔挽歌》的伤感曲调。

"他只会这一首曲子,"默温边跑边喊,"我敢打赌——"

他们跑到了默温家门前。默温把门踢开,之后还被摆在房间中央的一只旧旅行箱给绊了一跤。一个黝黑的、宽下巴的年轻人正躺在床上抽一支褐色的烟卷,一副风尘仆仆的样子。

"怎么样啊,埃德?"默温喘着粗气问道。

"马马虎虎吧,"这干练的小伙子慢条斯理地回答,"我刚到,乘的是九点半的那班车。那群牛都卖了,十五美元一头,顺利得很。嘿,老哥,你可别把那只旅行箱踢来踢去的,里头可装着两万九千美元现钞呢。"

## 公主与美洲狮

　　一个故事，里面总得有国王和王后，这是天经地义的事。这位国王是个可怕的老头，随身带着六连发的手枪，鞋子上佩了马刺，动不动就大吼大叫，吓得草原上的响尾蛇直往霸王树下的蛇洞里钻。王室尚未成立之前，人们管这个男人叫"小声说话的本"。当他挣到五万英亩土地和连他自己都点不清数的牛群之后，大家就称呼他"牛王"奥唐纳了。

　　王后本来是从拉雷多来的一个墨西哥姑娘。但后来，她把自己改造成了友好、温和的科罗拉多主妇，甚至为了保全碗碟杯盏，还成功地教本学会了在自己家里收敛他的嗓门。就在本即将登基称帝的时候，她还坐在埃斯皮诺萨牧场的大宅走廊里编苇席。待到财富势不可挡地猛扑过来，马车从圣安东尼运来了软垫座椅和大圆桌，她便只好低下覆满黑亮发丝的头颅,与达那厄[1]共享同一命运了。

为了免于触犯君威,我只能先向诸位奉上国王与王后的传略。他们不会在故事中出场。顺嘴提一句,这篇故事的名字也可以叫作《公主大事记,快乐的遐想和成事不足败事有余的狮子》。

约瑟法·奥唐纳是家里仅存的女儿,一位公主。从母亲那里,她继承了热情的天性和亚热带美女特有的微黑肤色。从本·奥唐纳陛下那里,她则习得了大无畏精神、常识和统治的学问。这种难得一见的组合,值得跑些远路专程观摩。约瑟法能在骑着她的小马疾驰的时候,射穿一只吊在绳子末梢的番茄罐头,每开六枪,至少能中五枪。她能和自己的小白猫玩上好几个钟头,给它穿上各式各样逗趣的衣服。用不着铅笔,她凭心算就能告诉你一千五百四十五头两岁龄的小牛,以每头八美元五十美分计,总共可以卖多少钱。大致估一估,埃斯皮诺萨牧场应该有四十英里长、三十英里宽,不过大部分土地都是租来的。约瑟法骑在小马背上,勘测了牧场的每一寸地面。牧场里的每一个牛仔都一眼就记住了她,都唯她马首是瞻。雷普利·吉文斯是埃斯皮诺萨的一支牧牛队的头儿,在初见她的那一天,就打定了主意要与王室联姻。

---

[1] 达那厄,古希腊神话中阿尔戈斯国王阿克里西俄斯之女,英雄珀耳修斯的母亲。阿克里西俄斯由一道神谕得知女儿达那厄将来所生的儿子会威胁到自己,于是便将达那厄囚禁在一个青铜密室之中。

是痴心妄想吗？不。那年月，纽西斯那一带的男人都是真好汉。况且，话说回来，"牛王"的称号可不真表示王室血统。它经常只说明称号的主人在偷牛的技艺方面冠绝天下。

一天，雷普利·吉文斯骑着马去双榆牧场打听一群走失的牛犊的消息。回程的时间比预计的要晚，到达纽西斯河的白马渡口时太阳已经落山了。从那里到他自己的营地还得走十六英里，到埃斯皮诺萨牧场庄园要走十二英里。吉文斯累了。他决定在渡口过夜。

河床上有个水坑，水很清澈。河岸被葱郁的大树和低矮的灌木完全覆盖。水坑背后五十码远处有一片豆科牧草——马有了晚餐，他有了床铺。吉文斯拴好了马，把鞍褥在地上铺展、晾干，然后靠着树坐下来，卷了一支烟。河边密林中突然传出一阵狂暴骇人的嚎叫。小马拽着拴住它的绳子不安地跳跃着，因恐惧而用力喷着鼻息。吉文斯抽着烟，从容不迫地伸手取来放在草地上的枪套皮带，试着拨了拨枪的转轮。一条大鳝鱼突然跳进水坑，弄出很大的动静。一只小棕兔蹦跳着绕过一丛猫爪草，蹲下来，胡须抖个不停，模样滑稽地注视着吉文斯。小马又开始吃草。

日落时分，当一头墨西哥狮在干涸的水渠旁唱起女高音，人们理应小心提防。这歌曲的内容很可能是"小牛和肥羊难以寻觅，对肉食的渴望让我很想和你亲近亲近"。

草丛里有一个空掉的水果罐头，是某个曾在这里歇脚的人丢下的。吉文斯看了它一眼，满意地咕哝了两声。他那件系在马鞍后面的上衣口袋里有一两把磨碎的咖啡豆。黑咖啡和烟卷！对放牛的来说，除此之外，别无他求。

不到两分钟，他就生起了一小堆明晃晃的篝火，之后便拿着空罐头向水坑走去。在距离水坑边缘只有十五码的时候，透过灌木丛的间隙，他看到一匹配了横座马鞍的小马正在左边不远处吃草，缰绳在一旁耷拉着。一个女孩从水坑边上站了起来，正是约瑟法·奥唐纳。她刚刚趴在地上喝过坑里的水，正在擦拭粘在手心的泥沙。就在她右边十码远处，有一丛半身高的荆棘，吉文斯看见一头墨西哥狮潜伏在里面。一对琥珀色的眼球放射出饥饿的凶光，在眼睛后面六英尺处，尾巴竖得笔直，就像钟锤一样摇晃。它的后腿蹬地，轻轻摆动，那是猫科动物预备前扑的姿态。

吉文斯做了他力所能及的事。他的六连发手枪还在三十五码以外的草地上，他只能大吼一声，冲过去，挡在狮子和公主之间。

后来，吉文斯曾提起这场"骚动"，说它短暂而又混乱。当他冲到前沿战线的时候，只见一道模糊的影子飞掠而过，接着又隐约听到砰砰两声枪响。随后，一头一百多磅的墨西哥狮狠狠地砸在他的头上，伴着重物坠地声，差点压扁了他。他记得自己嚷嚷着："让我起来，快点——用这招数太不公平。"没过多久，他就像只毛虫一样，从狮子身下爬了出来，嘴里塞满了草和泥，后脑勺被水榆树的树根磕了一个大包。狮子一动不动地躺着。吉文斯愤愤不平，疑心它在耍什么手段，他对狮子挥舞着拳头，喊道："我还要再跟你大战二十回合——"这时，他突然回过神来了。

约瑟法还站在原地，不动声色地填装她那把镀银的点三八手枪。这种射击不难完成。狮子的头和吊在绳子上的番茄罐头相比，实在是个显眼的目标。她的嘴角边和黑眼睛里，含着一丝挑衅的、嘲弄的、叫人火冒三丈的笑意。救驾未遂的骑士只觉得羞耻的烈焰在他的灵魂里燃烧。这本来是他的机会，一个他梦寐以求的机会；可是，主宰这个机会的神灵不是丘比特，而是莫墨斯[1]。林中的萨梯们[2]毫无疑问正躲在一边，不出声地狂笑着。这简直是一场杂耍表演——可称之为吉文斯先生与狮子玩偶一同演出的滑稽戏。

"是你吗，吉文斯先生？"约瑟法用甜如蜜糖的女低音慢条斯理地说道，"你这么大喊大叫的，险些害得我射偏。你跌倒的时候有没有撞伤脑袋？"

"哦，没有，"吉文斯小声说，"没受伤。"他羞惭地俯下身，把他最好的牛仔帽从那猛兽的身体下面拽出来。它被压扁、挤皱了，颇有几分喜剧效果。接着，他跪在地上，轻轻抚摸

---

[1] 莫墨斯，希腊神话中的嘲弄和非难之神，喜欢恶作剧。
[2] 萨梯，希腊神话中半人半羊的森林之神。

死狮子那令人胆寒的、大张着嘴巴的头颅。

"可怜的老比尔！"他悲痛地呼喊着。

"你说什么？"约瑟法随即问道。

"当然了，不知者不罪，约瑟法小姐，"吉文斯说道，脸上表露出一种宽恕与哀伤交战，并最终得胜的神情，"谁也不能责怪你。我想救他，但我没能及时跟你说清楚。"

"救谁？"

"唉，比尔啊。我找了他一整天。你知道的，这两年以来，他一直是我们营地的宠物。可怜的老伙计，他连一只野兔也不会弄伤的。营地里的小伙子们听到这个消息会心碎的。不过，当然了，你不可能知道比尔只是想和你闹着玩。"

约瑟法的黑眼睛闪闪发亮地凝视着他。雷普利·吉文斯成功地通过了考验。他站在那里沉思默想，把一头棕黄色的卷发揉得乱糟糟的，眼中满是悔憾，还掺杂了一些温和的责备。他那副面容性能着实优越，轻易把模式切换到不容置疑的哀戚。约瑟法动摇了。

"你的宠物在这里做什么？"她以这问题做最后的抵抗，"白马渡口这一带可没有营地。"

"这个老家伙昨天从营地逃出来了，"吉文斯好整以暇地回答，"他没有被土狼吓死才真是件怪事。你知道的，吉姆·韦伯斯特，我们的马夫，上星期带了一只小猎狗回营。这小狗把比尔折腾惨了——他最爱追着他兜圈子，一追就是几个钟头，还时不时地咬他的后腿。每天晚上，到了上床的时间，比尔都会偷偷钻进某个牛仔的毯子底下睡觉，不让小猎狗找到他。我猜他肯定担惊受怕到了绝望的程度，否则是不会逃走的。他一向距离营地稍远一点就会害怕。"

约瑟法看着那头猛兽的身体。吉文斯温柔地拍了拍可怕的狮爪，这爪子只消轻轻一挥，就能杀死一头一岁龄的小牛。那姑娘深橄榄色的脸上缓缓泛起一片红晕。这个例不虚发的猎手是不是因弄错了猎物而表示羞愧呢？她的眼神变得柔和，低垂的眼睑驱散了所有嘲弄的神色。

"很抱歉，"她低声下气地说，"他看起来实在太大了，而且又跳得那么高……"

"可怜的老比尔饿了，"吉文斯打断了她，第一时间替死者辩护，"在营地里，我们喂他时总是逗他跳起来。为了吃到一片肉，他还会躺在地上打滚呢。看到你的时候，他准以为能从你这儿弄到吃的。"

约瑟法突然又瞪大了眼睛。

"我很可能会打伤你！"她叫道，"你正好在那时冲进我们中间。为了救你的宠物，你不惜拿自己的生命冒险！真是太善良了，吉文斯先生。我喜欢对动物好的人。"

没错，这会儿，她注视他的眼神里甚至有了些爱慕的成分。总而言之，在意兴索然的废墟上，有一位英雄重新站了起来。单凭脸上的表情，吉文斯就能在动物保护协会赢得一个铁打不动的高层职位。

"我一直都很爱它们，"他说，"马啊，狗啊，墨西哥狮啊，奶牛啊，鳄鱼啊……"

"我讨厌鳄鱼，"约瑟法马上提出异议，"像堆烂泥一样的东西，叫人寒毛直竖。"

"我说过鳄鱼吗？"吉文斯说，"我想说的肯定是羚羊。"

约瑟法的良心促使她实施进一步的补救办法。她伸出双手，做出忏悔的模样，眼中噙着晶莹的泪滴。

"请原谅我，吉文斯先生，可以吗？我只是个小姑娘，你知道，起先我被吓坏了。我打死了比尔，对此，我感到非常非常抱歉。你不知道我有多难受。要是能重新来过，无论如何我都不会这么做的。"

吉文斯握住了朝他递来的手，握了好一会儿，以便让他宽厚的天性渐渐抚平失去比尔的伤痛。最后，他显然已经原谅了她。

"请不要再提起这件事了，约瑟法小姐。比尔的模样，任何年轻女士看了都会害怕。我会跟兄弟们解释清楚的。"

"你真的不怨我吗？"她激动地向他挨近了一些，眼神透着甜蜜——哦，是甜蜜和诚心悔罪的高贵愿望，"谁要是杀了我的小猫，我肯定恨死他了。你为了救他，甘愿冒着被枪击的危险，这是多么可敬、多么善良啊！能做到这一点的人实在太稀有了！"反败为胜！将闹剧转化为正剧！真有你的，雷普利·吉文斯!

暮色已至。当然不能让约瑟法小姐独自一人骑马回牧场。吉文斯对小马满含抱怨的眼神置之不理,又给它备好了鞍,与她并辔而行。公主和爱护动物的人相伴相随,在平整的草场上飞驰。草原上馥郁的香气和悦目的繁花一路环绕着他们。土狼在远处的山头嗥叫。没人害怕。但是——

约瑟法赶着马,靠他靠得更近了些。一只小手似乎在摸索什么。吉文斯用自己的手迎接它。两匹马的步调完全一致,两只手久久握住彼此。其中一只手的主人解释说:"以前我从不知道害怕,但想想看!万一遇上一头真正的野生狮子,那多可怕啊!可怜的比尔!很高兴你能陪着我!"

此时,奥唐纳正坐在牧场庄园的走廊里。

"嗨,雷普!"他叫道,"是你吗?"

"他陪我来的,"约瑟法说,"我迷路了,耽搁了不少时间。"

"感激不尽,"牛王发出了邀请,"今晚留下吧,雷普,明早再回营。"

但吉文斯不肯。他要赶回营地。破晓时分,他还得带一群小公牛上路。他道过晚安,就快马加鞭地走了。

一小时之后,熄了灯,约瑟法穿着睡袍走到她的卧室门口,隔着砖铺的过道对待在自己屋里的牛王喊道:"喂,爸爸,你知道那只被他们叫作'断耳魔鬼'的老墨西哥狮吗?就是在萨拉达牧场杀害了马丁先生的牧羊人冈萨雷斯和差不多五十头小牛的那一只？今天下午，在白马渡口，我结果了它。就在它扑过来的时候，我用我的点三八手枪朝它头上开了两枪。它的左耳被老冈萨雷斯用他的弯刀削掉了一片，我就凭这个认出了它。老爹呀，就算是你也未必能打得更准啦。"

"你真行！"本的赞叹像炸雷一般从国王寝宫的黑暗中传了过来。

## "干谷"约翰逊的小阳春

"干谷"约翰逊摇了摇瓶子。在使用前必须摇瓶子,因为硫黄不溶于水。然后,"干谷"用一小块饱蘸这种液体的海绵仔细地擦洗发根。药液的成分除了硫黄以外,还有醋酸铅、马钱子酊和月桂油。"干谷"在星期日报上发现了这个配方。接下来你会看到,一个壮汉怎样沦为了美容诀窍栏目的牺牲品。

"干谷"曾经是个牧羊人。他的真名叫赫克托,但为了和在弗里奥河下游放羊的"榆树湾"约翰逊有所区别,人们就把他的牧场的名字冠在他的头上,给了他一个新的称呼。

多年以来,每天和羊群面面相觑,按照它们的规律过生活,"干谷"约翰逊早已厌倦。于是,他以一万八千美元的价格卖掉牧场,搬去桑塔罗萨过起了惬意的体面生活。作为一个沉默寡言的三十五岁(也许是三十八岁)男人,他很快变成了那种可憎的、给整个星球增加累赘的东西——一个上了年纪又养成了某项癖好的单身汉。有人给他弄了些草莓，这是他有生之年第一次吃到这种东西，很快就欲罢不能。

"干谷"在乡下买了一套四室的农舍，还有一大批与草莓有关的书籍。屋后有一座花园，也被他用来种草莓了。他整天穿着那件灰色旧羊毛衫，还有他的棕色粗布裤子和高跟皮靴，躺在他家后门那棵榭树下的帆布床上，钻研这种迷人的红色浆果的历史。

学校里的一名教师，德维特小姐，说他是"一个到了中年还很有精气神的男人"。但"干谷"约翰逊的眼睛从来不会聚焦在女人身上。对他来说，她们只不过是一些以穿裙子为特征的存在，一旦遇见了，他就得笨拙地掀起他那顶颇有些分量的圆顶阔边毡帽，然后赶紧走过去，回到他心爱的浆果身边。

以上都只是合唱队的开场曲，只为说明为什么人家要告诉你"干谷"在摇晃装着不溶于水的硫黄的瓶子。历史是异常漫长和荒谬的东西——在我们和落日之间，里程碑在道路上投下奇形怪状的阴影。

草莓开始成熟的时候，"干谷"在桑塔罗萨市场买了最沉的一根马鞭。他在榭树底下坐了好几个钟头，自己动手编织，把鞭子加长了一截。完工之后，他能在二十码开外，啪地一甩手，打掉灌木丛里的一片叶子。桑塔罗萨那些小青年的贼眼都对成熟的莓果虎视眈眈,未雨绸缪,"干谷"得武装自己,防范意料之中的袭击。在整个放牧生涯中,他对那些柔弱的羊羔,也从未比对这些他钟爱的水果更上心,他保护它们,从那些吹着口哨、大喊大叫、爱玩弹弓、总在围绕他产业的篱笆墙外窥探的饿狼爪下抢救它们。

"干谷"的隔壁住着一个带着一群孩子的寡妇,这个"农夫"时常因为他们感到焦虑不安。女人有西班牙血统,她的前夫姓奥布莱恩[1]。"干谷"是杂交育种方面的行家,他断定这类联姻所生的后代不是省油的灯。

这两户人家之间隔着一道夸张的尖木桩篱笆墙,上面爬满了牵牛花和野葫芦藤。他时常看到一些小脑袋在木桩之间探进探出,窥视着那些渐渐变红的浆果,他们都有一头蓬松的黑发和亮闪闪的黑眼睛。

一天傍晚,"干谷"去了一趟邮局。回来的时候,就像哈伯德大娘[2]那样,发现家里遭了灾。伊比利亚强盗和爱尔兰偷牛贼的后裔突袭了他的草莓园。在"干谷"被怒火焚烧的眼睛看来,他们足以装满一个羊圈——但其实也就五六个吧。在一行行翠绿的植株中间,他们弓着腰,像蛤蟆一样蹦蹦跳跳,不声不响地狼吞虎咽,嘴里正大嚼着他最好的果子。

---

1 奥布莱恩,是典型的爱尔兰姓氏。
2 哈伯德大娘,是英国童谣中的角色。

"干谷"溜回家里,取了鞭子,向掠夺者冲去。在他们意识到自己被发现之前,鞭子缠住了最近的那个孩子的双腿。那是一个十岁大的贪吃鬼,他的尖叫声起了示警作用,其余那些孩子仓皇地向围墙逃窜,像一群受惊的野猪在树林里狂奔。在他们越过被爬藤覆盖的篱笆,逃得无影无踪之前,"干谷"的鞭子又让至少两个小鬼付出了尖叫的代价。

"干谷"的动作不够敏捷,追到木桩附近就跟不上他们了。放弃了无用的追逐之后,他绕过一个灌木丛,撂下鞭子,站住了,一动不动,也不出声。喘息和保持直立就已经耗光了他的力气。

不屑于逃走的潘切塔·奥布莱恩就站在灌木丛后面。这女孩今年十九岁,是那帮偷袭者中最年长的一个。她蓬乱的头发黑如夜色,用一条深红色缎带在脑后扎成一束。她一脸倔强地站在那里,之所以如此,是因为她正处于由小溪变为河流的成长阶段,而童年此时仍旧围绕着她,想多挽留她一阵。

她以极其傲慢的态度盯着"干谷"约翰逊看了一会儿,就在他眼前把一枚甘美的浆果放进洁白的牙齿中间,慢条斯理地嚼了起来。然后,她转过身,扭动腰肢,故作姿态,缓缓地向着篱笆墙走去,如同一位正在散步的公爵夫人。在那儿,她又一次回过头,在那对大胆的眼睛里燃烧的黑色火焰再一次灼伤了"干谷"约翰逊。她露出了少女特有的轻率笑容,接着以豹子般的灵活,一扭身从木桩间钻了过去,到了野葫芦藤那边奥布莱恩家的地界。

"干谷"捡起鞭子,回到屋里。他跌跌撞撞地上了两级木头台阶,穿过房间时,为他煮饭扫地的墨西哥老太太叫他吃晚饭。"干谷"听而不闻,继续走着,又跌跌撞撞地下了前面的台阶,出了大门,顺着路一直走到镇子边上的豆科灌木林。他在草地上坐下,一根接着一根,费劲地从一棵仙人掌上拔刺。这副模样表明他正在思考,在他的问题仅仅是风向、羊毛和水源的那个时期,这种习惯就形成了。

这男人有事儿——这种事儿,如果你也有资格经历,你只能祈祷,祈祷自己能顺利度过。他被灵魂的小阳春困住了。

"干谷"从未有过青年阶段。甚至在孩提时期,他就是一个一本正经的人了。六岁时,他就已经在他爸的牧场里,沉默地、不以为意地观察羊羔轻浮又无聊的欢跳。他把作为年轻人的生命阶段浪费掉了。神圣的火焰与冲动,梦想的收获与失落,青春的魅惑与热望,都没有在他的头脑中留下痕迹。罗密欧[1]的激情与他无缘,他只是忧郁的贾克斯[2],在森林中徘徊,思索着拙劣的哲理。与贾克斯相比,他还缺少了在阿登森林里漫游的那些个沧桑的年头,没有那些苦乐参半的经历

---

[1] 罗密欧,莎士比亚名剧《罗密欧与朱丽叶》中的男主人公。
[2] 贾克斯,莎士比亚喜剧《皆大欢喜》中的人物,个性忧郁,其台词中有过"人生七阶段"的著名独白。

所带来的磨炼。如今的他是一片干枯的黄叶,潘切塔·奥布莱恩轻蔑的一瞥漫过了他,将这一小块秋景淹没在迟缓而迷茫的夏热之中。

然而,牧羊人是顽强的动物。"干谷"约翰逊经历过太多大风大浪,无论是精神层面,还是事实层面,这迟来的暑天都还不至于让他退避。老?等着瞧。

下一批邮件中,有一封是发往圣安东尼奥的,为的是订购一套最入时的衣服,颜色、样式、价格都不计较。第二天,那份护发秘方就从报纸上被剪了下来;因为"干谷"那头日晒雨淋的褐发,已从鬓角开始渐渐变得花白。

"干谷"在家里窝了整整一周,除了时不时地出去追击那些年幼的草莓劫匪之外,几乎足不出户。之后又过了几天,他突然容光焕发地现了身,在迟到的疯狂仲夏,泛着异样的神采。

一套蓝鸦羽毛色的网球服把他罩得严严实实,几乎连手腕和脚踝都包住了。衬衫红得像牛血;衣领高而且翘;领带像旗帜一样飘拂;皮鞋亮得扎眼,尖尖的鞋头和鞋身的形状是从忏悔的苦行僧那里承袭而来的。一顶束着条纹饰带的浅草帽亵渎了他饱经风霜的头颅。柠檬色的山羊皮手套使橡树般粗糙有力的双手免于日晒,尽管五月的阳光是如此和蔼。这个叫人看了难过的生物,像一颗视觉炸弹,一摇一摆地从他的巢穴里冲了出来,愚蠢地微笑着,想抚平手套上的褶皱,以供人与天使们观赏。丘比特总是喜欢从莫墨斯的箭囊里取箭，不合时宜地一通乱射，他竟把这人折腾到了这步田地。"干谷"约翰逊翻新了神话：他本是一只灰扑扑的凤凰，收起了疲倦的翅膀，栖息在桑塔罗萨的树下，之后他自焚成灰，又从余烬中飞升，化作一只五彩斑斓的金刚鹦鹉。

"干谷"在街上站了一会儿，好让那些看见他的桑塔罗萨市民们大吃一惊；接着，依照脚上那双鞋子的需要，他郑重其事地、慢吞吞地走进了奥布莱恩家的门。

直到发生了长达十一个月的大旱，桑塔罗萨人才终于停止谈论"干谷"约翰逊向潘切塔·奥布莱恩求爱的事。此事的程序十分复杂，难以归类，可说是步态舞、哑剧表演、小范围的调情和客厅猜谜游戏的混合物。整个过程持续了两个星期，之后又突然结束。

"干谷"约翰逊的意图一经表露，奥布莱恩太太自然是欣然点头。作为一个女孩儿的母亲，她深谙"古法捕鼠"的手段，兴高采烈地给潘切塔盛装打扮，以充作诱饵。这女孩儿穿上了长裙，挽了高发髻，一时被自己晃晕了眼，差点忘记了她只不过是捕鼠器上的一片奶酪。另外，有约翰逊先生这么好的一个伴对你大献殷勤，还能看到别的姑娘在你们经过时掀开窗帘，对你行注目礼，这种感觉也着实不错。

"干谷"从圣安东尼奥买来一辆黄轮子的轻便马车和一匹良种马。每天他都带着潘切塔驾车外出。在他们散步或兜风的时候，从没有人见过他和她说话。自觉衣着有些怪异，他便总是紧张兮兮；自认言辞实在无趣，他便干脆不言不语；但只要与潘切塔在一起，快乐就是他的主旋律。

他带她参加聚餐和舞会，带她去教堂做礼拜。他努力——哦，谁也不曾像他那么努力地扮成年轻人的样子。他不会跳舞，却发明了一种专用于欢乐场合的笑容，他以之表示别人只能以翻筋斗来表示的极度快活和欢庆之意。他开始同镇上的年轻人——甚至是男孩儿们拉帮结伙。他们虽然接受了他，但不情不愿，因为他耍起他们那套把戏时总是用力过猛，闹得他们像在教堂里游戏一般别扭。无论他本人或者别人，都瞧不出他和潘切塔能有什么发展。

某一天，结局突然降临，就像十一月天空的晚霞在起风之前倏忽消失。

那天下午，"干谷"约了那女孩儿在下午六点出去散步。在桑塔罗萨，午后散步是社交生活的重头戏，须得拿出各自最像样的行头。"干谷"早早地便把自己拾掇得光鲜夺目，所以也就早早地便上奥布莱恩家去了。他进了大门，走过曲折的小径，到了屋子的走廊近旁，听到屋内有嬉闹的声音，于是便停下了脚步，透过忍冬藤的间隙向打开的房门望去。

潘切塔正同她那些年幼的弟弟妹妹们一起玩儿。她穿着一身男人衣服——无疑都是已过世的奥布莱恩先生的；头上戴着小弟弟的草帽，还以一条用墨水画了条纹的纸带装饰起来；手上戴着为了化装才草草裁成的黄布手套；脚上的鞋子也用同一种布料盖住了，以模仿黄褐色皮革的样子；高高的衣领和飘拂的领带也没有落下。

潘切塔很会表演。"干谷"看到了自己假扮年轻的做作姿态，看到了自己右脚被不合脚的鞋子磨破后一瘸一拐的样子，看到了自己勉强的笑容，看到了自己强充风流倜傥的尴尬相，一切都得到了惟妙惟肖的再现。这还是头一回有人将镜子举到他的面前，叫他能好好地照照自己。一个小孩又给出了进一步的确证，他喊道："妈妈，快来看，潘切塔在学约翰逊先生的样子。"其实，即使他不说，事情也是明摆着的。

以那双受尽戏弄的黄皮鞋所能踏出的最轻柔、最安静的脚步，"干谷"又原路折返，然后走回了家。

约定好的散步时间已过了二十分钟，潘切塔才穿着一件清凉的白色麻布衬衫，戴着一顶水手帽，端着淑女的架子，出了家门。她在人行道上悠闲地走着，在"干谷"家门前放慢了脚步。他失约了，这并不常见，她对此表示讶异。

这时，从他家门里出来大步走向她的，不是那件荒度了盛夏时光的花花绿绿的祭品，而是那个恢复了本来面目的牧羊人。他换上了灰色的旧羊毛衫，让领口敞着，把棕色粗布裤子的裤脚塞进长筒靴里，将白色宽边毡帽戴在后脑勺上。"干谷"豁出去了，无论像是二十岁还是五十岁，他都不在乎了。他那对浅蓝色的眼睛闪着寒光，与潘切塔的黑色眸子在半空相遇。"干谷"一直走到大门之外,接着伸出他的长胳膊,指着她家的房子。

"回家去,"他说,"回你妈妈那儿去。真是奇怪,像我这么一个傻瓜怎么没遭雷劈。回家玩沙坑去吧。你跟一个大人混在一起,能玩出多少花样?我想我准是疯了,竟然为了你这样一个小孩儿把自己捣鼓成了一只鹦鹉。回家去,别再让我看到你。我这是在干吗啊,有谁能告诉我吗?回家去,让我自己想办法忘掉这件事。"

潘切塔听从了,她什么也没说,只是慢吞吞地往回走。有一段路程,她一直把头扭向身后,瞪着一对大眼睛,毫不回避地盯着"干谷"。到了家门口,她站住了,回头看了看他,然后又突然飞快地跑进了屋里。

老安东尼亚在给厨房的炉子生火。"干谷"在门口停住,发出了刺耳的笑声。

"我简直像一头被小孩子耍得团团转的老犀牛,对不对啊,安东尼亚?"他说。

"上了年纪的男人爱上小姑娘,这确实不是什么好事。"安东尼亚做出见多识广的模样,表示同意。

"绝对不是好事,""干谷"厉声说道,"简直蠢透了,不但蠢,而且很伤人。"

他抱着一大堆标志着他的反常行为的东西走了出来——蓝色的网球装、鞋子、帽子、手套,还有其他的一切,统统丢在安东尼亚的脚边。

"都送给你家老头子了,"他说,"打羚羊的时候可以穿。"

在第一颗苍白的星从暮色中现身的时候,"干谷"拿着他家最大部头的一本草莓书,坐在后门的台阶上,借着最后的天光读了起来。他觉得草莓地里好像有人影儿,就把书搁在一边,取来了他的鞭子,赶过去想瞧个究竟。

原来是潘切塔。她从篱笆桩中间钻了过来,正好走到草莓地的中间。看到"干谷"时,她停下了脚步,目光坚定地望着他。

"干谷"的心头忽地燃起了无名之火——那是因羞惭而起的不可理喻的愤怒。为了这个孩子,他把自己搞得出尽了洋相。他试图贿赂时间,想让它倒流;可他被耍了。最后,他终于认清了自己的荒唐。在他与青春之间,有一道鸿沟,即使用黄皮手套护住双手,他也无法在沟上建起一座桥。看到他的痛苦之源又再出现,还用她那小妖精式的恶作剧来骚扰他——像个调皮捣蛋的小学生一样来偷他的草莓——真叫他火冒三丈。

"我告诉过你,别再上这儿来,""干谷"说,"回你自己家去。"

潘切塔仍在慢慢向他靠近。

"干谷"挥了一下鞭子。

"回家去,""干谷"恶狠狠地说道,"多演几出戏。你可以演个像样的男人。你演我演得就挺像样的。"

她又朝前走了一步,一声也没吭,眼里始终带着那种奇怪的、挑衅的、坚定的、让他困惑的光芒。现在,这目光只会火上浇油。

鞭子在空中发出一声哨音。他看到,在她的膝盖上方,被鞭子抽到的地方,白色衣服里突然透出一道红色鞭痕。

潘切塔毫不畏缩,眼中仍旧散发着同样的黑色光芒。她穿过草莓地,以稳定的步伐走向他。"干谷"颤抖的手握不住鞭柄,只得松开了。在距离他不到一码远的时候,潘切塔伸出了她的双臂。

"天啊,孩子,""干谷"结结巴巴地说,"你怎么……"

然而,季节是变化多端的。也许,落在"干谷"约翰逊头上的并不是一个小阳春,他的春天已经来临。

## 催眠师杰夫·皮特斯

杰夫·皮特斯赚钱的门道就跟南卡罗来纳州查尔斯顿的大米吃法一样多。我最爱听他说起早年的生涯,那时他靠着在街角卖搽剂和咳嗽药勉强糊口,与形形色色的人打交道,抛出最后一枚硬币和命运打赌。

"我去了阿肯色州的费舍尔山,"他说,"身穿鹿皮衣,脚蹬鹿皮靴,留长发,戴着从特克萨卡纳的一个演员那里弄来的三十克拉重的钻戒——搞不懂他用这东西换我的折刀是要干什么。

"我当时的身份是沃胡大夫——著名的印第安巫医,身上只带了一样最好的赌注。那是一味回春药,由乔克托族酋长美丽的妻子塔夸拉偶然发现的长生草提炼而成。在一年一度的玉米舞会上,这女人想给她那盘煮狗肉添些配菜,于是碰巧找到了这种药草。

"我在上个镇子没接几单生意,所以身上只有五美元。我去找费舍尔山的药商,跟他赊了半罗¹八盎司的瓶子和软木塞。我的手提箱里还有前一站用剩下的标签和原料。我住进旅馆,拧开房间里的水龙头,在将兑好的回春药一打一打地摆在桌子上之后,生活重又变得多姿多彩了。

"假药?不,先生。这半罗药水里有价值两美元的金鸡纳液态提取物和价值十美分的苯胺。时隔多年,我再次路过那些小镇,居民们还争着要呢。

"那天晚上我租了一辆马车,到大街上去推销药水。费舍尔是一个地势低洼、疟疾肆虐的小镇;据我的诊断,这里的人需要一种假想中的合成大补药,既能强心健肺,也能抗坏血症。我这种药水的受欢迎程度堪比摆在一堆素菜中间的鲍鱼海参。在以每瓶五十美分的价格卖掉了两打之后,我感觉到有人在扯我的衣服下摆。我懂这是什么意思,所以我躬下身子,把一张五美元的钞票偷偷地塞进一个领子上别着一枚银星的人手里。

"'警官,'我说,'这真是个美好的夜晚啊。'

"'你非法销售这种被你自己吹嘘成灵药的冒牌货,'他问道,'可有本市下发的执照?'

"'我没有执照,'我说,'我也不知道你说的城市在哪儿。

---

1 罗,作量词。十二个为一打,十二打为一罗。

如果明天我找到它了,而且确实需要它给我发执照,我会去领一张的。'

"'在你领到之前,我只能叫你停业。'警察说。

"我收了摊,回到旅馆,跟老板讲起了这段经过。

"'哦,你这一行,在费舍尔山可没法明着干,'他说,'霍斯金斯大夫,这里唯一的医生,是镇长的小舅子,他们不允许赤脚郎中在镇里行医。'

"'我不行医,'我说,'我有州里的商贩执照,如果他们有要求,我就去讨一张市里的执照。'

"第二天一早,我去了镇长办公室,他们告诉我,镇长还没来,而且谁也不知道他什么时候来。于是沃胡大夫只好又回到旅馆,蜷在一把椅子里,点着一根大麻烟,坐着干等。

"过了一会儿,有个扎着蓝领带的年轻人悄悄蹭过来,坐在我旁边的椅子上,跟我打听时间。

"'十点半。'我说,'你不是安迪·塔克吗?我见过你工作时的样子。你不是在南方各州巡回推销"丘比特大礼包"吗?让我想想,那里面有一枚镶了智利钻石的订婚戒指、一枚结婚戒指、一个土豆捣碎器、一瓶安抚糖浆,还有多萝茜·弗农[1]的海报——总共五十美分。'

"安迪见我记得他,觉得很高兴。他是个优秀的街头推销

---

[1] 多萝茜·弗农,美国女演员。

员,不仅如此,他尊重自己的职业,对于百分之三百的利润深感满意。他接到很多要他推销非法药品和园艺种子的邀请,但他从未被诱离康庄大道。

"我想找一个搭档,所以安迪和我一致同意合伙。我向他介绍了费舍尔山的基本情况,又跟他解释了当地的政治和泻药是如何掺杂不清,导致了生意的低迷。安迪当天早晨才坐上往这边来的火车。他自己也够落魄的,还想游说镇上的居民们拿出几美元,集资为他在尤里卡泉建造一艘新战舰。于是,我们去了外面,坐在门廊上从长计议。

"第二天上午十一点,我独自一人坐在那里,一个'汤姆叔叔'[1]慢吞吞地走进旅馆,说要找医生去看看班克斯法官,也就是镇长,听他的口气,那位已经是病入膏肓了。

"'我不是医生,'我说,'你干吗不去找你们这里的医生?'

"'先生,'他说,'霍斯金斯大夫到二十公里以外的村子出诊去了。他是镇上唯一的医生。班克斯老爷的情况糟透了,他让我请你过去,先生,来吧。'

"'出于人道精神,'我说,'我会去瞧瞧他。'于是,我在兜里揣了一瓶回春药,往山上的镇长官邸去了,那是镇上最好的房子,屋顶是折线形的,草坪上摆了两只铁铸的狗。

---

[1] 汤姆叔叔,是作家斯托夫人在长篇小说《汤姆叔叔的小屋》中塑造的经典黑人形象,在此处即指代黑人。

"那位班克斯镇长除了胡子和脚之外,其余部分都离不了床了。他的体内发出一种巨大的噪声,如果是在旧金山,任何人听到这动静都得弃家远行,逃到公园里去。床边还站着一个年轻人,手里端着一杯水。

"'大夫,'镇长说,'我病得很重,就快死了。你能不能想想办法?'

"'镇长先生,'我说,'我不是阿斯克勒庇俄斯[1]的正式门徒。我从没读过医学院,只是作为一个普通同胞,过来看看能不能帮得上忙。'

"'感激不尽,'他说,'沃胡大夫,这是我的侄子比德尔先生。他想减轻我的痛苦,但没有成功。哦,上帝!哦——唔——哦!'他呻吟着。

"我冲比德尔先生点了点头,然后坐在床沿上给镇长把脉。'给我看看你的肝——我是说,你的舌苔。'我说。接着,我翻开他的眼皮,凑近细看那对瞳孔。

"'你病了多久了?'我问。

"'我的病——哦——哎哟——是昨晚发作的,'镇长说,'给我开点药,大夫,好吗?'

"'菲德尔先生,'我说,'把窗帘拉开一点,行吗?'

"'是比德尔,'那年轻人说,'你想吃点火腿蛋吗,叔叔?'

---

[1] 阿斯克勒庇俄斯,希腊神话中的医药之神。

"'镇长先生,'我把耳朵贴在他的右肩胛骨下面听了听,然后说,'你得了非常凶险的右锁骨羽管键[1]超级炎症!'

"'老天啊!'他呻吟着说,'你能不能在上面抹点药,或者上块夹板,或者想点别的办法?'

"我拿起帽子向门口走去。

"'你不能走啊,大夫!'镇长哭嚎着说,'你不能这样一走了之,留下我被这种可怕的锁骨钢管超级病给活活折磨死啊!'

"'请本着恻隐之心,哇哈大夫,'比德尔先生说,'不要抛弃一个正在遭难的同胞。'

"'是沃胡大夫,别像耕地吆牛那样哇哈哇哈地叫。'我说完后走回床边,把一头长发向后一甩。

"'镇长先生,'我说,'你还剩最后一丝希望。药物对你没什么用了。药的力量固然强大,但还有另一种更为强大的力量。'

"'那是什么?'他说。

"'科学研究表明,'我说,'心灵的效力优于莨菪。据信,除了我们感到不适的时候产生的赘物以外,痛苦和疾病并不存在。你的心里有鬼,得把它揭示出来。'

---

[1] 羽管键,是杰夫·皮特斯随口编造的一个并不存在的病症名称。源自羽管键琴,它是一种古老的乐器,又名"古钢琴"。

"'你讲的是一套什么道理啊，大夫？'镇长说，'你不是社会主义者吧？'

"'我讲的是，'我说，'关于精神投资的伟大学说——用远距离、潜意识疗法治疗谵妄症和脑膜炎的启蒙学派——以开发人体磁场而闻名的奇妙室内运动。'

"'你能做这个吗，大夫？'镇长问。

"'我是内心布道团的专职参事和挂名参议，'我说，'我用心灵和那些有口难言的人对话，让那些盲目迟钝的人变得灵光。我是一个灵媒，一个花腔催眠师，一个精神操控者。最近在安阿伯的降神会上，多亏了我，已故的酸苦药公司总裁才能重返人间，和他的妹妹简有了一番寒暄。你们看到我在街上向穷人兜售药品，那是因为我不打算对他们施术。这些人个个低俗卑贱，我不能让自己神圣的本领沾染凡尘。'

"'那你肯不肯对我施展一下？'镇长问。

"'听着，'我说，'凡我所到之处，医疗协会都没少给我找麻烦。我不行医，但为了救你的命，我愿意给你做催眠治疗，只要你以镇长的身份担保，不再追究执照的问题。'

"'当然可以，'他说，'现在就开始吧，大夫，疼痛又发作了。'

"'费用是二百五十美元，治疗两次，包管治好。'我说。

"'好的，'镇长说，'我付。我觉得我的命值这个数。'

"我挨着床沿坐下，直视着他的眼睛。

"'现在,'我说,'别再想着你的病了。你根本没病。你没有心脏、没有锁骨、没有幽默感、没有大脑,你什么都没有。你没有任何痛苦。你的感受有误。现在你觉得疼痛正在离你而去,对吗?'

"'我确实觉得好一点了,大夫,'镇长说,'不然的话可就该死了。现在,再多撒几句谎吧,说我左边没有肿胀,我想我就能爬起来吃点香肠和荞麦糕了。'

"我用手比画了几下。

"'好了,'我说,'炎症已经消失了。近日点的右叶已经减退了[1]。你就要睡着了。你的眼睛睁不开了。你的病暂时被抑制住了。现在,睡吧。'

"镇长缓缓合上眼睛,打起鼾来。

"'蒂德尔先生,'我说,'你亲眼见证了现代科学的奇迹。'

"'是比德尔,'他说,'你什么时候给叔叔做完余下的疗程啊,噗噗大夫?'

"'是沃胡,'我说,'我明天十一点钟再来。等他醒了,给他吃八滴松节油和三磅牛排。再会。'

"第二天早上,我准时回到了那里。'好啊,里德尔先生,'在他打开卧室门的时候,我说,'你叔叔今早情况如何?'

---

[1] "近日点"是天文学名词,"右叶"则是解剖学名词,杰夫·皮特斯和镇长的对话中满是这种无厘头的"复合词"。作者以此对满口似是而非的术语、酷爱装神弄鬼的所谓"专家"进行了辛辣的嘲讽。

"'他看起来好多了。'那年轻人说。

"镇长的气色和脉搏都不错。我又给他治疗了一次,他说他终于从病痛中解脱了。

"'现在,'我说,'你最好卧床休息,一两天以后就没事了。我碰巧在费舍尔山,这是你的运气,镇长先生。正规医学教育认可的所有常规疗法都救不了你。现在,你已经没有病了,也不再觉得疼了,该谈些更愉快的话题了——那二百五十美元的费用该结一结了。不收支票,不好意思,我讨厌在支票背面签名,正如我讨厌在支票正面签名一样。'

"'我这儿有现金。'镇长一边说着,一边从枕头底下摸出一个皮夹子。

"他数出五张五十美元的钞票,捏在手里。

"'拿收据来。'他对比德尔说。

"我签好收据,镇长把钱递给我。我小心翼翼地把它们放进贴身的衣兜。

"'现在,你可以履行职责了,警官。'镇长咧嘴笑着说,模样完全不像个病人。

"比德尔先生伸手攥住我的胳膊。

"'你被捕了,沃胡大夫,或者,还是叫你皮特斯吧,'他说,'你涉嫌违反本州法律,无证行医。'

"'你是谁?'我问道。

"'我来告诉你他是谁,'镇长往床上一坐,说道,'他是州医疗协会派来的侦探。他一路跟踪你，走过了五个地方。昨天他来找我，我们一起想出了这个法子来抓你。我想，你怕是不能再在这一带行医了，骗子先生。你说我得了什么病来着，大夫？'镇长笑着说，'恶性——无论怎样，我想，不是大脑软化症吧？'

"'侦探。'我说。

"'没错，'比德尔说，'我得把你移交给治安官。'

"'你做得到吗？'我说完，掐住了比德尔的脖子，差点把他扔出了窗外，但他拔出枪，抵在我的下巴上，我只好站着不动。接着，他给我戴上手铐，把钱从我兜里拿走了。

"'我作证，'他说，'这叠钞票就是咱们做过记号的那些，班克斯法官。等到了治安官的办公室，我会把钱交给他，由他给你开具收据。它们将被用作本案的物证。'

"'好的，比德尔先生，'镇长说，'沃胡大夫，你干吗不施展一下你的本领？你不能用牙齿把封闭磁场的瓶塞拔掉，再用法术把手铐解开吗？'

"'走吧，警官，'我悲壮地说，'我认命了。'接着，我转身面对老班克斯，晃了晃手铐的链子。

"'镇长先生，'我说，'不用多久，你就会发现，催眠术是成功的。你还会明白，在这件事上，催眠术也是有效的。'

"我想确实如此。

"在接近大门口的时候，我说：'咱们没准会遇上什么人呢，安迪。我觉得你还是把手铐摘下来比较好,而且——'嘿?哦,对了,比德尔当然就是安迪·塔克。这是他的主意,我们就这样搞到了合伙做生意的启动资金。"

## 慈善数学讲座

"我看到,教育行业已经接受了超过五千万美元的慷慨捐赠。"我说。我正在零敲碎打地浏览晚报上的新闻,杰夫·皮特斯正把板烟丝塞进他的石楠烟斗。

"关于这个,"杰夫说,"我有大把的话题可讲,我能脱稿复述一整套慈善数学的讲座课程。"

"你在暗示什么吗?"我问道。

"正是如此,"杰夫说,"我还没告诉过你,我跟安迪·塔克曾经做过慈善家,对吗?那是八年之前,在亚利桑那发生的事情。安迪和我出了趟远门,赶着一辆双驾马车,在基拉山脉勘探银矿。我们一找到矿,就以两万五千美元的价格卖给了图森[1]那边的人。我们拿他们给的支票在银行兑了银币——

---

[1] 图森,亚利桑那州南部的城市。

每个袋子里装一千美元。我们把钱装上车,朝东面疾驰,在恢复理智之前,已经赶了一百英里路。当你看到宾夕法尼亚铁路公司的财务年报,或是听到一名演员谈论他的片酬的时候,会觉得两万五千美元好像并不多;但是,当你掀开车篷,用靴子后跟踢一踢那些袋子,听着它们彼此碰撞所发出的银铃般的脆响,你会感到自己就像一家全天候营业的银行,正敲响十二点的钟声。

"第三天,我们驶进了大自然或是兰德和麦克纳利公司[1]创造的最美、最整洁的小镇。它坐落在山脚下,被绿树繁花以及两千个热情懒散的居民衬得赏心悦目。那座小镇好像叫弗洛里斯维尔,大自然还没有用许多铁路、跳蚤和东部来的观光客污染它。

"我和安迪把钱存进在埃斯皮兰萨储蓄银行开的皮特斯与塔克的联名户头,然后在天景酒店开了一间房。晚饭之后,我们点上烟,坐在走廊里抽着。就是那会儿,我的心里突然冒出了搞搞慈善事业的想法。我想,但凡是个骗子,迟早都会把脑筋转到这个方向上来。

"当一个人从公众那里骗取的钱财积累到一定数量的时候,他就会感到不安,想吐一部分出来。如果你仔细观察他

---

[1] 兰德和麦克纳利公司,是美国的一家以印制旅行地图和风景图片而著称的出版机构。

的行善方式，就会发现他所做的，是试图把羊毛归还给羊。这是一个流体静力学的题目，比如说，就以某甲为例吧。某甲把石油卖给夜以继日地攻读政治经济学和企业管理的穷学生们，赚了数百万美元，于是，他还要把一部分钱，连带一丁点良心返还给大学和学院。

"再说某乙，他从那些靠双手和工具为生的普通劳工那里搜刮财富，那么，他该怎样把那点忏悔基金装回他们的工装裤口袋里？

"'啊哈，'某乙说，'那就打着教育的幌子来做事吧。我的确剥了劳动人民的皮，'他告诉自己，'但俗话说得好，"慈善顶得上无数张皮"[1]。'

"所以，他捐了八千万美元，用于修建图书馆；于是，那些带着饭盒来盖图书馆大楼的小伙子也算分得了一些好处。

"'可书在哪里呢？'读者们纷纷发问。

"'关我什么事，'某乙说，'我捐了图书馆，图书馆不都在这儿了吗？如果我捐的是钢铁企业的优先信托股票，你们是不是还要我把里面的水分挤出来，装在雕花玻璃瓶里啊？去你的吧！'

"不过，我前面已经说过了，有了那么多钱，让我产生了

---

[1] 英文中有"慈善能遮掩许多罪恶"的谚语，作者在此处对这句谚语稍加改动，将"sin（罪）"改为"skin（皮）"。

做慈善的念头。这是我和安迪头一回发大财,这足以让我们停下来思考钱从哪来。

"'安迪,'我说,'咱们富裕了——没有超出人们普遍梦想的程度,但由咱们卑微的视角出发,可以说,已经跟油头飞车党一样有钱了。我隐约感觉,自己应该为人类,也应该对人类做点事情。'

"'我也有同感,杰夫,'他说,'过去很长一段时间,我们用各种各样的花招算计普罗大众,从兜售自燃的赛璐珞衣领到在佐治亚州推广霍克·史密斯[1]竞选总统的纪念章,都干过了。就我自己而言,如果不用实地加入救世军[2],去为他们敲锣打鼓,也不必采用贝迪永系统[3]来教授圣经,那我倒是很愿意把出老千赢来的筹码丢一两个给别人。

"'我们要怎么做呢?'安迪说,'给穷人发免费食物,还是寄几千美元给乔治·科特柳[4]?'

"'都不是,'我说,'我们的钱,若是单单用来做慈善,那未免太多了,若是用来赎罪,那还远远不够。所以,我们

---

1 霍克·史密斯(1855—1931),美国政治家,曾任佐治亚州州长,并曾参与美国总统竞选。
2 救世军,是一个国际性的宗教及慈善组织,专事筹划执行针对下层民众的慈善活动。
3 贝迪永系统,是法国人类学家阿方斯·贝迪永在十九世纪八十年代提出的一套以人的面部表情识别罪犯的方法,具有很大争议。
4 乔治·科特柳(1862—1940),曾任美国的财政部部长。

得在两者之间找些折中的办法。'

"第二天,在弗洛里斯维尔闲逛的时候,我们发现小山上有一座红砖筑成的大宅子,似乎无人居住。村民嚷嚷着告诉我们,那是一位矿主在几年之前修建的。房子建起来之后,他发现自己可用于装修的钱只剩下两块八毛了,所以,他把它们全部投资给了威士忌,然后登上屋顶,朝着如今埋葬了他的残骸的位置一跃而下。

"我和安迪一看到那栋建筑,心底就都升起了同一个念头。我们可以把它维修一下,装上电灯,买一些教具,聘几位教授,再在草坪上摆一只铁铸的狗,还有赫拉克勒斯和约翰神父的雕像,就在那里兴办一所世上最好的免费教育机构。

"于是,我们跟弗洛里斯维尔当地的名流们通了气,他们个个都赞成,还在车库里设宴款待我们。我们作为进步和启蒙事业的赞助人,也头一回彬彬有礼地对人鞠躬。安迪就下埃及的灌溉问题做了一个半小时的演讲,留声机里的旋律和餐桌上的菠萝果冻都散发着我们的道德情愫。

"安迪和我没有耽搁,立刻投身于慈善事业。我们把镇上能分清锤子和梯子的人都招来修缮这栋房子,在里面隔出大大小小的教室和讲堂。我们发电报去旧金山,订了一车皮的课桌、足球、算术书、笔筒、字典、给教授们坐的椅子、黑板、骨骼模型、海绵、二十七件高年级学生穿的防水布学士袍和学士帽,另外还附带了一张内容开放的清单,注明了求购所有一流大学需要配备的一应物品。我自己做主，在单子上添了'校园设计'和'课程规划'两项；但那个孤陋寡闻的电报员肯定是拼错了词，因为收货的时候，我们在其中发现了一罐豌豆和一把马梳[1]。

"在周报辟出专版刊登我和安迪的照片之后，我们又发电报给芝加哥的职业介绍所，要他们以离岸交货的价格，速速装运六名教授过来——一名教英语文学，一名教没人使用的古文字，一名教化学，一名教政治经济学（就是民主党人喜欢的那套东西），一名教逻辑学，还要一名擅长绘画、意大利语和音乐并且有公会会员证的全能人物。薪水由埃斯皮兰萨储蓄银行担保发放，金额在八百美元到八百美元五十美分之间。

"好了先生，我们终于准备就绪了。如今，大门上方刻了这么几个词：'世界大学''赞助人及业主：皮特斯与塔克'。当日历上的九月一日这天被画了一个叉之后，来者便络绎不绝了。首先是教员们下了从图森驶来的每周三班的特快列车。他们大多很年轻，戴眼镜，红头发，怀着复杂的情绪，一半因生计而发愁，一半因野心而憧憬。安迪和我安排他们住在弗洛里斯维尔的居民家里，然后就静候学生上门了。

---

[1] "campus（校园）"和"can of peas（豌豆罐头）"，"curriculum（课程）"和"currycomb（马梳）"的读音十分相近。

"他们成群结队地来了。我们之前已经在各州的报纸上登过这所大学的广告,看到全国上下如此迅速地做出响应,我们感觉好极了。总共两百一十九名精壮小伙儿冲着免费教育的号召而来,年纪小的只有十八岁,年纪大的满脸胡子拉碴。他们拆散了这座镇子,把它里里外外翻了个个儿,给它来了个大变样,你简直分不清这里到底是哈佛,还是三月开放期的采金区。

"他们在街上来来回回,挥舞着青色和蓝色组成的世界大学旗帜,无疑把弗洛里斯维尔变得热闹了不少。安迪在天景酒店的阳台对他们做了一番演讲,全镇万人空巷,一片欢腾。

"只过了不到两周,教授们就解除了这帮学生的武装,把他们赶进了教室。我不相信有任何一种快乐能与做慈善家的快乐相比。我和安迪买了高顶丝质礼帽,假装躲避弗洛里斯维尔《公报》的两名记者。这家报社派专人跟着我们,只要我们在街上出现就抓拍,而且每周都在'教育资讯'版的头条刊登我们的照片。安迪每个星期在大学里演讲两次,等他讲完,我就会站起来说个笑话。有一回,《公报》竟把我的照片摆在亚伯拉罕·林肯和马歇尔·P. 怀尔德[1]之间。

"安迪对慈善的热忱和我如出一辙。我们常常半夜醒来,彼此分享振兴大学的新点子。

---

[1] 马歇尔·P. 怀尔德(1859—1915),美国著名作家、演员。

"'安迪,'有一天我对他说,'我们都忽略了一件事。孩子们应该有素色[1]。'

"'什么东西?'安迪问。

"'呃,当然是能在里面睡觉的东西,'我说,'所有学校都有。'

"'哦,你指的是睡衣呀。'安迪说。

"'才不是,'我说,'我指的是素色。'但我始终没能让安迪理解,所以我们始终也没有订购。当然,我指的其实是大学里那种学生们躺成一排睡通铺的长卧室。

"这么说吧,先生,世界大学办得相当成功。我们的学生来自五个州以及许多次一级的行政区,弗洛里斯维尔也随之兴旺起来。一家新的射击场、一家当铺和两家新的酒馆开了张,那些小伙子还给大学编了这样一套口号:

来了,来了,来了,
成了,成了,成了,
皮特斯、塔克,
快活极了。
啵——喔——喔,

---

[1] 原文中皮特斯将"dormitories(宿舍)"说成了"dromedaries(单峰驼)",此处将其译为与"宿舍"读音相近的"素色"。

吼——嘿——吼,

世界大学,

呼儿嘿哟!

"学生们都是大好青年,我和安迪把他们当成家人,为他们感到骄傲。

"十月末的一天,安迪来问我,对于我们银行户头上的存款,我心中是否有数。我猜还剩一万六千美元左右。'咱们的结余,'安迪说,'只有八百二十一美元六十二美分了。'

"'什么!'我惊叫道,'你的意思是说,那帮可恶的、粗野的、傻里傻气的、呆头呆脑的、狗儿脸兔子耳的、偷人门板的小子竟害得我们花了那么多钱?'

"'一点儿没错。'安迪说。

"'那就让慈善事业见鬼去吧。'我说。

"'那也不至于,'安迪说,'慈善事业,如果经营有道的话,可算是最有赚头的一门好买卖。我来找找诀窍,看看能不能亡羊补牢。'

"过了一个星期,我在浏览教职员工的工资单的时候,瞥见了一个新名字——詹姆斯·达恩利·麦克考克,数学讲座教授;周薪一百美元。我大喊大叫,引得安迪赶紧跑了进来。

"'这是怎么回事?'我说,'一个年薪超过五千美元的数

学教授？怎么会这样？他是从窗户爬进来，然后自己聘用了自己吗？'

"'他是我上个星期发电报去旧金山请来的，'安迪说，'在安排师资配备的时候，我们似乎忽略了数学专业。'

"'幸亏忽略了，'我说，'我们只付得起他两周的薪水，之后我们的慈善事业就会跟斯基博高尔夫球场的第九洞一样惨不忍睹。'

"'少安毋躁，'安迪说，'等一等，看事态会如何发展。我们所从事的是一项高贵的事业，可不能轻言退出。另外，我越是深入地审视慈善这门生意，就对它越有好感。此前我还没有认真地做过调研。现在，是时候好好思考一下了，'安迪接着说，'就我所知，所有的慈善家都极其有钱。我早就该查一查个中玄机，弄清楚哪个是因，哪个是果。'

"我对安迪在财务方面的谋略很有信心，所以，干脆就做个甩手掌柜，把事情都交由他处理了。大学的气氛红红火火，我和安迪的丝质礼帽依旧闪闪发亮，弗洛里斯维尔人依旧对我们尊崇备至，将我们看作百万富翁，而不是濒临破产的慈善家。

"学生们把这座小镇变得欣欣向荣。有个陌生人来了，在'红色前沿马车行'楼上办了一间法罗赌场[1]，开始大肆敛财。

---

[1] 法罗赌场，专门玩法罗牌的赌场。法罗牌，是一种很流行的赌具。

有一天晚上,我和安迪也去凑了凑热闹,出于社交目的,下了一两美元的赌注。大约有五十名我们的学生坐在那里,一边喝朗姆潘趣酒,一边在庄家亮牌的时候,把一大堆花花绿绿的筹码高高摞起。

"'哦天,真该死,安迪,'我说,'这帮油头粉面、土里土气的小兔崽子,比任何时候的咱俩都要有钱,却到免费学校来讨便宜。瞧瞧他们从枪套里掏出来的那一卷卷钞票吧!'

"'是的,'安迪说,'他们多数是富有的矿场主或牧场主的儿子。命运的眷顾就被他们以这种方式挥霍掉了,真叫人难过。'

"圣诞节一到,所有的学生都要回家度假了。我们办了一场欢送会,安迪在会上做了名为《现代音乐与史前文学》的主题演讲。每个教职人员都向我们敬酒,还把我和安迪比作洛克菲勒[1]和马可·奥勒留[2]。我摇着桌子,嚷嚷着要见麦克考克教授,但他似乎并未在场。我很想看看安迪认为能从即将断供的慈善事业中每周领一百美元的人究竟是什么模样。

"学生们都乘夜班车离开了;小镇安静得像午夜时分的校园。回到酒店的时候,我看到安迪的房间亮着灯,于是推门走了进去。

---

1 约翰·洛克菲勒(1839—1937),美国著名企业家、慈善家。
2 马可·奥勒留(121—180),罗马帝国皇帝,著名政治家、思想家,著有《沉思录》一书。

"安迪和那个法罗牌庄家坐在桌边,正在分一大撂堆了足有两英尺高的一千美元一捆的钞票。

"'数目没错,'安迪说,'每人三万一千美元。快进来,杰夫。这是这所法人合办、慈善性质的世界大学在第一学期结束后分给咱们的利润。你现在信了吗?'安迪又说,'慈善事业一旦走上商业轨道,就成了一门艺术,施与受的人都一样有福[1]。'

"'好极了!'我心悦诚服地说,'必须承认,这一回你真是神机妙算。'

"'我们坐明早的火车走,'安迪说,'你最好收拾一下你的硬领、护袖和剪报。'

"'好极了!'我说,'我会做好准备的。但是安迪,我希望能在离开前跟詹姆斯·达恩利·麦克考克教授见一面。这个人让我十分好奇。'

"'这还不容易?'安迪说完后朝法罗牌庄家转过身去。

"'吉姆,跟皮特斯先生握个手吧。'"

---

[1]《圣经·新约·使徒行传》第20章第35节:"施比受更为有福。"

精确的婚姻科学

"我之前告诉过你，"杰夫·皮特斯说，"我一直不相信女人也会骗人。即使在那些最光明正大的骗局里，作为搭档或是同谋，她们也是不值得信任的。"

"她们应该得到表彰，"我说，"我认为，女性有资格被称为诚实的性别。"

"是啊，她们何乐而不为呢？"杰夫说，"既然她们能支使异性替她们没命地工作或行骗。她们其实挺能干的，可惜总把感情和发型看得太过重要。一旦那女人犯了这些毛病，你就想赶紧找个平脚板、黄胡子、粗声粗气、有五个孩子和一栋抵押房产的大老爷们来替换她。就拿那个同我和安迪有过合作的寡妇来说吧，她曾帮忙打理我们在凯罗办的婚姻介绍所。

"当你有足够的广告预算的时候——我是说，当你有和马车辕的小头一般粗细的一卷钞票的时候,婚介生意的前景是广阔的。我们当时有六千美元,希望能在两个月之内翻一番。对于我们这种没有新泽西州营业执照的经营者来说,两个月差不多就是一项生意所能持续的最长时限。

"我们拟了一则宣传语,内容如下:

> 迷人寡妇寻再婚对象。现年三十二岁,面容姣好,顾家恋家,有三千美元现金和价值不菲的乡村产业。贫穷富有不论,她更喜爱重情重义的穷人,而非有钱人,只因她深知美德往往要在贫贱的生活中求索;年龄长相不论,只要诚实可靠,且有理财的能力和投资的眼光即可。来信详询。
>
> 深闺寂寞人
> 伊利诺伊,开罗,由皮特斯和塔克事务所代为转交

"'到这程度,够要人命了,'在调好这杯文学佳酿之后,我说道,'可是,那位女士在哪儿呢?'

"安迪看了我一眼,神色平静,目光中却含有怒意。

"'杰夫,'他说,'你所从事的这门艺术需要抛却现实主义的观念,我还以为你已经做到了这一点。为什么要有一位女士?那帮人在华尔街卖掉了那么多兑水的股票,你难道指

望过能在里面找到一条美人鱼吗?谁说征婚广告非得跟一位女士扯上关系?'

"'听着,安迪,'我说,'你知道我的规矩,我做的所有那些和法律条文相抵触的骗钱买卖,出售的都是实有的、可见的、可以制造出来的物品。只要守住这一条,再钻研一下列车时刻和城市法规,在我和警察之间,就不至于发生五元钞票或一根雪茄摆平不了的麻烦。现在,为了实现这个计划,我们必须造出一个迷人寡妇,或是与之相当的替代品,有没有美貌、有没有记录在案的财产和嫁妆都行,只要日后别被治安法官抓住把柄。'

"'好吧,'安迪重新考虑了一下,又说,'也许这样做确实保险些,省得邮局或者治安机关来调查我们的婚介所。不过,你指望着上哪儿去找一个寡妇,她还得愿意浪费时间,参与这个没有婚姻的婚姻计划?'

"我告诉安迪,我心中已有合适的人选。我的一个老朋友,叫齐克·特罗特,原先在马戏帐篷里卖苏打水兼治牙疼,一年以前,他不再豪饮那种总让他酩酊大醉的回春剂,改喝一个老医生开的肠胃药,结果把他的妻子变成了寡妇。我过去常在他们家落脚,我觉得我们可以拉她入伙。

"那时我们距离她生活的小镇只有六十英里,于是我跳上火车,赶到那里,在与过去毫无二致的那间农舍里,在与过去毫无二致的向日葵和站在洗衣盆上的公鸡之间找到了她。

特罗特太太与我们在广告里的描述完美吻合,除了……也许在美貌、年龄和财产估值方面有些误差吧。不过,她的模样还算看得过去,再说,给她这份工作,也是对早逝的齐克略尽故人的本分。

"'皮特斯先生,你叫我做的是正经营生吗?'在我讲明来意之后,她问道。

"'特罗特太太,'我说,'安迪·塔克和我已经细细测算过了,看过我们的广告之后,在这个广阔又公平的国家里,会有三千个男人努力博取你的青睐,以及那些有名无实的钱财和家产。如果侥幸赢得了你,作为交换,这三千人里会还给你一个游手好闲、唯利是图的懒汉的残躯,会还给你一个骗子、一个生活的失败者、一个卑劣的淘金者。'

"'我和安迪,'我说,'打算给这群在社会上蹦跶的禽兽好好上一课。我们好不容易才强忍着没去成立一家"积大德惩万恶婚姻介绍所"。对我的解释,你还满意吗?'

"'行了,皮特斯先生,'她说,'我就知道你不至于做不光彩的事情。可我的职责是什么呢?我该当面回绝你所说的这三千个混蛋,还是把他们一打一打地丢出去?'

"'特罗特太太,'我说,'你的工作就是充当一个引人注目的摆设。到时,你只要在一家安静的旅馆里住下就好,什么也不用做。安迪和我全权负责所有通信和业务往来。'

"'当然,'我说,'如果能凑齐车票钱,某些比别人更头脑发热，更不顾后果的求婚者也许会亲自到开罗来，觍着脸追你。在这种情况下，也只能劳烦你活动活动筋骨，当面把他们踢出去。食宿费用之外，我们每周再付你二十五美元。'

"'等我五分钟，'特罗特太太说，'我得去拿粉扑，再把大门钥匙托给邻居保管，之后你就可以开始计算我的薪水了。'

"于是，我把特罗特太太带到开罗，安排她在一所家庭旅馆住下，那里同我与安迪的住处距离恰到好处，既不会惹人生疑，也不至于遥不可及。然后我就把经过告诉了安迪。

"'很好，'安迪说，'现在，既然饵已经放在了触手可及的地方，你的良心也得到了安抚，那么咱们就尽情地钓鱼吧。'

"然后，我们开始在全国各地的报纸上刊登广告。所有的广告内容都一样。我们也只能采用这同一个广告版本，否则得雇一大帮办事员和烫着大波浪卷的女秘书，单是他们嚼口香糖的动静都能惊动邮政总长。

"我们用特罗特太太的名字开户，在银行存了两千美元，还把存折交给她保管，以便万一有人质疑婚介所的诚信和操守时，她能当面出示，打消非难。我了解特罗特太太的正直可靠，把钱存在她的名下是很安全的。

"仅那一个广告就让安迪和我每天都得花十二个小时来写回信。

"我们一天收到的邮件数目大约有一百封。我以前从不知道在这个国家竟有这么多好心肠的穷苦人,乐意迎娶一位迷人的寡妇,还乐意承担为她投资的责任。

"他们中的大多数都坦言本人其貌不扬、生计堪忧、无人赏识,但全部都认定自己怀有满腹深情,还颇富男子气概,绝对值得寡妇托付终身。

"每位应征者都收到了皮特斯和塔克事务所的回信,信上通知他,寡妇对他的坦率和风趣印象深刻,请求他再来一封信,说明更多细节,如果方便的话,最好能附上一张照片。同时,皮特斯和塔克事务所也通知应征者,把第二封信转交给委托人的费用是两美元,需随信附上。

"讲到这里,你已经能够领略这个计划的简洁之美了。这帮没见过世面的外地人里,大约有百分之九十想方设法凑了钱寄过来。这就算大功告成了。只不过,因为不得不大费周折撕开信封取出钞票,我和安迪发了不少牢骚。

"有少数几位主顾亲自来访。我们就把他们领到特罗特太太那里,余下的问题由她来解决。只有三四个人回来向我和安迪讨车费。自打免邮资的乡村信件开始大量涌入之后,安迪和我每天大约有两百美元的收入进账。

"一天下午,正值我们最忙碌的时光,我把一元、两元的钞票往雪茄盒子里塞,安迪吹着一支名叫《婚礼的钟声不会为她而鸣》的小曲,一个看上去有些滑头的小个子闯了进来,眼睛滴溜打转,在墙上到处看,仿佛在搜寻一两幅失踪的盖恩斯伯勒[1]画作。一看到他,我的心中便溢满自豪,因为我们的生意像模像样、无可指摘。

"'看来你们今天的邮件可真不少啊。'那人说。

"我伸手去拿帽子。

"'来吧,'我说,'我们一直在等你。我带你去看看货。你离开华盛顿的时候,特迪[2]还好吗?'

"我把他领到江边的旅馆,把他引见给特罗特太太,接着又给他看了存在她名下的那两千美元的存折。

"'看上去没什么毛病。'那个联邦密探说道。

"'肯定啊,'我说,'而且如果你还没有结婚,我会留你单独跟这位女士谈一谈。那两美元中介费就不必提了。'

"'多谢,'他说,'如果还没有结婚,我可能会考虑。再会啦,皮特斯先生。'

"'生意做了差不多三个月,我们已经赚了超过五千美元,觉得是时候收摊走人了。我们收到了许多投诉,而且特罗特太太好像也厌倦了这份差事。太多求婚的人来这里找她,她似乎很不乐意。

"我们决定就此鸣金收兵。我去了特罗特太太住的旅馆,打算把最后一星期的薪水付给她,和她道别,顺带取回那两

---

1 托马斯·盖恩斯伯勒(1727—1788),英格兰著名画家,擅长绘制肖像与风景。
2 特迪,对时任美国总统西奥多·罗斯福的昵称。

千美元。

"到那里时,我发现她哭得像一个不想上学的孩子。

"'怎么了,怎么了,'我说,'发生什么事了?是有人欺负你了,还是你想家了?'

"'都不是,皮特斯先生,'她说,'我干脆告诉你吧。你一直是齐克的好友,我没什么好顾忌的。皮特斯先生,我恋爱了。我爱上了一个人,爱得那么深,我已经离不开他了。他是我长久以来心心念念的理想类型。'

"'那就嫁给他,'我说,'前提是,你们得两情相悦。他也以同等程度的甜蜜与疼痛来回报你的满腔深情吗?'

"'是的,'她说,'但他也是被那则广告招来的,除非我把那两千美元给他,不然他不会娶我的。他的名字叫威廉·威尔金森。'说完后,她又情难自已,在浪漫的自我感动之下痛哭起来。

"'特罗特太太,'我说,'世上再没有哪个男人比我更能与女人共情了。更何况,我最好的朋友曾是你的人生伴侣。如果我能做主,我会说,把这两千美元拿去,跟你选择的男人一起幸福地生活吧。'

"'我们负担得起——从那些想要娶你的混蛋那里,我们捞了不止五千美元。可是,'我说,'我还得和安迪·塔克商量一下。'

"'他是个好人,但在生意上一向精打细算。他是我的合

伙人，与我有不相上下的财务权限。我要和安迪聊聊这事，'我说，'然后才能确定该怎么做。'

"我回到酒店，一五一十地跟安迪说明了情况。

"'我早就知道会发生这种事，'安迪说，'一旦你把一个女人拉进一件涉及她的情感和喜好的事务里，就别指望她能遵照计划执行下去。'

"'安迪，'我说，'想到有一个女人就要因为我们而伤心，我觉得好难过。'

"'我理解，'安迪说，'让我来告诉你我的打算吧，杰夫。你一直都是一个温柔慷慨的男人。而我，也许心肠太硬、太过世故，也太过多疑了。所以，我想迁就你一回。去找特罗特太太，告诉她，把那两千美元从银行取出来，跟她的意中人远走高飞，去过无忧无虑的日子吧。'

"我跳了起来，握住安迪的手，摇了足有五分钟，接着马上赶回去通知了特罗特太太。她快活得大哭起来，哭得跟悲伤时一般厉害。

"两天以后，我和安迪收拾行李，准备启程上路。

"'在咱们离开之前，你不打算跟特罗特太太打个照面吗？'我问他，'她很想认识你，好当面向你表达谢意。'

"'是吗？我想还是算了吧，'安迪说，'咱们最好抓紧点，去赶最近一班火车。'

"我正像往常一样，把我们的资金往系在腰间的褡裢里装，安迪突然从兜里掏出一卷大钞,要我收起来。

"'这是哪来的?'我问道。

"'这就是放在特罗特太太那里的两千美元。'安迪说。

"'怎么会到了你的手里?'我问道。

"'她给我的,'安迪说,'这一个月以来,我每个星期有三个晚上都要去找她。'

"'那么,你就是威廉·威尔金森咯?'我说。

"'正是本人。'安迪说。"

虎口拔牙



一聊到关于职业道德的话题,杰夫·皮特斯就显得十分健谈。

"我和安迪·塔克之间唯一一次生出隔阂的时候,"他说,"就是我们在行骗事业的道德问题上意见不一的时候。安迪有他的原则,我也有我的。对于安迪收割公众资产的所有计划,我不能全盘赞同,他则认为我的良心对于公司的经济利益多有妨碍。我们时常吵得不可开交。有一次,我们一来一往,针锋相对,到最后他竟说我让他想起了洛克菲勒[1]。

"'我懂你的意思,安迪,'我说,'咱们做了这么久的朋友,我不和你计较。等你冷静下来,你会为你的口不择言

---

[1] 洛克菲勒,指"石油大王"约翰·洛克菲勒,他曾经不止一次被控从事非法经营活动。

而后悔的,我可至今还没有和递送传票的公仆握过手呢。'

"有一年夏天,我和安迪决定在肯塔基山区一个名叫格拉斯代尔的美丽小镇休养一段时间。我们自称是马贩子,是正派的好公民,到那里是去消夏的。格拉斯代尔人喜欢我们,我和安迪宣布结束敌对状态,在那里,我们没有大量派发橡胶特许经营的招股传单,也没有跟人炫示巴西钻石。

"一天,格拉斯代尔的五金业大鳄来我和安迪下榻的旅馆串门,和我们一起在侧廊上抽烟,闲聊。我们跟他很熟,常在下午和他一起在法庭的院子里玩套环游戏。他是个大嗓门的红脸男人,但更让人难忘的特征是超乎情理的肥胖和体面。

"在议论过当天所有热传的丑闻之后,默奇森——这是此人的尊号——既小心又随意地从外套口袋里取出一封信,递给我们看。

"'喂,你们有什么看法?'他笑着说,'居然寄这样一封信给我!'

"我和安迪只看了一眼就明白了,但我们假装从头到尾读了一遍。这是那种早已过时的、推销假钞的打字信件,跟你解释怎样用一千美元换得五千美元,还说即使专家也没法分辨这些钞票的真伪;接着又编了一通故事,说印钞的电板是华盛顿财政部的雇员历经九死一生才偷出来的。

"'想想这事,他们居然寄这样一封信给我!'默奇森又说。

"'很多好人都收到过,'安迪说,'如果你头一次收到的时候没有回复,他们就放弃了。如果你回复了,他们会再来信,请你备好钱去做交易。'

"'但是想想啊,他们居然给我写信!'默奇森说。

"过了没几天,他又来了。

"'伙计们,'他说,'我知道你们都是本分人,不然也不会找你们商量了。我纯粹为了好玩,给他们去了封信。他们回信了,叫我上芝加哥去。他们让我在动身前先给 J. 史密斯拍个电报。到那儿之后,我要在某个街角等着,会有一个穿灰西装的人走过来,把一张报纸丢在我的面前。接着,我就问他水怎么样了。于是乎,他也好,我也好,就会知道对方正是自己要找的人。'

"'果然,'安迪打了个哈欠,说,'还是老一套。我经常在报纸上看到这种事。他会把你领进一家旅馆,有位琼斯先生已经在那里恭候多时了,准备把你现宰现卖。他们会拿出崭新的真钞给你看,提议按五比一的比例兑换你手里的钱,你想换多少就有多少。你亲眼看着他们把钱放进一个小包里,就以为它一直都在那里。当然啦,等事后你打开包,只能在里面找到牛皮纸。'

"'哦,他们不可能在我面前调包,'默奇森说,'我建立了格拉斯代尔最大的企业,还没有谁能糊弄我。塔克先生,你说,他们给你看的是真钱?'

"'我一开始总是用——我看报纸上说,他们一开始用的总是真钞。'安迪说。

"'伙计们,'默奇森说,'我有把握,那帮家伙骗不了我。我打算揣两三千块在我的牛仔裤里,然后去那里狠狠地教训一下他们。一旦他们在比尔·默奇森面前露出那些钞票,就休想再把钱拿走。他们既然要用五块换我一块,只要我看紧他们,他们就得乖乖地照办。比尔·默奇森就是这样做生意的。我绝对相信自己能在芝加哥以五比一的比分取得对 J. 史密斯的完胜。水怎么样了?我觉得水实在是好得不能再好了。'

"我和安迪竭力想从默奇森的脑子里驱除那些偏执的财务观念,却发现这比阻止那些傻瓜拿出自己省吃俭用抠出来的一小卷私房钱去压布莱恩[1]赢得大选还难。不行,先生;他坚持要尽公民的责任,叫那些假钞贩子掉进自己设计的陷阱里。那样或许能给他们一个教训。

"默奇森走后,我和安迪坐了一会儿,反复琢磨我们寂静无声的思想和剑走偏锋的理性。一旦闲下来,我们总是通过推理与神游来提升我们的高阶自我。

"'杰夫,'过了许久,安迪说道,'遇上你跟我唠叨你

---

[1] 威廉·詹宁斯·布莱恩(1860—1925),美国政治家,曾经是历史上最年轻的美国总统候选人,但三次代表民主党参选美国总统都失败了。

那套良心生意经的时候,我很少能忍住不跟你抬杠。也许,犯错的常常是我。但在眼下这桩事情上,我想我们会达成共识。我觉得我们不该任由默奇森先生独自去芝加哥见那些假钞贩子。那样的话,只可能有一种结果。如果咱们以某种方式插手,阻止这事发生,咱俩的心里都会好过一些,你认为呢?'

"我站起来握住安迪·塔克的手,握得很紧,也握得很久。

"'安迪,'我说,'过去,对于你冷酷无情的经营手法,我有过一两句尖刻的评价,如今我收回它们。你毕竟还有一颗善良的心,它让我对你刮目相看。你说的就是我想的。默奇森已经中了招,如果我们听任他继续深陷下去,那很不体面、很不光彩。如果他铁了心要去,咱们就跟他一起去,防止这个骗局得逞。'

"安迪表示同意;我很高兴地看到,他是真心想要破坏这一出假钞骗局。

"'我不认为自己是善男信女,'我说,'或是道德的偏执狂;但眼看一个凭着智慧和心血,冒着巨大风险才白手起家的人被掠夺公众利益的不法骗子抢劫,我没法袖手旁观。'

"'没错,杰夫,'安迪说,'如果默奇森坚持要去,我们就紧跟着他,把这桩荒唐的买卖搅黄。我跟你一样不愿看到有人以这种方式糟蹋钱。'

"于是,我们去找默奇森。

"'不,伙计们,'他说,'我不能放任这来自芝加哥的塞壬[1]之歌在夏日微风中从我耳边飘过。那里已经生好了一把火,要么是我被煎出油来,要么是他们的锅被烧出一个大洞。有你俩陪我一起去,我心里更有底了。也许在以五换一的交易开始进行的时候,你们能帮上一点忙。如果你们二位愿意一起去的话,那我简直要把这一趟当成是消遣,当成是赴宴了。'

"默奇森在格拉斯代尔放出消息,说他要离开几天,同皮特斯先生与塔克先生一起去西弗吉尼亚勘测铁矿。他给琼斯·史密斯去了一封电报,说定了踏进蛛网的日期;我们三人随即启程向芝加哥进发。

"一路上,默奇森以预感和事先的想象,虚构出种种快乐的回忆来取悦自己。

"'穿一身灰色西装,'他说,'在沃巴什大道和莱克街的西南角。他丢下报纸,我就问他水怎么样。哦,哈哈!'接着,他笑得上气不接下气,足足笑了五分钟。

"有时默奇森是严肃的,但无论他当时想到的是什么,苗头才一出现,就被他用插科打诨给掩盖过去了。

"'伙计们,'他说,'即使给我一万美元,我也不愿意这事传到格拉斯代尔。那会毁掉我的名声。但我知道你们都是

---

[1] 塞壬,是西方传说中的海妖,最早出现在荷马史诗《奥德赛》之中。当有船只经过时,塞壬会坐在礁石上唱歌,听到歌声的水手会迷失心智,最终导致船毁人亡。

好人。我认为设法严惩这帮祸害大众的强盗是每个公民的责任。我要让他们看看水到底好不好。五块换一块——这是那个J·史密斯开出的价码,如果他要和比尔·默奇森做买卖,就得信守承诺。'

"我们大约在傍晚七点钟抵达芝加哥。默奇森要在九点半左右去和灰衣男人见面。我们在一家酒店吃了晚饭,然后去默奇森的房间等待。

"'好了,伙计们,'默奇森说,'咱们这就合计合计,制定一个退敌计划。比如,在我和那个穿灰衣服的托儿讨价还价的时候,好像完全是机缘巧合一样,你们进来了,喊了一句:"你好啊,默奇!"然后又惊讶又亲热地和我握手。我就把那骗子叫到一边去,告诉他你们一个叫詹金斯,一个叫布朗,都是从格拉斯代尔来的,做的是杂货和饲料生意,都是老实人,现在出门在外,或许想碰碰运气。'

"'他当然会说:"叫他们也一起来吧,如果他们愿意投资的话。"你们觉得这个计划可行吗?'

"'你认为呢,杰夫?'安迪看着我,说道。

"'好吧,我来告诉你我的计划吧,'我说,'我的计划不用等待,当场就可以完成。我看不出还有什么浪费时间的必要。'我从口袋里掏出一把点三八手枪,拨弄了几下弹筒。

"'你这头造孽的、阴损的、伤天害理的肥猪,'我对默奇森说,'把那两千美元拿出来,放在桌子上。赶紧照办,不然马上就让你好看。我宁愿做个谦谦君子，不过，我时不时地也会走极端。你这种人，'在他交出钱以后，我继续说道，'让法庭和监狱有事可做。你来这儿见那些人，就是想抢人家的钱。因为他们想要讹你，你就有借口了吗？不，先生；你只不过是黑吃黑而已。你比那些假钞贩子坏十倍。你在自己的家乡去教堂做礼拜，假装是个正派公民，可却到芝加哥偷别人的钱，人家不断和你今天想成为的那种跳梁小丑打交道，才勉强把生意做得有了声色，有了规模。你怎么不想想，那个假钞贩子可能要靠这种危险的买卖养活一大家子人？你们这群人模狗样的体面良民，成天琢磨着怎样不劳而获；这个国家充斥着坑人的彩票、空头矿山、股票交易和通信诈骗，都是拜你们所赐。要是没有你们，他们早就闭门关张了。你打算抢劫的那个假钞贩子，也许为了学习业务，钻研了许多年。每做一单买卖，他都得押上自己的金钱、自由，甚至生命。你却把自己包装得圣洁无辜，用气派的外表和体面的通信地址来欺骗他。如果钱落在他的手里，你可以向警察告密；如果钱落在你的手里，他只能当掉灰西装去买顿晚饭，什么也不能对别人说。塔克先生和我看穿了你的把戏，所以才跟来，看看你会遭什么报应。把钱递过来，你这个吃草的伪君子。'

"我把那一百张二十美元面值的钞票装进内衬口袋。

"'现在，把你的表掏出来，'我对默奇森说，'不，我不要。把它搁在桌上，你在那把椅子上坐着，过一个小时才能挪窝。

要是你弄出任何动静,或是提前哪怕一个瞬间,我们会把你的事迹印成传单,贴满格拉斯代尔的大街小巷。我猜,你在那里的名位不止值两千美元吧。'

"接着,我和安迪就离开了。

"在火车上,安迪沉默了良久,后来终于开腔问我:'杰夫,我能向你提个问题吗?'

"'两个也行,'我说,'四十个都没问题。'

"'在我们跟默奇森一起动身的时候,'他说,'你就是这么打算的吗?'

"'嗯,当然啦,'我说,'不然还能怎么样?你不也是这么想的吗?'

"大约过了半小时,安迪才再次开口说话。我认为,安迪有时候无法充分理解我的伦理道德保障体系。

"'杰夫,'他说,'等你有空,我希望你能给你的良心画一幅带注释的示意图,以便我偶尔也能参考参考。'"

## 艺术良心

"我始终没能让我的搭档安迪·塔克遵从纯正的骗术行业操守。"有一天,杰夫·皮特斯对我说。

"安迪太有想象力,不可能做到诚实。他设计的敛财招数,手段够坏,来钱够快,与之相比,铁路公司的回扣制度都不算太黑心了。

"至于我自己,我从来不能心安理得地拿走别人的钱,除非我也给人家一点东西——比如裹了金箔的首饰、花卉种子、治腰疼的药水、股票债券、火炉清洁剂,或者直接给他的脑袋上留一道疤。我想我肯定有几个新英格兰的远古祖先,从他们那里继承了顽固且强烈的对警察的恐惧。

"但安迪的家系与我的截然不同。我不认为他的血统追溯起来,能够比一家法人团体更长久。

"一年夏天,我们在中西部,正带着一堆家庭相册、头痛粉和灭蟑螂药,在俄亥俄河谷中跋涉,安迪突发奇想,有了一个非但高妙,而且可行的生财大计。

"'杰夫,'他说,'我在想,我们应当抛弃这些蝇头小利,把注意力转向更营养、更丰产的领域。如果我们继续敲诈那些小雌鹿卖鸡蛋得来的小钱,就会被归入低级骗子之列。咱们何不潜入这个国家高楼林立的堡垒内部,在一头大雄鹿的胸膛咬上一口?'

"'呃,'我说,'你知道我的脾气。我宁可规矩一些,做些没风险的生意,就像我们现在这样。我拿了人家的钱,就要在他手里留下一些有形的物体,以转移他的注意力,让他不至于对我紧盯不放,哪怕只是一枚能向朋友的眼睛喷洒香水的恶作剧戒指也行。不过,要是你有了什么新鲜主意,安迪,'我接着说,'不妨说来听听。我没那么食古不化,不会排斥更有赚头的把戏。'

"'我想的是,'安迪说,'一场没有号角、猎狗和照相机的狩猎行动,猎物是那些通常被称作匹兹堡百万富翁的米达斯[1]美国人。'

"'在纽约吗?'我问。

"'不,先生,'安迪说,'在匹兹堡。那里才是他们的栖息地。他们不喜欢纽约。他们时不时去纽约,只是因为纽约

---

[1] 米达斯,是希腊神话中的佛律癸亚国王,贪财如命。

希望他们去。'

"'一个匹兹堡的百万富翁在纽约，就像一只苍蝇在一杯热咖啡里——他赚尽了口水和眼球，但并不觉得享受。纽约嘲笑他在那个满是卑鄙之徒和势利之辈的城市里挥霍了那么多钱。其实，他在那里没多少花销。我见过一个身价一千五百万的匹兹堡人在"大话城"纽约的十日游账单。具体如下：

| | |
|---|---|
| 往返火车票 | 21 美元 |
| 市内车费 | 2 美元 |
| 住宿费（每天 5 美元） | 50 美元 |
| 小费 | 5750 美元 |
| 合计 | 5823 美元 |

"'听到纽约的笑声了吗？'安迪继续说道，'那座城市无非就是一个服务生领班。如果你给他太多小费，他就会跑去门口，跟管衣帽寄存的侍应一起取笑你。一个匹兹堡人真想花钱找乐子的时候会选择待在家里。咱们就去那里逮住他。'

"好了，闲话少说。我和安迪把我们的乙酰亚砷酸铜和安替比林药粉藏在一个朋友的地窖里，然后抄近道去了匹兹堡。

安迪没有拟订任何行使阴谋或暴力的计划,他一向很自负,确信他那缺德的天性会自发地伺机而动。

"因为我的正直和自保意识,他不得不稍做让步,承诺说,只要我积极参与任何我们可能开展的违法生意,不和他唱反调,那么为了让我的良心好受一些,那些破了财的受害者们会换得一些能被视听触嗅等感官捕捉到的实物。那之后,我的心里没了芥蒂,就更愉快地投身于我们的无规则游戏了。

"'安迪,'当我们穿过烟雾,在人称史密斯菲尔德街的煤渣路上漫步的时候,我说,'你想好了没有,我们怎样打进那些焦炭大王和生铁小鬼的圈子呢?我不是贬低自己的价值,也不是看轻自己那套厅堂礼仪,更不是对橄榄叉和馅饼刀有什么向往,'我接着说,'但我们想混进那些抽长雪茄的人举办的沙龙,恐怕比你想象的还要困难些呢。'

"'如果确有什么在妨碍我们,'安迪说,'那大约得怪我们太有教养,太有文化了。匹兹堡的百万富翁是一个朴实、直率、低调、民主的群体。'

"'他们在待人接物方面很野蛮、很不文明,表面上看,似乎只是爱起哄、不知收敛,其实是骨子里太过粗鲁、太过无礼造成的。他们当中,几乎每一个的发家路数都很可疑,'安迪又说,'而且他们将继续生活在云遮雾罩当中,直到这座城市以罡风劲扫予以驱散。只要我们行事简单直接,别和沙

龙的气氛差得太远，再像铁路进口税一样持续不断地弄出动静来，我们在社交方面就不会遇到任何麻烦。'

"于是，安迪和我在城里转悠了三四天，摸了摸底，对几个百万富翁的情况有了初步的了解。

"其中一个常把汽车停在我们住的旅馆门前，叫人拿一夸脱香槟给他。侍者开瓶之后，他便就着瓶口，仰着脖子喝下去。这表明他在发迹之前是个吹玻璃的工人。

"一天晚上，安迪没回旅馆吃饭。十一点钟左右，他来到我的房间。

"'对象落实了，杰夫，'他说，'一个身家一千两百万的家伙。从事的业务范围包含石油、轧钢厂、房地产和天然气。他为人很和气，没什么架子，所有的财富都是最近五年赚来的。现如今，他聘了好几位教授，在艺术、文学、服饰穿搭等方面教导他。'

"'我见到他的时候，他刚从一个钢铁大亨那里赢了一万美元，他们两人打赌，他赌的是阿勒格尼轧钢厂今天会有四个人自杀。所以，视线所及的每个人都跟着他去酒吧蹭酒喝了。他对我另眼相看，请我和他共进晚餐。我们去了钻石巷的一家餐馆，坐在凳子上，喝了泡沫丰富的摩泽尔葡萄酒，吃了海鲜杂烩和炸苹果饼。

"'然后，他带我去看他在自由街的单身公寓。那是水产市场楼上的十个房间，再上一层，还有一间专用的浴室。他告诉我,为了布置这所公寓,他花了一万八千美元,这话我相信。

"'他在其中一间房里收藏了价值四万美元的画,还在另一间房里收藏了价值两万美元的古玩。他叫斯卡德尔,四十五岁,正在学习钢琴,他的油田每天产出一万五千桶石油。'

"'好啊,'我说,'初战告捷。可是,接下来呢?从那堆艺术废品里能捞到什么好处?石油跟我们又有什么关系?'

"'嗯,那我来解释一下吧,'安迪坐在床上若有所思地说,'那个人可不像他的名字那么普通。当他给我展示那些陈列艺术品的柜子的时候,他的脸就像炼焦炉的门一样红得发亮。他说,如果接下来顺利做成几笔大买卖,他就能使 J. P. 摩根[1]收藏的那些血汗工厂生产的挂毯和缅因州的奥古斯塔收藏的那些明珠看起来就像把鸵鸟胃囊里的草根和石子儿投在幻灯片上一样土得掉渣。'

"'后来,他还给我看了一件小雕刻,'安迪接着说,'任谁都看得出,那是一件奇珍,据他说,有两千年的历史了。那是一朵莲花,中间包裹着一张女人的脸,由一整片象牙雕琢而成。斯卡德尔在藏品目录里找到了它的相关介绍。公元

---

1 约翰·皮尔庞特·摩根(1837—1913),美国著名银行家,摩根大通公司的创始人,被称为"世界的债主"。

之前的某一年,一个名叫卡夫拉的埃及雕刻匠做了两个这玩意儿献给拉美西斯二世[1]。另外一个已经失踪了。古董店和旧货商把整个欧洲都翻了个遍,也没有找到任何线索。斯卡德尔花了两千美元从别人手上把它买了过来。'

"'哦,好,'我说,'对我而言,这听上去就像潺潺流水。悦耳,但没意义。我还以为咱们是来教百万富翁们做买卖的,没料到却是来向他们学艺术的。'

"'耐心点,'安迪心平气和地说,'也许不久,我们就能在烟雾中瞅见缝隙。'

"第二天,安迪一整个上午都在外面。中午之前,我和他没照过面。他一回来,就叫我到走廊另一头他的房间里去。他从口袋里掏出一个鹅蛋大小的圆形包裹,把它拆开。里头是一件象牙雕刻,和他所描述的那件百万富翁的藏品模样差不多。

"'我刚才在一家旧货店兼典当铺里,'安迪说,'看到这东西被埋在一大堆旧匕首和破烂货下面。当铺老板说,它在那里躺了好几年了,估计是某个早已没人记得的阿拉伯人、土耳其人,或是随便哪个国家的人从河边带过来,押在这里的,现在到期未赎,成了死当。

"'我出价两美元,但肯定露出了一副很迫切的样子,以

---

[1] 拉美西斯二世(约前1303—前1213),古埃及第十九王朝的第三位法老。

至于他说，如果价格谈不到三百三十五美元，就等于夺走他的孩子们嘴里的面包。最后的成交价是二十五美元。

"'杰夫，'安迪接着说，'这东西真的和斯卡德尔的那件雕刻一模一样，简直就是它的孪生兄弟。他会掏出两千美元买下它，动作就跟用餐巾围住下巴一样快。无论如何，谁敢说这一定不是那个老吉卜赛刻成的另一件真品？'

"'确实是这么回事，'我说，'可我们怎样才能逼得他自主自愿地买走它呢？'

"安迪已经做了完备的计划，我这就来谈谈我们的实施步骤。

"我戴上一副蓝色眼镜，换上黑色长礼服，把头发揉得乱七八糟，摇身一变，成了匹克曼教授。我去了另一家旅馆，登记入住后给斯卡德尔发电报，请他马上来见我，面谈一件有关艺术的事务。不到一个小时，电梯载着他来到我面前。他是个大大咧咧的人，嗓门洪亮，身上散发着康涅狄格纸烟和汽油的气味。

"'你好啊，教授！'他嚷嚷着，'在忙什么呀？'

"我把头发揉得更蓬更乱，透过蓝色镜片瞪着他。

"'先生，'我说，'你是宾夕法尼亚州匹兹堡的科尼利厄斯·T.斯卡德尔吗？'

"'是我，没错。'他说，'出来喝一杯吧。'

"'对于这种害人的消遣，'我说，'我没时间，也没欲望。

我从纽约来,是为了谈关于生——关于艺术的事情。'

"'我听说你有一件拉美西斯二世时期流传下来的象牙雕刻,表现的是包裹在一朵莲花中的伊西丝女神[1]头像。像这样的雕刻,世上只有两件。其中一件已经失踪多年。最近我在维也纳一家不为人知的博物馆发现了另一件,是典当品,我买了下来。我还想买下你手里的那件。你开个价吧。'

"'啊呀,我的老天爷,教授!'斯卡德尔说,'你找到另一件了吗?要我卖?怎么可能!我可不觉得科尼利厄斯·斯卡德尔有必要卖掉任何他想要留下的东西。你那件雕刻有随身带着吗,教授?'

"我拿出东西给斯卡德尔看。他仔细地查验了一番。

"'是真货,'他说,'和我那件一模一样,每一个线条、每一个棱角都完全一样。告诉你我的打算吧,'他继续说道,'我不卖,但我买。我出两千五百美元买你这件。'

"'既然你不卖,那我卖,'我说,'请付大票。我是个干脆的人。我明天要在水族馆演讲,今晚就得赶回纽约。'

"斯卡德尔开了一张支票,在旅馆兑付了现款。他带着那件古董走了,我根据事先的约定,赶回安迪的旅馆与他会合。

"安迪正在房间里徘徊,时不时地看看手表。

---

[1] 伊西丝女神,古埃及神话中的生育与丰收之神。

"'怎么样?'他说。

"'两千五百美元,'我说,'是现金。'

"'我们要赶巴尔的摩至俄亥俄的西行列车,'安迪说,'还剩十一分钟就要发车了。拎着行李,快走。'

"'这么着急干吗?'我说,'这笔生意做得规规矩矩。就算那东西只是原作的仿品,他也得花些工夫才能鉴定出来。何况他好像认定了那是件真品。'

"'是真品,'安迪说,'那就是他自家的那件。昨天,在我欣赏古玩的时候,他有事离开了一会儿,我就把它揣进了兜里。现在,拿上箱子,赶快跟我走。'

"'可是,'我说,'你为什么编故事,说你在当铺里发现了另外一件?'

"'哦,'安迪说,'是为了照顾你的良心。走吧。'"

## 黄雀在后

普罗文萨诺餐厅的一角,我和杰夫·皮特斯在吃意大利面,他利用这段时间,向我剖析了三种不同类型的骗术。

每年冬天,杰夫都会来纽约吃面,顺带从他的灰鼠皮大衣深处探出脑袋,看一看东河上行驶的船只,再把一批芝加哥生产的服装囤进富尔顿街的铺子里。另外三个季节,你可能会在更靠西的地方发现他的踪迹——主要在斯波坎到坦帕之间[1]。

他视他的职业为一种荣誉,还建立了一套严肃而独特的哲学道理来支撑和捍卫这种荣誉。他的职业并不新奇。他本人就是一个没有资产、不限经营范围的股份制公司,接收他

---

[1] 斯波坎和坦帕都是美国的地名,斯波坎位于华盛顿州东部,坦帕位于佛罗里达州中西部。

的同胞们由于不安分、不明智而流失的美元。

每年一度，杰夫来这片石头堆砌的荒野，度过他那孤独的假期，逢人便要兴高采烈地吹嘘形形色色的冒险经历，就像小男孩喜欢在日落之后去树林里吹口哨一样。因此，我在日历上标出了他到来的日期，跟普罗文萨诺餐厅打好招呼，要他们在花里胡哨的橡皮植物和墙上的宫廷风格镶框画之间安排一个角落，留张酒渍斑斑的小桌子给我们。

"有两类骗术，"杰夫说，"应当用法律予以铲除。我指的是盗窃和华尔街的投机。"

"灭掉其中之一，几乎人人都会同意。"我笑着说。

"嘿，盗窃也应当要铲除。"杰夫说。我怀疑自己刚才那一笑是不是错付了。

"大约三个月之前，"杰夫说，"我有幸结交了上述两种非法艺术的典型。我同时成了一位入室盗窃协会成员和一位金融街的约翰·D. 拿破仑的座上宾。"

"真是个引人入胜的组合，"我打着呵欠说，"我跟你说过没，上周在拉马波斯，我只开一枪就打到了一只鸭子和一只地松鼠？"

我很清楚怎样打开杰夫的话匣子。

"我先跟你说说这些寄生的爬藤是怎样用毒眼污染了公正的源泉，又是怎样阻塞了社会前进的车轮。"杰夫说。他的眼中闪烁着那种揭发世间丑恶的清白之光。

"我刚刚说过,三个月之前,我和坏人交上了朋友。纵观人的一生,有两种时刻可能遭遇这种事——身无分文的时刻和腰缠万贯的时刻。

"最正当的生意偶尔也会时运不济。那是在阿肯色州,我在一个十字路口拐错了弯,不小心驶进了皮文镇。前一年春天,我似乎已经把这地方搜刮过一遍了。我在那里卖出了价值六百美元的果树幼苗——有李树、樱桃树、桃树和梨树。皮文镇人一直瞪大眼睛紧盯着道路,盼着我能再次经过。我驾着车从缅因街一直行驶到水晶宫药店,才发觉我和我的白马比尔遇到了埋伏。

"镇上的人们出其不意地拽住比尔的缰绳,逮住了我,和我谈起一些并非与果树全然无关的话题。他们的几个负责人在我的背心袖孔上穿了一截链子,押着我从他们的果园和花园中走过。

"那些果树的生长背离了标签上的名称。它们中的大部分变成了柿子树和山茱萸,其间混进了一两个栎树丛或杨树丛。唯一显示出发育迹象的是一棵可爱的小白杨,结出的果实却是一个马蜂窝和半件破胸衣。

"皮文镇的居民拖着我,在这次'无果'的漫步中,来到了镇子边上。他们把我的手表和钱拿去抵债,还扣下比尔和马车作为抵押。他们说,当山茱萸树结出第一颗六月早桃的时候,我就可以取回我的东西。接着,他们解开了链子,朝着落基山脉的方向一指；于是我沿着刘易斯和克拉克[1]走过的路线向着汹涌的激流和幽深的密林奔去。

"在恢复理智之后，我发现自己走进了圣菲铁路沿线的一座不知名的小镇。皮文镇人掏空了我的衣兜，只留下一块口嚼烟草——他们不想要我的命——而这东西，能救命。我咬下一块，坐在铁轨旁的一堆枕木上嚼着，以唤醒我的思考力和洞察力。

"这时，有一辆货运快车疾驰而来，经过镇子的时候稍稍减了些速度；一个黑色的大包裹从车上掉下来，在飞扬的尘土中滚出了二十码远，接着站了起来，啐出些烟煤和咒骂。我这才看清，那是个年轻人，阔脸盘，穿着考究，仿佛刚从普尔曼式客车上走下来，而不是从货车上滚下来。尽管被弄得灰头土脸，好像才干完扫烟囱的活儿，但他的脸上还是挂着一副惬意的笑容。

"'摔下来啦？'我说。

"'不，'他说，'自己下来的。我到目的地了。这是个什么镇子？'

"'还没来得及查地图呢，'我说，'我也就只比你早到五分钟。你觉得这里怎么样？'

---

[1] 梅里韦瑟·刘易斯（1774—1809）和威廉·克拉克（1770—1838）曾奉杰弗逊总统之名，在1804年至1806年之间率领探险队在美国西部地区进行全面考察。

"'很硬,'他转了转一只胳膊,说道,'我觉得这边肩膀——不,没事儿。'

"他弯下腰去掸身上的尘土,从口袋里掉出了一根精致的、窃贼专用的那种九英寸长的钢撬棍。他捡起它,警惕地看了我一眼,接着咧嘴一笑,冲我一伸手。

"'老兄,'他说,'你好啊。去年夏天咱们不是在密苏里州南部见过面吗?那会儿你以每勺五十美分的价格卖染过色的沙子,说是放在灯里可以防止灯油爆炸。'

"'灯油不会爆炸,'我说,'爆炸的是灯油挥发产生的气体。'但不管怎么说,我还是跟他握了手。

"'我叫比尔·巴西特,'他说,'如果你把这当作职业自豪,而不是自负的话,那么我要向你宣布,你有幸遇见了在密西西比河一带活动的顶尖窃贼。'

"于是我和这个比尔·巴西特坐在枕木上,就像两个行当相近的艺术家常做的那样,以自吹自擂相互致意。他似乎也是一文不名,这让我们的关系更加紧密。他跟我解释为何一个有能耐的贼有时也不得不搭货车旅行,那是因为小石城的一个女仆愚弄了他,让他只能匆忙奔逃。

"'当我想舒舒服服地弄点小钱的时候,'比尔·巴西特说,'向小妞献殷勤也是我的工作内容。爱情会把她们迷得晕头转向。如果让我看到你的房子里有可偷的东西和漂亮的女仆,那你还不如自己把银器熔了卖掉。每次完事之后,我就去大吃大喝，垫下巴的餐巾沾满了松露和酒庄里酿的高级货；在那一边，警察却一口咬定是内贼干的，就因为老太太的侄子穷得靠给人教《圣经》为生。我先勾引屋里的姑娘，'比尔又说，'只要她放我进去，门锁自然也会放我进去。但小石城的这个妞儿坑了我。她看到了我和另一个姑娘一起乘电车。本来说定了，我要来的那个晚上，她会敞开大门等我，而且我还配好了楼上房门的钥匙。她肯定是从里面把门反锁了。她简直是一个大利拉[1]。'比尔·巴西特说。

"当时的比尔似乎不管三七二十一，掏出撬棍就想破门而入，这才惹得那姑娘就像坐在狩猎马车顶上望风的小厮，爆发出一串花样百出的叫嚷。于是，比尔不得不披荆斩棘，直奔车站。由于他没有行李，人家便想方设法阻挠他离开，他只好爬上一辆正开出站的货车。

"'好吧，'在我们彼此倾吐完各自过去的倒霉事之后，比尔·巴西特说，'我饿了。这个镇子看着不像是上了弹簧锁的。咱们犯上一点不痛不痒的罪过，弄几个小钱花花，想必也无伤大雅。我猜你身上并没带着生发油、贴金箔的表链，或者其他类似的假冒伪劣产品，没有什么东西可以拿到广场上推销给脑袋进水的乡啬鬼，对吗？'

---

[1] 大利拉，《圣经·旧约·士师记》中的人物。她是非利士人，却嫁给了反抗非利士人的以色列士师参孙。趁着参孙熟睡时，她剪掉了赋予他神力的头发，导致他随后被擒。

"'是的,'我说,'我的手提箱里有一批名贵的巴塔哥尼亚钻石耳环,还有其他炫目的镶钻首饰,都被扣在皮文镇了。在黑桉树上挂满黄桃和日本李子之前,它们只能待在那儿了。我想,除非咱们能把卢瑟·伯班克[1]找来合伙,否则是指望不上它们了。'

"'明白了,'巴西特说,'咱们尽力而为就好。也许天黑之后,我可以找一位女士借枚发夹,用来打开农牧渔业银行的门锁。'

"我们正聊着,一列过路的火车开进了附近的车站。一个戴着高顶礼帽的人在远端下了车,只好沿着铁轨磕磕绊绊地朝我们走过来。他是个矮胖子,大鼻子、老鼠眼,但穿得挺阔气,手上小心翼翼地拎着一个提包,仿佛里面装的是鸡蛋或铁路债券似的。他经过了我们,继续沿铁轨走着,好像根本没觉察到小镇的存在。

"'来。'比尔·巴西特跟我招呼了一声,自己先跟了上去。

"'去哪儿?'我问。

"'天啊!'比尔说,'难道你忘了你已经走进荒野啦?你没看见吗哪上校就落在你眼前吗?你没听见乌鸦将军在拍打翅膀吗?你真叫我吃惊,以利亚[2]。'

---

[1] 卢瑟·伯班克(1849—1926),著名园艺学家,在植物育种方面颇有建树。
[2] 以利亚,《圣经·旧约》中的先知。他在荒野中隐居的时候,乌鸦早晚为他送来食物。

"我们在树林边赶上了那个陌生人,那时好像日头已经落山,那地方又十分僻静,没人看到我们拦住了他的去路。比尔把那人头上的礼帽摘下来,用袖子擦了擦,又扣回他头上。

"'先生,这是什么意思?'那人说。

"'我戴着这种帽子的时候,如果感到尴尬,一般都会这么做。'比尔说,'这会儿我头上没帽子,只好借你的用用。我不知道该怎么开口跟你解释我们的买卖,先生,但我想我们可以先摸摸你的口袋里有什么。'

"比尔·巴西特摸遍了他的每一个口袋,露出一副鄙夷的神情。

"'连块表都没有,'他说,'你不为自己感到羞耻吗?你这个徒有其表的家伙。像个领班一样穿得人模狗样,像个伯爵一样兜里一毛钱也不装。就连交通费都没有,你打算怎么坐车啊?'

"那人开口声称自己没有钱财或是贵重物品。但巴西特夺过他的手提包,打开了。他只从里面翻出一些衣领和袜子,还有半张剪报。仔细读过报纸之后,比尔向那位被我们劫道的伙计伸出了手。

"'哥们儿,'他说,'你好啊!请接受朋友的歉意。我是比尔·巴西特,一个贼。皮特斯先生,你一定得跟阿尔弗雷德·E. 瑞克斯先生认识一下。握个手吧。皮特斯先生,'比尔说,'在破坏和贪污的舞台上,瑞克斯先生扮演的角色大概位于你我之间。他搜刮钱财时,总要付出一点东西。很高兴见到你,瑞克斯先生——我很高兴能见到你和皮特斯先生。这是我头一回参加全国掠夺者大会——窃贼界、诈骗界和金融界的代表都到齐了。查看一下瑞克斯先生的入场证明吧,皮特斯先生。'

"比尔·巴西特递给我的那半张报纸上刊登了这位瑞克斯先生的一幅玉照。那是一份芝加哥的报纸,其中的每个段落都把瑞克斯损得体无完肤。读过一遍之后,我从中得知,这个叫瑞克斯的,坐在芝加哥的豪华办公室里,把佛罗里达州被淹在水底的大块土地拖了出来,划进了城镇里,再卖给那些所谓的无辜投资者。在赚了大约十万美元之后,那些既没见识又爱挑事的买主中的一个(我也遇到过这种人,竟然用强酸来验我卖给他的金表),精打细算地去那里旅行了一趟,打算在晚饭前好好巡视一番,看看是不是需要给篱笆换一两根木栅,顺便赶一赶圣诞节礼的商机,收些柠檬回去卖掉。他雇了一名测量员帮他找他的地皮。他们经过艰难跋涉,终于找到了广告上说的繁华小镇天堂谷,可却是在奥基乔比湖中间距南边四十杆十六竿[1],再向东偏移二十七度的位置。那人的领地在三十六英尺深的水底,不但如此,由于这里长期

---

[1] 此处用"杆"数和"竿"数粗略表示方位,"杆"即较粗的木棍,"竿"则指较细的木棍。

归鳄鱼和雀鳝管辖，他的主权看上去也很成问题。

"这人回到了芝加哥，自然要把阿尔弗雷德·E.瑞克斯放在火上烤，那股热浪堪比气象局预报会下雪的早晨。瑞克斯驳斥了这种说法，但无法否认鳄鱼的存在。有一天，报纸用一整版曝光了这起事件，于是，瑞克斯便顺着防火梯溜出了大楼。看来，当局抢先一步没收了他用来存放战利品的保险箱，被逼无奈，他只好在手提包里塞了些袜子和一打十五号半的英式硬领，赶紧逃往西部。机缘巧合，他发现了几张夹在书里的火车里程票，刚好让他到达这座荒野中的小镇，与我和比尔·巴西特肩并着肩，当上了以利亚第三。而此刻，一眼望去，我们谁也看不见一只来喂养我们的乌鸦。

"接着，这位阿尔弗雷德·E.瑞克斯也嚷嚷起来，说他也饿，还说他已经抵不上一顿饭的价值，更别提支付一顿饭的价格了。就这样，我、比尔和瑞克斯凑到了一起。如果画三段抛物线作一个图示，则我们三人分别代表劳动、贸易和资本。如今，贸易没了资本，也就没什么周旋的余地了；而资本没了资金，更会让牛排和洋葱望而却步。能仰仗的就只有带着撬棍的劳动者了。

"'两位绿林兄弟，'比尔·巴西特说，'我还从没有在危难中抛弃过任何一个朋友。我好像看到在距这里不远的林子那边有一座空房子。咱们不如去那里待着，等天黑再说。'

"林间有一座废弃的旧屋子，我们三人就在那扎了营。天黑以后,比尔·巴西特吩咐我们等着,然后自己去外面晃了半小时。回来的时候,他抱着一大堆面包、排骨和馅饼。

"'这都是从瓦西塔街的一间农舍顺来的,'他说,'先来吃喝玩乐一场吧。'

"一轮皎洁的圆月正升上中天,我们席地而坐,就着月光大快朵颐。这位比尔·巴西特开始吹起了牛皮。

"'有时候,'他嘴里塞满了本地土特产,嘟嘟囔囔地说,'你们这些自认为自己的职业高我一等的家伙,真让我觉得不耐烦。在现在这种严峻的情势下,你们要做点什么能让咱们不至于饿死呢?你行吗,瑞克斯?'

"'我必须承认,巴西特先生,'瑞克斯含着一块馅饼,声音根本听不清,他说,'在这个紧要关头,也许,我不可能创建一家企业来稳住局面。我操办的那种大事业,自然需要事先进行精密的筹备。我——'

"'我明白,瑞克斯,'比尔·巴西特打断了他,'你不用再说了。你需要五百美元启动资金,先雇一名金发的打字员,再买四套橡木家具,然后你还要五百美元来登广告,再守株待兔,等上两个星期。在这种刻不容缓的状况下,你的解决方案就管用的程度来说,相当于通过主张把煤气事业收归市政管辖来挽救一个即将被劣质煤气熏死的人。你的手段也没快多少,皮特斯老兄。'他下结论道。

"'哦,'我说,'我还没见着你用魔杖把什么东西给变成

金子呢,我的好仙子先生。随便什么人,擦一擦魔法指环,总能搞到一点残羹剩饭。'

"'那只是先准备好南瓜而已,'巴西特大言不惭、眉飞色舞地说,'你还没回过神,那辆六驾马车就要来到你家门口了,灰姑娘小姐。也许你有什么锦囊妙计,不妨拿出来给咱们起个头吧。'¹

"'老弟,'我说,'我是比你大十五岁,可还没老到能申领养老金的地步。我以前也有过破产的时候。那边有个小镇,距离这里不到半英里,咱们一眼就能望见镇上的灯火。我师从蒙塔古·西尔弗,有史以来最伟大的街头推销员。这个时候,那里有几百个衣服沾满油渍的人在街上走。给我一盏油灯、一箱纺织品、一块两美元的白色橄榄皂,切成小块——'

"'你那两美元从哪儿来呀?'比尔·巴西特偷笑着插嘴打断了我的话。和这个小贼讲理是没有用的。

"'没辙啦,'他接着说,'你俩都无计可施啦。金融收起了办公桌,贸易合上了百叶窗。看来,你们都需要劳力来驱动轮子。好啦。你们都认命吧。今晚,我要让你们见识一下比尔·巴西特的能耐。'

"巴西特嘱咐我们在他回来之前待在小屋里,即使天亮也

---

1 在童话《灰姑娘》中,仙子用一个南瓜变出了马车,又把老鼠变成马,让灰姑娘乘着这辆马车去参加王子的舞会。

不要离开,然后便吹着轻佻的口哨,动身往小镇去了。

"这位阿尔弗雷德·E.瑞克斯脱下鞋子和外套,在帽子上铺了一块丝绸手帕当枕头,然后就地躺了下来。

"'我想我最好能安心地小憩一阵,'他尖声细气地说,'今天太累了。晚安,亲爱的皮特斯先生。'

"'代我向睡神请安,'我说,'我想我还得再坐一会儿。'

"根据我那块逗留在皮文镇的手表来估计,大约两点钟,我们那位勤劳的同伴回来了。他踢醒了瑞克斯,把我们叫到小屋门口有月光照耀的地方。接着,他把五个装有一千美元的袋子在地板上一字排开,然后就像一只母鸡对着自己下的蛋那样,对着它们咯咯大笑起来。

"'我来跟你们讲讲这个小镇的一些情况,'他说,'那里名叫石泉镇,镇上在建一座共济会堂,看起来民主党的镇长候选人就要被一介平民搞得一败涂地了,塔克法官的太太得了胸膜炎,现在好些了。在获得我所需的信息泉水的吸管之前,我不得不跟这些小人国的居民闲聊一通。镇上有一家银行,叫作伐木工信托基金与农民储蓄协会。昨天歇业的时候,里面存着两万三千美元的现金;今早开业的时候,里面还剩一万八千美元——都是银币——那是我好心,没拿太多。那么,贸易和资本,你们觉得如何?'

"'年轻的朋友啊,'阿尔弗雷德·E.瑞克斯举起双手,说道,'你抢银行了吗?天哪,哦,天哪!'

"'你怎么能这么说,'巴西特说,'"抢"这字眼未免太严重了。我只不过找了找这家银行在哪条街上。这座小镇极其安静,我站在街角,都能听到拨动密码锁的声音——"左转到四十五;左转两下到八十;右转一下到六十;左转到十五"——那声音清晰得像耶鲁橄榄球队队长发出的暗号指令。哥们儿,'巴西特又说,'这镇子的人醒得早。他们告诉我,居民们在天亮前就都起床了。我问他们干吗起那么早,回答是,因为那时候早饭已经准备好了。那么快乐的罗宾汉[1]会怎么做呢?肯定是赶快跑啊!一边跑一边演奏补锅匠的踢里哐啷交响曲。我给你们本钱。你要多少?快说,资本。'

"'我亲爱的年轻朋友啊,'这只名叫瑞克斯的地松鼠,后腿站立,前爪耍弄着坚果,说道,'我在丹佛有些朋友,他们愿意接济我。如果有一百美元,那我——'

"巴西特拆开一只钱袋,拣出五张二十美元的钞票扔给了瑞克斯。

"'贸易,你要多少?'他问我。

"'收起你的钱,劳动。'我说,'我还从没榨取过别人用勤恳劳作换得的那点来之不易的小财。我赚的钱,都是从烧掉自己口袋的蠢材和傻鸟那里抢救下来的。我站在街头巷尾,以三块钱的价格把一枚纯金钻戒卖给一个笨蛋,我自己的利

---

[1] 罗宾汉,是传说中的绿林好汉,被称为"侠盗"。

润才两块六而已。我知道,他会把它送给一个姑娘,以回报他从她那里得到的,本该用一百二十五美元的戒指来酬谢的好处。这一来一去,他倒赚了一百二十二美元。我们两个当中,谁才是最大的骗子?'

"'你以五十美分的价格,卖一小撮沙子给一个穷苦女人,说是能防止油灯爆炸,'巴西特说,'一吨沙子的价格是四十美分,你怎么不算一算她的净利润是多少呢?'

"'听着,'我说,'我叮嘱她要让油灯保持清洁,同时,油也要加足。她只要照做,灯就不会爆炸。加了沙子进去,她确信它不会爆炸,就安心了。这是一种工业基督教科学疗法。她花了五十美分,就让洛克菲勒和艾迪夫人[1]两位一起为她服务。不是所有人都能同时请动这两块金字招牌为自己效劳的。'

"另一边,阿尔弗雷德·E. 瑞克斯对比尔·巴西特五体投地,就差没去舔他的鞋子了。

"'我亲爱的年轻朋友,'他说,'你的慷慨,我永志不忘。上天会保佑你的。不过,我还是要恳求你悬崖勒马,改邪归正。'

"'胆小鬼,'比尔说,'钻回你的耗子洞,在护壁板后面窝着吧。你的教条和教诲在我听来,就像自行车打气筒发出

---

[1] 艾迪夫人,即玛丽·贝克·艾迪(1821—1910),是所谓"基督教科学疗法"的创立者,这种疗法提倡以安抚心灵来治疗身体疾病。

的最后一个尾音。你那一整套高高在上的掠夺方法，在抬升你自己的同时，给世界带来了什么？赤贫和匮乏。再说皮特斯老兄，他坚持用商业贸易理论来玷污抢劫的艺术，但也得承认自己黔驴技穷了。你俩都靠冠冕堂皇的说辞活着。皮特斯老兄，'比尔接着说，'你别客气。最好还是从这里选一份经过防腐处理的优质货币吧。'

"我再次要求比尔·巴西特把他的钱收起来。我不像某些人，我没法对盗窃表示敬意。我只要收了钱，就得付出点什么，即使只是一件提醒人们别再上当的微不足道的纪念品。

"在这之后，阿尔弗雷德·E. 瑞克斯又对比尔歌功颂德了一番，就同我们道别了。他说他要到农户家里租一辆马车，赶车去火车站，然后乘火车去丹佛。在那个可怜虫离开之后，整屋的空气都清新了些。他给这个国家中所有不劳而获的行业蒙羞。如果没有一个陌生的、友好的，也许还有点胆大妄为的窃贼伸出援手，任他有过多少个宏大计划，任他的办公室有多么豪华，他甚至连一餐像样的饭都弄不到。尽管想到他已经彻底沦为废物，我心底免不了有些同情，但看到他离开，我实在很高兴。手头没有充裕的资金，这人能干成什么大事？唉，阿尔弗雷德·E. 瑞克斯一旦离了我们，就跟一只四脚朝天的乌龟一样无助。他甚至没法从小女孩那里骗到一截粉笔。

"只剩下我和比尔·巴西特两个人的时候，我灵机一动，经过一番算计，最后形成了一个秘密的商业花招。我想，我得让这位窃贼先生瞧瞧生意和劳动的区别。他对商业和贸易出言不逊，伤害了我的职业自豪感。

"'我不愿接受你的馈赠，巴西特先生，'我对他说，'不过，如果你让我做你的旅伴，并且支付这一路的所有费用，我会对你感激不尽。你的背德行径给小镇造成了财政赤字，也将这里变得危机重重，我们得赶紧逃脱才行。'

"比尔·巴西特同意了。于是，我们先步行朝西走，准备一遇到安全的火车就上去。

"到达亚利桑那州一座名叫洛斯佩罗斯的小镇时，我提议我们再在这种小地方碰碰运气。那里是我年迈的导师蒙塔古·西尔弗的家乡。如今，他早已金盆洗手。我知道，只要我把一只在某处盘旋的苍蝇指给蒙蒂看，他就能为我制定一个在那里圈钱的妙招。比尔·巴西特则说，所有的城镇在他看来都差不多，因为他的工作主要在夜间进行。于是，我们就在洛斯佩罗斯下了车，那是位于银矿地区的一座美丽的小镇。

"我有一点精妙又稳妥的小盘算，就作用来说，相当于一台商业投石机，我准备用它痛击巴西特的耳朵根子。我不会趁他熟睡时卷跑他的钱。我会留张彩票给他，这代表一个价值四千七百五十五美元的经验教训——我估计到我们下车时，他身上还剩这么多钱。然而，第一次听我隐晦地向他提及某项投资的时候,他便表示坚决反对,将后续的种种说法统统扼杀了。

"'皮特斯老兄,'他说,'像你提议的那样,入股某一类企业,这主意不坏。我觉得没什么不行的。不过,只有在觉得十拿九稳的时候,我才会这么做,除非罗伯特·E. 皮尔里[1]和查理·费尔班克斯[2]也加入董事会,不然,我可不放心。'

"'我还以为你想把钱拿出来搞点投资呢。'我说。

"'我想啊,'他说,'日想夜想。总不能整宿整宿地抱着钱睡觉吧。我跟你讲啊,皮特斯老兄,'他接着说,'我打算开一家纸牌赌坊。对于单调乏味的诈骗活动,比如推销打蛋器,或者在巴纳姆和贝利[3]的马戏场里卖那种只能撒在地上当锯末用的早餐麦片,我似乎怎么也提不起兴致。但从利润角度看,在偷银器和在沃尔多夫-阿斯托里亚[4]慈善市集上卖笔擦之间,开赌坊算是一个相当不错的折中方案。'

"'如此说来,'我说,'巴西特先生,你是不愿意听我介绍我这个小小的商业计划咯?'

---

1 罗伯特·E. 皮尔里(1856—1920),美国著名探险家,自1902年开始,数次率领探险队赴北极探险,并于1909年4月到达北极点。
2 查理·费尔班克斯(1852—1918),著名政治家,美国第二十六任副总统。
3 巴纳姆和贝利,指著名的马戏经纪人菲尼斯·泰勒·巴纳姆(1810—1891)和詹姆斯·安东尼·贝利(1847—1906)在1881年合作成立的"巴纳姆与贝利马戏世界"。
4 沃尔多夫-阿斯托里亚,是美国著名的连锁酒店。

"'得啦,'他说,'你要知道,在我驻地的方圆五十英里之内,你都别想玩出什么花样来。咱们最好井水不犯河水。'

"巴西特在一家酒吧的楼上租了个房间,置办了一批家具和彩色装饰画。就在同一个晚上,我去了蒙塔古·西尔弗家,从他那里拿到了两百美元本钱。然后,我去了洛斯佩罗斯唯一的一家卖纸牌的商店,把店里的库存全部买光了。第二天一早,店铺才开门,我又把所有的纸牌都送了回去。我说,我的合伙人改了主意,反悔了,我的生意做不成了,所以,我想把纸牌再卖回给店家。

"没错,到那时为止,我不但一无所获,还亏损了七十五美元。不过前一晚,拿到纸牌以后,我在每张牌的背面都做了记号。这是劳动的部分。接着就轮到商业和贸易出场了,我丢进水里作饵的面包开始以葡萄酒甜酱饼的形态回到我手上。

"第一批去比尔·巴西特的赌场买筹码的人里当然少不了我。比尔买走了镇上仅有的几副纸牌。我对扣在桌上的每一张牌都了如指掌,看到这一面,就知道另一面,比在理发师手上的两面镜子里看自己的后脑勺看得还清楚。

"赌局结束时,我手头有了五千美元,还多出一些零头。仍归比尔·巴西特所有的一切只剩他的流浪癖和他买来充作吉祥物的一只黑猫。在我离开前,他和我握了握手。

"'皮特斯老兄,'他说,'我不是做生意的料。我注定是个劳碌命。当一个顶尖的窃贼想把他的撬棍换成秤杆的时候,他便犯下了一个显而易见的错误。你玩牌的手法真是百试百灵、天衣无缝。再见啦,祝你好运。'那以后,我再也没有见过比尔·巴西特。"

"嗯,杰夫,"当这个奥托利克斯[1]式的冒险家似乎要透露故事主旨的时候,我说道,"我希望你妥善打理这笔财产。这可是正当——我是说,等有一天,你想安定下来,做些正当生意的时候,这可是一笔相当可观的流动资金。"

"我吗?"杰夫得意地说,"你大可放心,我绝对会照管好这五千美元。"

说着,他喜不自胜地拍了拍自己的上衣胸口。

"金矿股票,"他解释道,"每一分钱都投进去了。票面价格是每股一美元,一年之内准能翻五番,还不用上税。蓝地鼠矿。一个月之前刚发现的。如果你手头有闲钱,最好也投一些。"

"有时候,"我说,"这些矿不太可——"

"噢,这座矿可靠极了,"杰夫说,"已经探测到价值五万美元的矿藏,每月有百分之十的保底利润。"

他从口袋里掏出一个长信封,往桌上一扔。

---

[1] 奥托利克斯,是古希腊神话中的盗窃之神,《荷马史诗》中声称他是英雄奥德修斯的外公。

"我一直都随身带着,"他说,"这样一来,盗贼休想染指,资本也没法添乱。"

我看着那张印制精美的股票凭证。

"我看到了,是在科罗拉多,"我说,"对了,杰夫,我顺便问一句,后来上丹佛去的那个矮个子叫什么名字?就是你和比尔在火车站遇到的那个。"

"那只癞蛤蟆的大号,"杰夫说,"就叫阿尔弗雷德·E. 瑞克斯。"

"我看到这家矿业公司的总裁签名,"我说,"签的是 A. L. 弗雷德瑞克斯。不知道——"

"让我看看那张凭证。"杰夫急忙插嘴,差点就要从我手上把它抢过去。

为了多少缓解一些尴尬,我招呼侍应过来,又点了一瓶巴贝拉酒。我想,这么做总不至于有什么问题。

## 命运之路

> 我在万千道路上追寻
> 那些将实现的,那些将成真的。
> 凭诚挚坚定的心,凭爱的照耀——
> 难道它们不足以支撑我
> 去号令、躲闪、驾驭或塑造
> 我的命运?
>
> ——大卫·米格诺未发表的诗作

歌唱完了。歌词是大卫写的,旋律是乡村风格。围坐在酒馆桌旁的人们纷纷热烈喝彩,只因酒账都是年轻诗人付的。人丛中,唯有公证人帕皮诺先生微微摇了摇头,由于他读过些书,也由于他没有喝不花钱的酒。

大卫出了酒馆，走在乡间小路上，夜晚的凉气驱散了他脑中的酒意。他这才想起自己白天和伊温妮吵了一架，以至于决定今晚就离家出走，去外面的花花世界扬名立万。

"当我的诗歌被人们争相传颂的时候，"他自鸣得意地寻思着，"她也许就会明白，她今天说的那些话实在是大错特错。"

除了酒馆里那些个大吵大闹的家伙，村民们都已上床入睡。他蹑手蹑脚地摸进父亲田庄中自己的小棚屋里，把他那一小堆衣物打包装好，再拿一根木棍挑着包裹，转头上路，朝离开韦尔诺伊村的方向走去。

他从父亲的羊群旁边经过，它们在用于夜间休憩的畜栏里挤作一团——他每天牧羊的时候，都放任它们随地撒欢，自己只埋头在纸上写诗。他看到伊温妮的窗子里仍亮着灯，一种无力感突然袭来，动摇了他的决心。那盏灯也许意味着她的无眠、她的悔恨、她的愤怒，明天一早，也许——但是，不！他已经做了决定。韦尔诺伊村不是他的归宿。在这里，没有一个人能与他交心。他的命运和他的未来都着落在这条通往外界的道路上。

这条道路绵延三里格，穿过朦胧月色笼罩的原野，笔直得像庄稼汉刨出的犁沟。村里的人普遍相信，这路至少能直通巴黎；诗人时常一边走着，一边喃喃念着这个地名。此前，他从没去过离韦尔诺伊村那么远的地方。

## 左边的路

  走出三里格之外,前方的一切就都成了谜。脚下的道路和另一条路,以及更大的第三条路两两相交呈直角。大卫站住了,踌躇了一会儿,然后选择走向左边。

  在这条更为重要的公路上,刚刚驶过的车辆在黄土上留下道道车辙。再走半小时,就能看到在一座陡峭的小山脚下,有一辆笨重的马车陷在了河沟里,这才算给车辙找到了出处。车夫和马童一边吆喝,一边拽马笼头。道路一侧站着一位一身黑衣的高大男人和一位披着轻便长斗篷的苗条女士。

  大卫看出这些仆从徒有蛮力,欠缺技巧,便默默地加入,当起了行动指挥。他命令马夫们别再冲马嚷嚷,把力气都用在车轮上,只剩下驾车的,用马匹熟悉的声音继续驱策它们,大卫自己则用强有力的肩膀抵住马车后部,大伙儿协力一拉,把马车拽上了坚实的地面。仆从们都爬上车,各自找位置坐下。

  大卫站在原地,愣了一会儿。那位高大的绅士挥了挥手:"你也上车吧。"他的嗓门和他的体型一样大,但被修养和习惯变得柔和了许多。这样的声音使人自然而然地想要服从。仅仅过了片刻,命令又被重复了一遍,将年轻的诗人本就短暂的犹豫完全击碎了。大卫的脚踩上了步梯。在黑暗中,他隐约看见后座那位女士的身影。他打算在她对面落座,那个不容拒绝的声音却再次让他屈服了。

"你坐在女士身边。"

那位绅士把自己笨重的身躯卸在了前座。马车开始翻山。那位女士不声不响地缩在角落里。

大卫揣摩不出她的年纪,但她的衣物散发出一股淡雅的清香,引发了诗人的幻想,使他相信藏身于神秘背后的一定是一位可人儿。这样的一场奇遇时常出现在他的白日梦里。不过,它仍旧尚未实现,因为他还没能与这些谜一般的旅伴交换过只言片语。

一个小时之后,大卫透过窗户往外看,发现马车已经行驶在某个小镇的街道上。后来,车在一座门户紧闭、一片漆黑的房子前面停下了,一个车夫跳下车,不耐烦地擂起门来。楼上的一扇格子窗开了,探出一个戴着睡帽的脑袋。

"是谁深更半夜的还来打扰老实人的清梦?店打烊了。体面的游客可没有这么晚才来投宿的。别敲门了,快走。"

"开门!"车夫高声嚷道,"来的是波珀图伊斯侯爵老爷。"

"啊!"上面那人喊了起来,"万分抱歉,大人。小的不知道——这会儿太晚了——我这就来开门,听凭大人差遣。"

里面响起铁链和门闩的哐当声,门被猛地推开了。银壶旅馆的老板衣衫不整,擎着一支蜡烛站在门口,因为寒冷和害怕而哆嗦个不停。

大卫跟在那位老爷身后下了马车。"扶女士一把。"侯爵吩咐道。诗人照办了。牵着她下来的时候,他感觉到她的小手在颤抖。"进屋吧。"这是下一道命令。

一进门就是这家旅馆的餐厅,狭长的空间几乎给一张大橡木桌占满了。高大的绅士在近处的椅子里落座。那位女士则坐进了另一张靠墙的椅子,神情疲惫不堪。大卫站着没动,寻思着不如现在就请辞,继续上路。

"大人,"店主一揖到地,说道,"如……如果早知道有此荣……荣幸,小的早就备好一应消遣。如……如今这里只有酒和冷鸡肉,也……也许——"

"蜡烛。"侯爵以惯有的颐指气使,摊开白胖的手掌,比画了一下,说道。

"是……是,大人。"店主取来五六支蜡烛,逐一点着,挨个摆在桌上。

"假如老爷有兴趣,肯赏脸尝些勃艮第酒——这就有一桶。"

"蜡烛。"老爷摊开五指说道。

"明白,明白——立刻——我马上去,大人。"

又有一打蜡烛被点着了,餐厅里烛火通明。侯爵肥硕的身躯从椅子里溢了出来。他从头到脚,除了腕部和颈部露出雪白的褶边之外,一身全黑,甚至连佩剑的剑柄和剑鞘也都是黑的。他的表情傲慢且充满了嘲讽的意味,翘起的胡子尖几乎撩到了那双讥诮的眼睛。

那位女士一动不动地端坐着,这时,大卫发现她年轻漂亮,楚楚可怜。他久久凝视着她那凄凉的美态,直到被侯爵那炸雷般的嗓音惊醒。

"你叫什么名字,做什么工作?"

"大卫·米格诺。我是诗人。"

侯爵的小胡子翘得离眼睛更近了。

"你靠什么为生?"

"我也是一名牧羊人,为我父亲看管羊群。"大卫昂着头回答,但脸颊却红了。

"听着,牧羊诗人先生,你今晚撞大运了。那位女士是我的侄女露西·德·瓦雷纳小姐。她出身贵族,每年有一万法郎的俸禄。至于她的样貌,你自己观察判断吧。如果她的财产状况合乎你这个牧羊人的心意,只要说句话,你就能娶她为妻。别打断我。今晚,我把她送到了威尔莫伯爵的府邸,她本已被许配给他了。宾客都到了,牧师也候着了;她眼看就要和一个有财有势的理想对象完婚了。在圣坛前,这个一向谦恭温良的少女竟然像头母豹一样朝我扑来,指控我残酷暴虐,还当着目瞪口呆的牧师,撕毁了我为她订下的婚约。我当场对万千神魔起誓,一定要把她嫁给我们离开伯爵家之后遇到的第一个男人,无论这人是王子、烧炭工还是贼。你,牧羊人,就是这第一个。小姐今晚必须结婚。你不愿意,就再找别人。给你十分钟时间做决定。别多说多问。十分钟,牧羊人,很快就会过去。"

侯爵用白皙的手指把桌子敲得砰砰直响。他以一种隐晦不明的态度等待着,就像那些门窗紧闭、拒人于千里之外的大房子。大卫本想说点什么,但这大块头的举动让他硬生生地刹住了舌头。于是,他转而站到女士的座椅旁边,对她鞠了一躬。

"小姐,"他一开口就惊奇地发现,在如此美丽优雅的异性面前,自己的语言竟能保持流畅,"你都听到了,我是个牧羊人。有时,我幻想着自己是一位诗人。如果对美的崇拜与珍视是衡量诗人的准绳,那么此刻,我的幻想便得到了加倍的肯定。我能为你效劳吗,小姐?"

年轻的女士抬起干涩哀伤的眼睛看着他。面对如此重大的际遇,他坦率热情的脸庞变得严肃起来,他强壮挺拔的身形和清澈的蓝眼睛中饱含的同情,也许还有,她迫切需要的支持和期盼已久的善意,使她突然落下泪来。

"先生,"她低声说,"你看起来很真诚,很善良。他是我的叔叔,我父亲的弟弟,我唯一的亲人。他曾爱过我母亲,因为我像她,他便恨我。他使我长期生活在恐惧之中。我看到他就害怕,从来都不敢违抗他。但今晚,他想把我嫁给一个年纪比我大两倍的男人。给先生添麻烦了,望你能够海涵。他想强迫你做出疯狂的举动,你当然会拒绝。但仅仅针对你这些慷慨的话语,我也该表示谢意。很久没有人跟我说过话了。"

这时,除了慷慨之外,诗人的眼中又添了些别的东西。他是个如假包换的诗人,因为,旧人伊温妮已被他抛在了脑后,这个娇媚可爱的新人凭她的清新与优雅迷住了他。她的身上散发着微妙的香气,他的心里弥漫着奇异的情感。他将温柔的目光热情地投向她,她则如逢甘霖般汲取着它。

"我只有十分钟,"大卫说,"去做一件也许要数年才能完成的事情。我不会说我同情你,小姐;那不是真的——真相是,我爱你。我还没有能力去赢得你的爱情,但先让我把你从那个残酷的男人手中解救出来吧,也许,爱情会适时出现的。我认为自己有前途,我不会一直是个牧羊人。现在开始,我要全心全意地爱护你,让你的生活远离悲伤。你愿意对我托付终身吗,小姐?"

"啊,你会因为怜悯而牺牲自己的!"

"因为爱。时间快到了,小姐。"

"你会后悔,会嫌弃我的。"

"我活着的意义只为让你幸福,我会努力让自己配得上你。"

她从斗篷底下伸出美丽的小手,搁在他的手里。

"我愿把我的生命交给你,"她轻声说,"而且——而且爱情未必像你以为的那样遥远。跟他说吧。一旦离开他那双眼睛的威胁，我也许就能忘记。"

大卫走了过去，站在侯爵面前。那具裹在黑衣里的身体扭动了一下，用讥诮的眼睛瞥了一眼餐厅里的大钟。

"还剩两分钟。一个牧羊人用了八分钟时间决定是否接受一位美丽多金的新娘！说吧，牧羊人，你愿意做那位小姐的丈夫吗？"

"蒙小姐荣宠，"大卫骄傲地站着，说道，"她应允了我的请求，同意做我的妻子。"

"很好！"侯爵说，"你倒有些甜言蜜语的本事，牧羊人先生。小姐的运气还不算太糟。现在，按照教堂和魔鬼的规矩，尽快把这事给办了吧。"

他用剑柄重重地敲着桌子。店主过来了，膝盖哆嗦着，又拿了一堆蜡烛，指望着能讨得大老爷的欢喜。"找个牧师来，"侯爵说，"一个牧师，懂吗？十分钟之内带个牧师过来，否则——"

店主丢下蜡烛，飞奔而去。

来了一个眼皮低垂、衣衫不整的牧师。他为大卫·米格诺和露西·德·瓦雷纳证婚，使他们结为夫妻，然后把侯爵扔给他的金币揣进口袋，拖着脚步，投进了夜色。

"酒。"侯爵在店主面前摊开他那寓意不祥的手指，命令道。

"把酒杯斟满。"酒上来之后，他又说。他站在桌子那一头的烛光之中，像一座凶恶又自负的黑色山峰，有关旧爱的些许记忆，一旦与他的侄女交叠在一起，就在他的眼中酿成了剧毒。

"米格诺先生，"他举起酒杯，说道，"等我说完再喝酒：你娶的妻子会把你的生活变成一件肮脏卑微的东西。她继承的血脉里流淌的是阴暗的谎言和残酷的毁灭。她会给你带来耻辱和不幸。魔鬼附身在她的眼睛、她的皮肤和她的嘴里，她甚至堕落到用这些来引诱一个乡巴佬的地步。诗人先生，这就是你所期许的幸福生活。来，喝酒。最后，小姐，我终于摆脱你了。"

侯爵喝掉了杯中酒。那姑娘的唇间迸出一阵微弱的痛哭声，仿佛遭受了突如其来的创伤。大卫手里端着酒杯，朝前走了三步，面对着侯爵。他的举止不太像一个牧羊人。

"现在，"他冷静地说，"既然有幸蒙你称呼一声'先生'，那我是不是可以，因为与小姐联姻，而稍稍将地位抬得距你更近一些——就算只是凭借间接获得的身份——让我能在我所设想的一件小事上，跟阁下有同等的权利？"

"你可以，牧羊人。"侯爵揶揄道。

"那么，"大卫把杯里的酒洒在刚嘲笑过他的那双轻侮的眼睛里，说道，"也许你会屈尊和我决斗。"

这位大人怒不可遏，突然爆发出一阵号角般的粗声咒骂。他从黑色剑鞘里拔出佩剑，对手足无措的店老板喊道："找一把剑来，给那个蠢货！"他转身面对那位小姐，发出让她心惊胆寒的笑声，说道："你给我添了多少麻烦啊，小姐，看来，我必须在同一个晚上，先给你找个丈夫，再让你成为寡妇。"

"我不会使剑。"大卫说。当着妻子的面承认这一点让他很是羞愧。

"'我不会使剑。'"侯爵模仿他的样子，接着又说了句，"我们要像庄稼汉一样用木棍打斗吗？喂，弗朗索瓦，拿我的手枪来！"

一名车夫去马车里取来枪套，掏出两把以银雕装饰的大手枪。侯爵把其中一把扔在大卫手边的桌子上。"到桌子的另一头去，"他叫道，"即使是牧羊人，也会扣扳机。不过，有幸死在德·波珀图伊斯手下的牧羊人可少见得很。"

牧羊人和侯爵在长桌的两端对视。店老板吓得魂不守舍，手在空中乱抓一气，结结巴巴地说："老……老爷，看在基督的分上！别在我的店里！——别动手啊——这样会坏了我这里的规矩——"他被侯爵的眼神威慑住了，舌头失灵了。

"懦夫，"波珀图伊斯大人叫道，"管住你的牙齿，别再让它们打战了。帮我们喊个口令，如果你能做到的话。"

店主双膝一软，跪倒在地板上。他不只说不了话了，甚至出不了声了。不过，他仍在用手势为他的店和他的规矩呼吁和平。

"我来喊口令。"那位小姐清楚明白地表示。她走到大卫面前,深情地吻了他。她眼中闪着光芒,脸上泛起了红晕。接着,她走到一边靠墙站着,随着报数开始,两个男人都举起了枪。

"一——二——三!"

两声枪响挨得很近,以至于烛火只跳了一下。侯爵站着没动,脸上露出了微笑,左手五指张开,摁在桌子的一端。大卫仍旧站得笔直,缓缓地转头,用目光搜寻着他的妻子。然后,他瘫倒在地,就像一件衣服从挂钩上滑落下来。

守寡的新娘发出短促的一声恐惧和绝望的尖叫,跑过来俯下身看着他。她找到了他的伤口,然后带着固有的苍白忧郁的神色,抬起了头。"穿过了他的心,"她低声道,"哦,他的心。"

"过来,"侯爵炸雷般的声音再次响起,"出去,到马车上去!天亮之前我就要摆脱你。今晚你就得再嫁一个活的丈夫。就看我们下一个遇到的人是谁,我的小姐,劫道的或种田的都行。如果一路都见不着人,那你就嫁给为我们开门的下人。出去,上车!"

身材魁梧、冷酷无情的侯爵,重又将自己隐入斗篷的小姐,背着武器的车夫——全都出了门,上了一直候在外面的马车。沉重的车轮滚滚前行,回声响彻昏睡的小镇。在银壶旅馆的餐厅里,六神无主的店老板拧着双手,低头看着被杀害的诗人,二十四支蜡烛的火光在桌上闪烁舞蹈。

## 右边的路

　　　　走出三里格之外,前方的一切就都成了谜。脚下的道路和另一条路,以及更大的第三条路两两相交呈直角。大卫站住了,踌躇了一会儿,然后选择走向右边。

他不知道它通往何处,但他决心当晚就将韦尔诺伊村远远甩在身后。走了一里格之后,他路过一座大别墅,从种种迹象看来,这里不久之前曾歌舞升平。每一扇窗都灯火通明,石门之前留有宾客们乘坐的马车在泥地上印下的一道道纹样各异的车辙。

又走了三里格,大卫累了。他在路边用松枝铺了张床,睡了一小会儿。接着起身,沿着这条未知的路继续前行。

就这样,他在这条大道上一连走了五天,睡的是大自然的睡榻或农家的草垛,吃的是好客的人家施舍他的黑面包,喝的水来自溪流或慷慨的牧羊人的杯子。

终于,他过了一座大桥,踏进了这座以笑脸相迎的城市,这里毁掉的和成就的诗人比世界上其他地方加起来都多。当巴黎用低音对他唱响活力盎然的迎客曲——一支由噪声、脚步声和车轮声混成的曲子——他的呼吸渐渐变得急促。

大卫租下了孔蒂街一座老房子的阁楼,然后就坐在木椅子上写起了诗。这条街道曾经为体面和显要的市民提供荫蔽之所，现在只能收容那些每况愈下的人。

这些房子都很高大，仍残存着破败的尊严，但其中有许多都空置着，只有灰尘和蜘蛛在里面留宿。一到晚上，街上就回响着金铁交鸣之声和游手好闲的人从一个酒馆荡去另一个酒馆时的喧腾。曾经文雅崇礼的上流场所，如今成了腐败淫秽的下流地方。但大卫发现，这里的破房子同他的空钱包十分相称。无论在日光或烛光下，他都在纸笔之间奋斗着。

一天下午，他刚从下界地狱觅食归来，带回了面包、凝乳和一瓶薄酒。在昏暗的楼梯上，他遇到了——或者不如说撞上了，因为对方正坐在楼梯上休息——一个美得甚至让诗人的想象都暂时失灵的年轻女人。披在她身上的黑斗篷宽宽大大的，襟口敞开着，露出了穿在里面的一件价格不菲的长袍。她的目光闪烁不定，呼应着每一朵从脑中掠过的思想的浮云。她的眼睛一会儿睁得溜圆，像孩子一样天真，一会儿眯成长条，像吉卜赛人一样狡黠。她用一只手拎起衣摆，露出一只小小的高跟鞋，扎鞋的丝带开了，松垂在地上。她是多么不食人间烟火，多么不适合躬身弯腰，多么有资格诱惑和支使别人啊！也许她看到大卫来了，所以就等着他来帮忙。

啊，她不慎挡住了楼梯，请先生原谅，但那鞋子！那淘气的鞋子！唉！它有些不甘束缚。唔，有劳先生了！

把两边的丝带系在一起的时候，诗人的手指一直在抖。她的在场对他是种威胁，他本可以逃离，但她的眼睛眯成长条，像吉卜赛人一样狡黠，已经制服了他。他手里紧抓着那瓶酸葡萄酒，靠在楼梯扶手上。

"你太好了，"她笑着说，"先生，你是不是住在这栋房子里？"

"是的，小姐。我——我想是的，小姐。"

"是不是住在三楼啊？"

"不是，小姐；还要再上去。"

那位女士摆了摆手指，尽量不让她的手势显出不耐烦的样子。

"不好意思。我这样提问太冒昧了。能否请先生原谅？随便打听人家的住处肯定不大得体。"

"小姐，别这么说。我住在——"

"不，不，别告诉我。我知道自己失言了。但我还是不能打消对这栋房子和里面一切的兴趣。这里曾是我的家。为了重温那些美梦般快乐的日子，我常会回来。你看，我是不是也算情有可原？"

"我还是告诉你吧，你不需要请求原谅，"诗人结结巴巴地说，"我住在顶层——楼梯转角的一间小屋里。"

"是前屋吗？"女士侧着脑袋问道。

"是后屋，小姐。"

女士如释重负地叹了口气。

"那我就不再叨扰你了，先生。"她说，眼睛显得又圆又天真,"照看好我的房子。唉,现如今,对于它,我只有回忆的分儿了。再会,多谢你的善意。"

她走了,只留下一个微笑和一缕甜香。大卫像梦游似的爬上楼梯。终于,他还是醒了过来,但微笑和甜香却一直萦绕着他,此后似乎再也没有离开过他。这个他根本一无所知的女人促使他创作了关于眼睛的抒情诗,关于一见钟情的香颂,关于卷发的颂歌和关于纤足上的便鞋的商籁。

他是个如假包换的诗人,因为,旧人伊温妮已被他抛在了脑后,这个娇媚可爱的新人凭她的清新与优雅迷住了他。她的身上散发着微妙的香气,他的心里弥漫着奇异的情感。

某天晚上,在这栋房子三楼的一间屋子里,有三个人围坐在桌旁。三把椅子、一张桌子,还有桌上燃着的蜡烛,就是这屋里的全部家什。这几人中的一个身材高大,一身黑衣,表情傲慢且充满了嘲讽的意味,翘起的胡子尖几乎撩到了那双讥诮的眼睛。另一个是年轻貌美的女士,她的眼睛可以睁得溜圆,像孩子一样天真,也可以眯成长条,像吉卜赛人一样狡黠,但现在却像每个阴谋家一样,眼神锐利,野心勃勃。第三个人是一个实干家、一个战士、一个勇敢但缺乏耐心的主管,浑身散发着火与剑的气息。另外两人都叫他德斯罗尔斯上尉。

这人用拳头擂着桌子,压着火气说道:"就今晚。今晚他去做子夜弥撒的时候。我厌倦了只策划不实施的密谋。我受够了暗号、密码、秘密集会和故弄玄虚的切口。咱们光明正大地造反吧！如果法国要摆脱他，咱们就公开杀掉他，而不是用陷阱和圈套诱捕他。我说了，就今晚。我说到做到。我亲自动手。就在今晚，他去做子夜弥撒的时候。"

女士用热切的目光看了他一眼。女人，无论多么工于心计，也始终会折服于这种不顾一切的勇气。那个大个子捋了捋翘起的胡须。

"亲爱的上尉，"他用出于习惯而变得柔和的大嗓门说，"我同意你的看法。等待是等不来成果的。宫廷侍卫当中有许多我们的人，这次行动很稳妥。"

"今晚，"德斯罗尔斯上尉又擂着桌子重复了一遍，"我已经说过了，侯爵，我亲自动手。"

"可是，"大个子温和地说，"现在还有一个问题。得给咱们在宫里的内应送个口信，约定一个接头暗号。随侍皇家马车的必须得是咱们信得过的人。现在这时间，上哪儿找个送信的，能一直摸到王宫南门去呢？利布特驻守在那里，一旦能把信交到他手上，那就万事大吉了。"

"我来送信。"女士说。

"你，女伯爵？"侯爵扬起眉毛，说道，"我们知道，你的忠诚很了不起，但——"

"听着！"女士站起身，把手按在桌上解释道，"这栋房子的顶楼住着一个乡下来的年轻人，就跟他自己养的羊一样纯朴温顺。我和他在楼梯上碰见过一两次。因为怕他住得离我们平常会面的房间太近，我询问过他的情况。只要我愿意，就能随便支配他。他在他的阁楼里写诗，我猜，他被我迷住了。只要我说句话，他就会照做。他会把信送去宫里的。"

侯爵从椅子上起来，鞠了一躬。"你刚才没容我把话说完，女伯爵，"他说，"我本想说：'你的忠诚很了不起，但你的智慧和魅力更是无与伦比。'"

在阴谋家们忙着筹划的时候，大卫正在打磨献给那位楼梯情人的几行诗句。他听到一阵怯生生的敲门声，猛地跳起，打开门，看到她就站在那里，仿佛身处困境似的喘着气，眼睛瞪得溜圆，像孩子一样天真无邪。

"先生，"她气喘吁吁地说，"我有事向你求助。我相信你的真诚善良，而且，我也找不到其他能帮忙的人了。我是怎样在大摇大摆的人群中穿梭，跑过整条大街的啊！先生，我母亲快要死了。我舅舅是王宫里的警卫队长。得有人赶快去把他叫来。可不可以——"

"小姐，"大卫打断了她，眼中闪动着急欲为她效劳的光芒，"你的愿望将成为我的翅膀。告诉我怎样去找他。"

女士把一张用蜡封好的信纸塞进他手里。

"去南门——是南门，注意啊——对那里的守卫说'老鹰离巢了'，他们会放你进去，你就去王宫的南侧入口。在那里，你重复之前说的那句话,有人会回答你'它想动手就动手吧',你把信交给他就好。这是通行口令,先生,是我舅舅告诉我的,因为现在国家不太平,有人想谋害国王,入夜以后,没有口令谁也不能踏进宫里一步。如果可以的话,先生,请把信送去给他,好让我母亲在临终前见他最后一面。"

"交给我吧,"大卫热切地说,"可是天这么晚了,我怎么能让你走街过巷,独自一个人回家呢?我——-"

"不,不——快去。每分每秒都价值连城。总有一天,"女士把眼睛眯得像吉卜赛人一样细长狡黠,说道,"我会尽我所能酬谢你的善意。"

诗人把信揣在怀里,急忙冲下楼梯。那位女士在他离开以后回到了楼下的房间。

侯爵用会说话的眉毛向她询问。

"他送过去了,"她说,"像他自己养的羊一样又快又愚蠢。"

桌子又被德斯罗尔斯上尉的拳头擂得晃个不停。

"上帝啊!"他叫道,"我把我的手枪给落了。别的枪我可使不惯。"

"拿着这个,"侯爵从斗篷底下抽出一把以银雕装饰的、闪闪发亮的大手枪,说道,"没有比这更准的枪了。但要小心照看,这上面刻了我的纹章,而且我已经被怀疑了。今晚,我要在自己和巴黎之间插进数里格的距离。明天,我必须出现在自己的别墅里。你先请,亲爱的女伯爵。"

侯爵吹熄了蜡烛。女士裹好斗篷,两位绅士轻轻地走下楼梯,几个人悄无声息地混进了在孔蒂街狭窄的人行道上闲逛的人群之中。

大卫飞跑着。在王宫的南门,一把长戟横在他的胸前,但他仅以一句口令"老鹰离巢了",就将它挡开了。

"走吧,兄弟,"警卫说,"快一点。"

在宫殿南边的台阶上,他们试图抓住他,但严密的防守又被同样一句口令瓦解了。一名警卫上前说道:"它想动手就——"但这时,一件事惊动了他们,引起了骚乱。一个目光敏锐、迈着军步的人突然从他们中间挤了过去,一把夺走了大卫手里的信。"跟我来。"他说完,领着大卫进了大厅。他拆开信看了看,然后跟一个从他身边经过的穿火枪手制服的人打了个招呼:"泰特罗上尉,逮捕南面入口和门边的警卫,把他们关押起来,再换上一批效忠于国王的人。"他又对大卫说:"跟我来。"

这人领着他穿过走廊和接待室,进了一个宽敞的房间,里面有一个忧郁的男人,穿着深色衣服,坐在一张巨大的皮椅中沉思。把大卫领进来的人对房间里的人说:"陛下,我早就告诉过您,王宫里到处是叛徒和奸细,就像阴沟里爬满了老鼠。您还以为,陛下,那都是我的臆想。这人在他们的默许之下,闯进了您的大门。他带来一封信,被我截获了。我把他带来给您瞧瞧，我想，陛下应该就不会认为我是杞人忧天了。"

"我会盘问他的。"国王在椅子上扭了扭身子，说道。他用覆了一层朦胧薄雾的睡眼迟钝地看着大卫。诗人行了屈膝礼。

"你从哪里来？"国王问他。

"厄尔卢瓦尔省的韦尔诺伊村，陛下。"

"在巴黎做什么？"

"我——我想成为一个诗人，陛下。"

"你在韦尔诺伊村做什么？"

"为我父亲照看羊群。"

国王又扭了扭身子，眼中的薄雾散去了。

"哦！在田野里？"

"是的，陛下。"

"你在田野间生活；在凉爽的清晨出门，躺在用树篱围起的草地上；羊群在山麓间自在漫步；你喝溪中的活水，在树荫下吃甘甜的黑面包；毫无疑问，你还能听到画眉在林中鸣啭。是不是这样啊，牧羊人？"

"是的，陛下，"大卫叹了口气，答道，"还能听到蜜蜂在花间嬉戏，也许还能听到采葡萄的人在山上唱歌。"

"是啊，是啊，"国王急忙说道，"这些也许可以听到；不过，乌鸫是肯定可以听到的。它们经常在林子里打鸣，对不对?"

"没有哪儿的乌鸫能比厄尔卢瓦尔省的叫得更动听了,陛下。我曾试图用诗文来表现它们的歌声。"

"你能背诵那些诗句吗?"国王热切地问,"我有很久没听过乌鸫了。如果有一首诗能如实描述它们的歌声,那将是比一个王国更好的东西。到了晚上,你就把羊赶回畜栏,然后平和安详地坐下,吃着美味的面包。你能背诵那些诗句吗,牧羊人?"

"是这样几句诗,陛下。"大卫恭敬又热情地说:

慵懒的牧羊人,看你的小羊
在青草地上欢跳;
看枞树在微风中摆荡,
听牧神潘吹奏他的芦箫。

听我们在树梢发出呼哨,
看我们扑向你的羊群;
为了温暖我们建在枝头的窝巢,
收些羊毛——

"如果陛下不介意的话,"一个刺耳的声音插嘴说道,"我有一两个问题要问问这位诗人。现在情况非常紧急,如果我因为挂心您的安危而有所冒犯,陛下,恳请您宽恕我。"

"迪奥马利公爵,"国王说,"你的忠诚毋庸置疑,谈不上什么冒犯。"说完,国王往椅子里一靠,眼睛里重又积起了一层薄雾。

"首先,"公爵说,"我把他带来的信读给您听。"

> 今晚是王长子的忌辰。如果他按惯例去参加午夜弥撒,为爱子的亡灵祷告,老鹰会在埃斯布兰纳德大街的街角伏击他。如果他确实这样安排,务必在王宫西南角的楼上点一盏红灯,知会老鹰。

"乡下人,"公爵厉声说道,"你都听到了。是谁叫你来送信的?"

"公爵大人,"大卫诚恳地说,"我都告诉你。是一位女士叫我来的。她说她母亲病重,这封信是叫她舅舅去病榻前的。我不懂信里说的是什么意思,但我可以发誓,她美丽而且善良。"

"形容一下那个女人的样子,"公爵命令道,"也说说你是怎么上了她的当的。"

"形容她!"大卫露出了温柔的笑容,说道,"你是在要求用言语施行奇迹。嗯,她是光与影交织的产物。她身材苗条似杨柳,动作也像杨柳一般优雅。如果你直视她的双眼,它们就开始变幻不定,有时圆睁着,有时半闭着,就像太阳在两片云朵之间向外窥探。当她出现,整个天堂都随之而来;当她离开,只余下一片昏暗和一股山楂花的芳香。是她到孔蒂街二十九号来找我的。"

"就是我们一直监视的那栋房子,"公爵转头对国王说,"感谢诗人以他的舌头为我们描摹出声名狼藉的奎贝多女伯爵的肖像。"

"陛下,还有公爵大人,"大卫真挚地说,"希望我贫乏的词汇没有造成严重的过失。我窥见了那位女士的眼眸深处。我可以拿性命担保,无论那封信是怎么回事,她都是一个天使。"

公爵目不转睛地盯着他。"我可以证明给你看,"他缓缓地说,"到了午夜,你就打扮成国王的样子,乘着王家马车去做弥撒。你愿意参加这个实验吗?"

大卫笑了。"我窥见了她的眼眸深处,"他说,"我不需要证明。随你安排吧。"

十一点半的时候,迪奥马利公爵亲手在王宫西南角的窗口放了一盏红灯。十二点差十分的时候,大卫挽着他的胳膊,从头到脚都穿上国王的装扮,头埋在斗篷里,缓缓从王宫走向备好的马车。公爵扶他上车,关上了门。马车沿着大街向教堂疾驰而去。

泰特罗上尉带了二十个人,在埃斯布兰纳德大街转角的一栋房子里待命,随时准备扑向将在这里现身的叛乱分子。

然而,似乎出于某种原因,阴谋家们稍稍调整了他们的计划。在王家马车到达克里斯托弗大街,距埃斯布兰纳德大街还有一个街区的时候,德斯罗尔斯上尉带领他的刺杀小队突然冲了出来,对马车发起攻击。随车的卫兵尽管对这次提前的突袭准备不足,但还是跳下车奋勇作战。打斗的喧闹招来了泰特罗上尉的人马,他们急忙从街的另一边赶过来救驾。与此同时,走投无路的德斯罗尔斯拽开了国王的车门,把他的枪伸进去,抵在里面那具裹着黑衣的躯体上开了一枪。

现在,效忠国王的援兵已经到位,喊叫声和刀剑交击声响彻大街,受惊的马都跑远了。坐垫上躺着的,是可怜的冒牌国王和诗人的尸体,波珀图伊斯侯爵老爷枪里的一颗子弹取走了他的性命。

## 中间的路

走出三里格之外,前方的一切就都成了谜。脚下的道路和另一条路,以及更大的第三条路两两相交呈直角。大卫站住了,踌躇了一会儿,然后在路边坐下休息。

他不知道这些道路通向何处。每一条似乎都将把他带往一个充满机遇和危险的广大世界。他坐在那里，目光落在一颗明亮的星上，他和伊温妮曾以他们的名字为它命名。这让他想起了伊温妮，他怀疑自己是否太草率了。为什么只因为他们之间发生了几句不理智的口角，他就要离开她，离开家呢？莫非爱情竟是如此脆弱的东西，以至于单是嫉妒——爱情的证据——就足以摧毁它吗？夜里发作的那点心病到了早晨总能不治而愈。现在回家还来得及，韦尔诺伊村还沉浸在梦乡里，没有人会察觉这一切。他的心属于伊温妮；在他一直生活的地方，他也可以写诗，也可以找到幸福。

大卫站起身，甩脱了诱惑他的不安和狂野的情绪。他面对来时的路，坚定地向回走。当他再次走进韦尔诺伊村的范围时，云游的欲望已经消失。他路过羊圈，群羊随着他迟归的脚步发足小跑，这亲切的声音像擂鼓一般四处回荡，温暖了他的心房。他悄无声息地回到自己的小屋，躺了下来，庆幸今晚他的双脚未曾沾染新路上的种种不幸。

他多懂女人的心意啊！第二天晚上，伊温妮出现在路旁的水井边，为了让本堂神父有事可做，年轻人总是聚在那里。她用眼角的余光搜寻着大卫，尽管她的嘴巴紧紧抿着，看似冰冷无情。他看到了那眼睛，便有了面对那嘴巴的勇气，接着，他从那嘴巴里撷取了一句不计前嫌的表态，以及随后，在结伴回家时的一个亲吻。

过了三个月，他们结婚了。大卫的父亲精明而且富有。他为他们操办了一场消息传至三里格以外的婚礼。两个年轻人在村里都很受欢迎。人们在街上游行庆祝，在草地举办舞会，还从德勒请来了木偶演员和杂耍戏班给客人们助兴。

又过了一年，大卫的父亲去世了。羊群和农庄都由他继承。而此前，他已经娶到了全村最贤惠的妻子。伊温妮的牛奶桶和黄铜壶都被擦得锃亮——喔哦！你从附近经过的时候，它们在太阳底下简直会闪瞎你的眼睛。不过，你可别把目光移开她的院子，因为那花坛是如此整洁美丽，绝对可以补偿你。说不定你还能听到她的歌声，哎，只要她展开歌喉，歌声就能一直传到佩雷·格鲁诺铁匠铺的两棵栗树那里。

然而有一天，大卫从一个许久没有打开的抽屉里取出纸张，把铅笔的一头放在嘴里咬了起来。春天又到了，撩动了他的心。他是个如假包换的诗人，因为，伊温妮已被他抛在了脑后；清新可爱的大地凭它的优雅与魔力迷住了他。树林和草场的芳香奇妙地激发了他。往常他每天领着羊出去，到了晚上再安安稳稳地把它们带回来。而如今，他平躺在树篱底下，在几片纸头上拼凑词语。羊儿走散了，饿狼发现蹩脚的诗句能够产出可口的羊肉，便抓住机会蹿出树林偷走羊羔。

大卫的诗稿越摞越高，羊群越来越少。伊温妮的鼻子和脾气变得尖刻，言语也渐渐生硬。她的锅和壶失去了光泽，她的眼睛却代替了它们，开始闪闪烁烁。她向诗人指出，他的疏忽正在给羊群带来减员，给家庭带来灾祸。大卫雇了一个男孩照管羊群，自己在农舍顶上的小房间里闭门不出，又写了更多的诗。这个男孩本是个天生的诗人，但还不能以写作来抒发自我，就把时间都消磨在睡觉上了。没用多久，饿狼发现睡觉和写诗的效果相仿；于是，羊群的规模还在继续缩减，伊温妮的坏脾气则以同等的速度激长。有时，她会站在院子里，对着楼上的窗户高声责骂大卫。即使在佩雷·格鲁诺铁匠铺的两棵栗树那里，也能听得到。

帕皮诺先生，这位善良、聪明、爱管闲事的老公证人看见了这些，正如他看见了他的鼻尖朝向的一切东西。他去找大卫，先用一大撮鼻烟给自己提了提神，然后说道："米格诺朋友，我在你父亲的结婚证书上盖了章，如果你还要我给他儿子的破产文件做公证，我会很难过。但你正在把这种假设变成现实。作为一个老朋友，我来找你谈谈。现在，听好我接下来要说的话。我看得出，你把整颗心都放在写诗上了。我在德勒有个朋友——布里尔先生，乔治·布里尔。他在他的房子里堆满了书，只给自己留出一小块容身之处。他是个有学问的人，每年都去巴黎；他本人也写书。他会告诉你地下墓穴的建造时间，星辰的命名规则是什么，还有千鸟的嘴为什么那么长。他对诗歌的形式和意义了如指掌，不下于你对绵羊叫声的理解。我给他写封信，你拿着，也带上你的诗，让他读一读。这样你就会明白，究竟该继续写下去，还是把注意力放回到妻子和生意上。"

"写信吧，"大卫说，"你要是早点告诉我就好了。"

第二天日出的时候，他把那卷珍贵的诗稿夹在腋下，踏上了前往德勒的道路。时至中午，他已经站在布里尔先生的门口，蹭着脚底的尘垢。那个有学问的人拆开了帕皮诺先生的信，他透过闪闪发亮的眼镜吮吸信的内容，就像太阳汲取池水。他领着大卫进了书房，请他坐在一个被书海环绕的小岛上。

布里尔先生有一副好心肠。面对厚度有一指长，且无可救药地卷曲纠结在一起的一堆乱七八糟的稿纸，他没有退缩。他把纸卷抵在膝盖上摊平，一丝不苟地读了起来。他一头扎进这团混沌之中，就像虫子钻进果壳寻觅果仁。

与此同时，大卫独自坐在文学的惊涛骇浪之中，瑟瑟发抖。群书在他的耳边咆哮。他的手头没有可用于在这片海域航行的海图或罗盘。肯定有半个世界的人都在写书吧，他想。

布里尔先生一直坚持到读完诗稿的最后一页。接着，他摘下眼镜，用手帕擦了擦。

"我的老朋友帕皮诺还好吗？"他问。

"身子骨很硬朗。"大卫说。

"你有多少只羊啊，米格诺先生？"

"我昨天点数的时候，有三百零九只。羊群遭了霉运。从早先的八百五十只减到了这个数目。"

"你有家有室，生活惬意。羊群给了你富足。你伴着它们走进山野之间，呼吸着清冽的空气，吃着甘甜的面包，一直吃到饱。你所要做的，无非是躺在大自然的胸脯上，聆听林中乌鸦的鸣啭，只需保持警觉就好。我这样讲没错吧？"

"没错。"大卫说。

"你的诗我都读了。"布里尔先生继续说着，他的眼睛在书海中巡航，仿佛想在地平线上寻找一处码头，"看看那边，在窗外，米格诺先生；告诉我，你看到那棵树上有什么？"

"一只乌鸦。"大卫一边看着，一边说道。

"在我受到蛊惑，想要逃避责任的时候，"布里尔先生说，"那只鸟会助我迷途知返。你了解那种鸟，米格诺先生；它是长翅膀的哲学家。乐天知命是它的本性。没有谁比这个眼神滑稽、行动古怪的家伙更快活，更满足了。田野将它所需的一切拱手奉上。它从不会因为它的羽毛不如黄鹂鲜艳而自怨自艾。米格诺先生，你听过自然赋予它的欢歌吧？你认为，夜莺会比它更幸福吗？"

大卫站了起来。那只乌鸦在树上嘶哑地叫着。

"谢谢你，布里尔先生，"他缓缓地说，"那么，在所有这些聒噪之中，难道就找不出一声夜莺的啼鸣吗？"

"如果有，我是不可能错过的，"布里尔先生叹了口气，说，"每个词我都读了。过过诗意的生活，兄弟，但不要再写诗了。"

"谢谢你，"大卫又说，"现在，我要回去陪我的羊了。"

"不如和我一起吃顿饭,"这位饱学之士说,"忘掉痛苦,我会详细地向你解释缘由。"

"不必了,"诗人说,"我得回到田野里,朝我的羊群打鸣去了。"

他腋下夹着诗稿,沿着来时的路,步履沉重地向韦尔诺伊村走去。到了村里,他拐进了一家店铺。店主名叫齐格勒,是一个来自亚美尼亚的犹太人,他出售一切他能弄到手的东西。

"朋友,"大卫说,"老有森林狼骚扰我放到山里的羊。我必须购置火器来保护它们。你这儿有些什么?"

"对我来说,今天不是个好日子,米格诺朋友,"齐格诺两手一摊,说道,"因为我预感到,得以不到原价十分之一的价钱出售一件武器给你。上星期,一个小贩卖了满满一车货给我,都是他从王室举行的一场拍卖会上收来的。那场拍卖的是一个大官的庄园和财产——我不知道他的爵位是什么——他因为谋反而被放逐。在那车东西里有一些精良的火器。这把手枪——哦,一件适合给王子配备的武器!——只卖你四十法郎,米格诺朋友——这笔买卖,我干脆自己亏十法郎好了。不过,也许你想看看火绳枪——"

"这就行了,"大卫把钱扔在柜台上,说道,"装了弹药没有?"

"我这就装,"齐格勒说,"加一盒火药和子弹,要再付十法郎。"

大卫把枪揣进外套,走回了他的农舍。伊温妮不在。最近她常常喜欢去邻居家串门。可厨房的炉子却生了火。大卫打开炉门,把诗稿塞进火堆。它们熊熊燃烧着,在烟道里发出刺耳的呼啸。

"乌鸦的歌!"诗人说。

他走上去,进了他的阁楼房间,关好门。村里如此寂静,以至于有二十来个人听到了那把大手枪的轰鸣。他们蜂拥而至,看到楼上弥漫的硝烟,意识到事态严重,便冲了上去。

有人把诗人的尸体抬到床上,笨拙地摆弄了几下,好为可怜的乌鸦遮掩残损的羽毛。女人们喋喋不休,过于热烈地表达怜悯。有几个跑去通知了伊温妮。

帕皮诺先生——灵敏的鼻子让他得以跻身于首批赶来的人之中——捡起那把火器,用混合了鉴赏和哀悼的复杂神情查看镶在上面的银色饰物。

"这纹章,"他对一旁的牧师解释道,"是波珀图伊斯侯爵老爷家的。"

"言外之意"

当他走出德斯布罗赛斯街的渡口,我不由自主地对他产生了兴趣。他有一种走遍天下、看尽繁华的神气,走在纽约街上的架势,仿佛一个阔别多年后重回自己属地的领主。不过我认为,尽管有这种表情,他却从未踏上过这座"有太多哈里发的城市"光滑的鹅卵石道路。他穿着一件颜色古怪、浅蓝里掺了土褐的宽大衣服,戴了一顶老式的巴拿马圆草帽,没有像时髦的北方人那样刻意在帽檐上压出凹痕,再斜着扣在头上,把好好的凉帽给糟蹋掉。此外,他是我见过的最其貌不扬的人。他的丑陋与其说令人厌恶,不如说令人吃惊——那种林肯式的粗犷不羁和奇形怪相的外貌,会让你惊诧慌乱,茫然失措。从渔夫的瓶子里冒出的气体幻化成的妖魔[1],也不

---

[1] 此处化用了阿拉伯民间故事集《一千零一夜》中的典故。

见得比他更吓人。后来他告诉我，他的名字叫贾德森·泰特；接下来，咱们就这么称呼他好了。他系着一条由黄玉环扣束起来的绿丝绸领带，拿着一根用鲨鱼脊骨制作的手杖。

贾德森·泰特跟我搭话，就这座城市的街道和旅馆的情况笼统而随意地问了几句，仿佛只是一时想不起这些琐碎的细节。我想不出什么理由不称赞我自己的那家位于市中心的清静的旅馆；所以，到了后半夜，我们酒足饭饱后（账是我付的），就在旅馆大堂里找了个僻静的角落坐下来抽烟了。

贾德森·泰特好像心里有事，反正，他有话想对我说。他已经把我当作他的朋友了。每说完一段话，为了表示强调，他那只被鼻烟熏黄的、轮船大副式的大手都会在距离我鼻子不到六英寸的地方晃几下。我看着他，暗自揣测，他对陌生人这么容易产生情谊，是否也有可能突然对陌生人产生敌意。

这人说话的时候，我能感受到他身上的某种力量。他的声音是专事说服的乐器，他的演奏技术虽似是而非，却十分有效。他并不想让你忘记他的丑陋，而是在你面前炫示它，使之成为他的演讲魅力的一部分。闭上眼，你会跟着他的笛声至少走到哈默林的城墙边[1]。可你还得再孩子气一点，才会走得更远。不过，还是让他给他的话语配上旋律吧，如果气氛不佳，那也该由音乐艺术来负责。

---

[1] 此处化用了德国童话故事《花衣吹笛人》中的典故。

"女人，"贾德森·泰特说，"是神秘的生物。"

我的心一沉。本人可不想听这种老掉牙的假说——不想听这种陈腐不堪、早已破产、不值一驳、虚弱无力、不合逻辑、恶毒刻薄、尽人皆知的谬论——不想听一个古老、无稽、可憎、粗鄙的，由女人们自己炮制的阴险的谎言。她们以卑鄙的、诡秘的和欺诈的手段，将这一谎言暗示、灌输、推广、传播、巧妙散布到人们的耳朵里，目的是佐证、提升和强化她们的魅力和狡计。

"哦，我可不懂！"我直白地说。

"你有没有听说过奥拉塔玛？"他问道。

"有可能听说过，"我答道，"我记得那好像是个踮着脚尖跳舞的演员——要不就是一座郊区建筑——或者是一种香水？——反正听这名字像是那么回事。"

"是一座城镇，"贾德森·泰特说，"在一个你不知道，也搞不懂的国家的海岸上。这国家由独裁者统治，却也受到革命与抵抗运动的冲击。有一出伟大的生活戏剧曾在那里上演，几位主演包括贾德森·泰特，全美国长相最难看的人，费格斯·麦克马汉，在史书中或是小说里都称得上最帅的冒险家，以及奥拉塔玛镇镇长美丽的女儿安娜贝拉·萨莫拉小姐。另外还有一件事——除了乌拉圭的三十三人省以外，地球上没有别的地方能长出一种叫楚楚拉的植物。我刚刚提到的国家主要出产贵重木材、染料、黄金、橡胶、象牙和可可。"

"我不晓得,"我说,"南美洲还产象牙呢。"

"那你就是错上加错了,"贾德森·泰特说,他那美妙的嗓音以至少提高了一个八度的调门往外蹦词儿,"我没有说我之前提到的国家在南美洲——我必须小心一点,亲爱的朋友;你知道,我在那里是搞政治的。但即便如此,我也可以告诉你——我和那国的总统下过棋,整副棋子都是用貘的鼻骨刻成的——貘是科迪勒拉山区特有的一种奇趾有蹄类动物——和那种会让你一见难忘的上好象牙差不多。

"我想要跟你说的不是动物,而是浪漫、冒险,以及女人的特性。

"十五年来,我一直是那个共和国的至高统治者桑乔·贝纳维德斯的幕后支配力量。你肯定在报纸上看到过他的照片——一个多愁善感的黑人,脸上的胡须就像瑞士八音盒圆筒上的花体字母,右手握着一个卷轴,那东西就跟家庭用《圣经》开头记录家世的纸页一样。在肤色有别、纬度各异的不同地区,这个巧克力色的领导人都算得上最吸引眼球的大人物。很难说他会升上英灵殿还是掉进火地狱。当时的美国总统是格罗弗·克利夫兰[1],否则的话,这人肯定会被称作南方大陆的罗斯福[2]。他总是连任两届,然后在指定了自己的临时接

---

[1] 格罗弗·克利夫兰(1837—1908),是美国第二十二任和第二十四任总统。
[2] 罗斯福,此处指西奥多·罗斯福(1858—1919),美国第二十六任总统,并非二战期间担任总统的富兰克林·罗斯福。

任者之后,就退下去歇歇。

"但为'解放者'贝纳维德斯赢得名声的,可不是他自己。不是他,是贾德森·泰特。贝纳维德斯只是被虫子扛在背上的碎薯片。什么时候该宣战,什么时候该加税,什么时候该穿上西裤,都得我来指点他。但我要跟你说的并不是这些。我是怎么成为有权之人的呢?我会告诉你。自打亚当睁开眼睛,推开嗅盐瓶,问出那句'我在哪里'之后,我就是最擅长说话的人。

"如你所见,除了新英格兰早期基督教科学家的相片以外,我大概是和你照过面的人里最丑的一个了。因此,我很早就知道,必须要用口才来弥补外貌上的不足。我做了我打算做的,也得到了我想得到的。作为躲在老贝纳维德斯背后悄声发号施令的人,我使得塔列朗、蓬帕杜夫人和洛布[1]这些居于幕后的大人物都跟国家杜马中少数派的提案一样,成了微不足道的小儿科。我能说服国家负债或偿债,能用阵前演说让军队在战场上昏睡,能用寥寥数语减少叛乱、疫病、税收、拨款或盈余,能用同一种鸟鸣似的哨声唤来战争之犬或和平之鸽。别人的风姿、肩章、卷曲的胡须和希腊式的侧脸一向与我无缘。

---

[1] 塔列朗,指夏尔·莫里斯·德·塔列朗-佩里戈尔(1754—1838),法国大革命时期的内阁成员。蓬帕杜夫人(1721—1764),路易十五的情妇,法国社交名媛。洛布,指威廉·洛布(1866—1937),是西奥多·罗斯福总统的秘书,被称为"秘书之王"。

人们看到我，会不寒而栗。然而，除非他们已经到了心绞痛的晚期，否则，只要我开口说话，不出十分钟就能征服他们。无论男女——只要遇上我，都得被迷住。嗯，你大概以为女人不会爱慕长成我这副尊容的男人吧？"

"哦，不，泰特先生，"我说，"那些其貌不扬的男人给历史增彩，让小说相较起来都黯然失色，他们当然也能诱惑女人。似乎——"

"不好意思，"泰特打断了我，"你好像还没明白。还是先听听我的故事吧。

"费格斯·麦克马汉是我在首都的一个朋友。说起英俊的男人，我得承认，他是货真价实的。他相貌周正，有一头金色的卷发和一双会笑的眼睛。人家说他和那尊被他们叫作赫耳·墨斯[1]的塑像一模一样，就是那个摆在罗马的某座博物馆里的演讲与修辞之神。一个德国的无政府主义者吧，我猜。这类人总是无所事事，高谈阔论。

"但费格斯不是个话多的人。他从小就被灌输了这样一种观念：美貌等于成功。听他讲话，舒服得就像在快睡着的时候听着水滴落在床头的锡盆里。不过，我们却成了朋友——也许正因为我们截然不同，你不觉得吗？在我刮胡子的时候，看着我那张像万圣节面具一样的脸，对于费格斯来说，似乎

---

[1] 赫耳·墨斯，原文为 Herr Mees，系 Hermes（即古希腊的神祇赫耳墨斯）之误，故下文有"德国的无政府主义者"之说。

是件愉快的事情；而每当他的喉咙发出被他自己称为'说话'的微弱噪声的时候，我作为一个拥有金嗓子的丑八怪，也肯定能够获得满足。

"有一次我发现，有必要去滨海小镇奥拉塔玛平定一些政治动乱，在海关和军事部门砍几颗脑袋。费格斯握有那个共和国的冰块和硫黄火柴的专卖权，他说他愿意同我做个伴。

"于是，我们在骡铃声中直奔奥拉塔玛，正如当西奥多·罗斯福在奥伊斯特贝的时候，长岛海湾不属于日本，当我们进入这个镇子，它就是我们的地盘了。我用了'我们'这个词，实际指的是我。在包括四个国家、两片大洋、一个海湾和地峡，以及五个群岛的范围之内，每个人都听说过贾德森·泰特。人们管我叫'绅士探险家'。黄色杂志开设了五个专栏写我的故事，一本月刊上有四万字的内容和我相关，《纽约时报》在第十二版整版报道了我的消息。如果我们在奥拉塔玛所赢得的盛情欢迎，和费格斯·麦克马汉的俊美有哪怕一点儿关系，我就把我这顶巴拿马草帽的标签吃下去。为了讨好我，他们把街上装点得花团锦簇。我不是一个容易眼红的人，我只是在陈述事实。那里的人都是尼布甲尼撒[1]；他们在我面前啃着草地；所幸镇上没多少尘土，不至于脏了他们的嘴。他们对贾德森·泰

---

[1] 尼布甲尼撒，是新巴比伦的国王，《圣经·旧约·但以理书》第4章中称他"吃草如牛"。

特顶礼膜拜，显然个个都知道我是桑乔·贝纳维德斯的幕后推手。对于他们来说，我的一句话比其他人摆在东奥罗拉[1]图书馆书架上的全部毛边书籍加起来还重要。然而，竟有人浪费时间来修饰脸面——涂冷霜，做按摩（朝眼睛的方向揉按），用安息香酊紧致肌肉，用电烧法除痣——目的是什么呢？为了漂亮。真是大错特错！美容医生应该在喉咙上做做文章。词语胜于赘疣，谈吐胜于胭脂，说服胜于强力，几句奉承胜于遍地鲜花——有留声机就用不着相片了。不过，我还是继续说正题吧。

"当地的头面人物把我和费格斯安顿在蜈蚣俱乐部，那是一栋木造建筑，建在海边的一根风吹浪打的桩子上，涨潮时距离水面只有九英寸。镇上的大小官员、三教九流都来拜见我们。哦，他们可不是冲着赫耳·墨斯来的。他们对贾德森·泰特早有耳闻。

"一天下午，我和费格斯·麦克马汉坐在蜈蚣俱乐部朝海的长廊里，喝着冰朗姆酒，聊着天。

"'贾德森，'费格斯说，'奥拉塔玛有一个天使。'

"'只要不是加百列[2]就行，'我说，'怎么你说话的样子就跟听到了审判号角似的？'

"'是安娜贝拉·萨莫拉小姐，'费格斯说，'她——她——

---

[1] 东奥罗拉，是美国纽约州的一座城市。
[2] 加百列，《圣经》中传达神讯息的使者。传说末日审判的号角是由他吹响的。

她美得——美得无可救药。'

"'哇哦!'我哈哈大笑,说道,'为了描绘你那位情人的美丽,你开发出了一个情种的口才。你让我想起了浮士德向格蕾琴求爱的场面[1]——我指的是,如果他从舞台的活板门下场之后还继续追求她的话。'

"'贾德森,'费格斯说,'你知道你自己跟犀牛一样,毫无美感可言。你没法对女人产生兴趣。我却为了安娜贝拉小姐神魂颠倒。正因如此,我才把这件事说给你听。'

"'哦,的的确确,'我说,'我知道我的正脸就跟在尤卡坦半岛杰斐逊县守卫不存在的宝藏的那尊阿兹特克神灵差不多。不过,我在其他方面得到了一些补偿。比方说,在这个国家当中,肉眼可见的范围内,我是立在塔尖的通天人物。另外还有,当我用口语、声调和喉音与人交锋的时候,我通常不会让廉价留声机式的胡言乱语损伤我的说服力。'

"'嗯,我知道,'费格斯亲热地说,'我不擅长闲聊。正经说话也不行。就因为这样,我想跟你谈谈,想找你帮帮忙。'

"'怎么帮忙?'我问。

"'我买通了安娜贝拉小姐的贴身保姆弗兰西斯卡,'费格斯说,'你在这个国家享有伟人和英雄的名声,贾德森。'

---

[1] 在歌德的长篇诗剧《浮士德》的上部,主人公浮士德爱上了美丽的少女格蕾琴,并在魔鬼摩菲斯特的帮助下得到了她。

"'没错,'我说,'而且我当之无愧。'

"'我呢,'费格斯说,'我是南北两极之间最好看的男人。'

"'如果仅限于外貌和地理的话,'我说,'我百分百同意。'

"'我们应该可以,'费格斯说,'把安娜贝拉·萨莫拉小姐的心牢牢锁在我们两人之间。这位小姐,如你所知,出身于一个古老的西班牙家族,每个下午,都能看到她乘坐家庭马车绕着广场兜风,到了晚上,还能透过窗栅瞥一眼她的身影,除此之外,她就像星辰一般高不可攀。'

"'你想把她的心放在我们中的哪一个手里?'我说。

"'当然是我,'费格斯说,'你从没见过她。我叫弗兰西斯卡指着我跟她说我就是你,已经有好几回了。当她在广场上看到我,她以为自己看到的是本国最伟大的英雄、政治家和浪漫骑士堂贾德森·泰特。把你的名声和我的样貌集于一身,她哪里抵抗得了?她当然听过你所有的惊人事迹,再加上,她也见过我。作为女人,还能祈求什么?'费格斯·麦克马汉说。

"'她能把眼光放低些吗?'我问道,'那么,咱们怎么分别施展魅力,又怎么分配各自的利益呢?'

"于是,费格斯将他的计划告诉了我。

"他说,镇长堂路易斯·萨莫拉的家里有一个天井——是个在街边围出来的小院。他女儿房间的窗口就对着院中一角——那里是你能找到的最暗的地方。你猜费格斯想让我干什么?哈,他了解我的风趣、魅力和语言技巧,他叫我趁深更半夜，别人看不见我那张鬼脸的时候摸进院子，替他向她求爱——因为她以为她刚刚在广场见过的漂亮男子就是堂贾德森·泰特。

"干吗不为他，不为我的朋友费格斯·麦克马汉分忧呢？他请我帮忙，等于是在捧我，也间接承认了他自己的缺陷。

"'你这个皮肤洁白、满头金发、精致漂亮的小哑巴雕像，'我说，'我会帮你的。你安排好，把我领到她家窗外的那片黑暗当中，只要我在月光颤音的伴奏下，开始施展我的三寸不烂之舌，她就逃不出你的手掌心了。'

"'遮住你的脸，贾德，'费格斯说，'看在上帝的分上，遮好你的脸。我是你的朋友，咱俩的交情不可动摇，但这是一件很要紧的事情。如果我能自己讲，我就不会拜托你了。好吧。把眼睛对着我，把耳朵对着你，我想不出她还有不上钩的可能。'

"'上你的钩？'我说。

"'我的。'费格斯说。

"接下来，费格斯和那个保姆弗兰西斯卡做了细致的安排。一天晚上，他们给我拿来一件高领黑色长斗篷，等到半夜就领着我去了那栋房子。我到了院子里，站在窗前，直到听见一阵天使般温柔甜美的低语声透过窗栅传了过来。我只能依稀看见里面有一个裹着白衣的人影；我把斗篷的领子高高竖起，因为不想对费格斯食言，也因为那时正值七月雨季，夜晚寒意逼人。想到舌头打结的费格斯，我得先憋住笑意，这才开始说话。

"好吧，先生，我对安娜贝拉小姐说了一个小时。我用的词是'对'而不是'和'。她只偶尔说一句'哦，先生'或者'啊，你不是在骗我吧'再或者'我知道你不是那个意思'，以及诸如此类女人们会对合意的追求者所说的话。我们两人都懂英语和西班牙语，于是，我就运用这两种语言尽力为我的朋友费格斯赢取这位小姐的芳心。若不是挡在窗外的栅栏，我用一种语言就能达到目的。一小时过后，她打发我离开，并且送了我一朵大大的红玫瑰。回到住处，我把它转交给了费格斯。

"一连三个星期，每隔三四个晚上我都会去到那个小院，站在安娜贝拉小姐窗前扮演我的朋友。她承认她的心早已属于我，还说每个下午她乘车在广场遛弯的时候都会看到我。当然，她看到的人是费格斯，但凭口才打动她的却是我。试想一下，假如费格斯自己到那儿去，一句话也说不出，只想用不可见的俊美有所作为，那会怎么样啊！

"最后那晚，她答应对我以身相许——也就是说，嫁给费格斯。她把手伸过栅栏让我亲吻。我俯身一吻，接着就给费格斯报信去了。

"'后面的事就交给我吧。'他说。

"'你今后的工作是，'我说，'不停地吻她，并且保持沉默。也许她在确认自己已经坠入爱河之后，就不会再去分辨真正

的谈话和你发出的那种含混不清的絮叨了。'

"这时,我还从没看过安娜贝拉小姐的真容。第二天,费格斯邀我一起去广场走走,参观奥拉塔玛社交界每日例行的散步和显摆,其实,我对这个根本没兴趣。但我还是去了;孩子和狗一看到我,就朝香蕉林和红树沼泽跑。

"'她来了,'费格斯捻着胡子说,'就是那个,穿着白衣服,坐在黑马拉的敞篷马车里。'

"我看了一眼,当即感到脚下的大地在翻滚。因为安娜贝拉小姐是世上最美的女人,而且从那一刻起,对于贾德森·泰特来说,她是世上唯一美丽的女人。只凭这一眼,我就明白,我必将属于她,她也必将属于我,直到永远。想到自己的脸,我差点昏过去;我又想到自己还有其他天赋,这才重新站稳脚跟。而且,我毕竟已经替另一个男人追了她三个星期!

"安娜贝拉小姐的马车缓缓驶过,她用漆黑的眼睛长久且温柔地瞟了瞟费格斯,这目光让贾德森·泰特恨不得钻进车轮底下,魂飞魄散,直升天国。但她根本就没有看过我。而那位美男子只会站在我身边,摆出一副风流浪子的模样,一边拨弄他的卷发,一边傻笑。

"'你觉得她怎么样,贾德森?'他神气活现地问我。

"'是这样,'我说,'她会成为贾德森·泰特夫人。我不是那种算计朋友的人,所以先跟你打好招呼。'

"我觉得照这么笑下去,费格斯准会没命。

"'行，行，行，'他说，'你这个丑八怪！你也被迷住了，是吗？好极了！不过，太迟了。弗兰西斯卡告诉我，安娜贝拉日日夜夜都在谈论我。当然啦，那些晚上，你在她的耳边用语言编织音乐，我很感激。但你知道吗，我觉得我自己去的话，结果也不会太差。'

"'贾德森·泰特夫人，'我说，'别忘记这个称呼。你利用我的舌头给你的样貌增光添彩，哥们儿。我不能要求你把脸借给我，但从今往后，我的舌头得归我自己了。"贾德森·泰特夫人"，记住这个称呼，以后它会被印在两英寸宽、三点五英寸长的名片上。就这样。'

"'好吧，'费格斯又笑了，开口说道，'我跟她父亲谈过，镇长同意了。明晚，他要在他的新仓库里办场舞会。如果你会跳舞，贾德，我希望你到时来见一见未来的麦克马汉夫人。'

"第二天晚上，在萨莫拉镇长的舞会上，当音乐声最响亮的时候，贾德森·泰特穿着崭新的白色亚麻衣服走进了房间。看神态，仿佛他是这个国家最了不起的人，事实的确如此。

"几名乐师看到我的脸，连奏出的音符都被吓了一跳，一两个胆子最小的女士还发出了一两声尖叫。但镇长却连忙奔过来，向我行礼，额头几乎擦掉了我鞋子上的尘土。单凭一副好样貌可没法像我这样，一出场就赢个满堂彩。

"'萨莫拉先生，'我说，'对你女儿的美貌，我多有耳闻。如能有幸见识一下，我会感到十分荣幸。'

"大约有六七十把套了粉红色椅罩的柳木摇椅靠墙摆着。安娜贝拉小姐就坐在其中一把摇椅上,穿着白色衬衫和红色凉鞋,发间点缀着珍珠和萤火虫。费格斯在房间的另一头,正试图从两个咖啡色姑娘和一个巧克力色女郎的包围中脱身出来。

"镇长领我去见安娜贝拉,为我做了引介。她才看了我一眼,就吓得扔掉了手里的扇子,连椅子都差点掀翻了。然而,对此我早就习惯了。

"我在她身边坐下,开始说话。一听到我的声音,她就跳了起来,眼睛瞪得跟鳄梨一般大。她没法在我的语调和我的面容之间建立联系。不过,我继续保持用 C 调发言,那是专为女人准备的调子;很快,她坐在椅子里静了下来,眼中流露出做梦般的神情。她上钩了。她了解贾德森·泰特,知道他是个多么了不起的人,知道他干过多少了不起的事,这有利于我。当然了,她在发现我并不是被人家指认为大人物贾德森的那个美男子的时候,难免会有些震惊。接着,我改说西班牙语,在某些方面,它的效果优于英语,讲这种语言,就像弹一把有一千根弦的竖琴。我的调子丰富多变,从降 G 一直演奏到升 F。我的声音穿梭在诗歌、艺术、浪漫、鲜花和月光之间。我重复了几句曾在她窗前的暗影中轻声念过的诗;温柔的光芒突然在她眼中闪现,我知道,通过我的声音,她认出了曾在午夜向她求爱的神秘人。

"总之,我把费格斯·麦克马汉踢出局了。哦,毋庸置疑,声音才是真正的艺术。话说得漂亮，才是真的漂亮。这是句经过改良的谚语[1]。

"我领着安娜贝拉小姐在柠檬树林里散步，与此同时，费格斯正和那个巧克力色女郎跳华尔兹，用一副愁眉苦脸毁掉了自己的俊俏。在我们返回之前，我得到了她的许可，第二天晚上又可以去那个院子，在她的窗外再多跟她聊聊。

"哦,进展十分顺利。过了不到两个星期,她就和我订了婚，费格斯没戏了。作为一个英俊的男人，他平静地接受了现实，并且告诉我，他还不打算放弃。

"'谈话也许确实必不可少，贾德森，'他对我说，'尽管我从不认为需要刻意培养。不过，指望着只靠说话就能让女士们青睐你这张脸，就跟指望着一个人只靠晚餐铃就能做出丰盛的饭菜一样可笑。'

"到这里，我还没有讲到这个故事的正题呢。

"一天，我在烈日下骑着马走了很久，后来没等凉快下来，就在镇子边上的潟湖里洗了冷水澡。

"天黑之后，我去镇长家见安娜贝拉。那阵子我每晚都去看她，我们打算再过一个月就结婚。她的模样像一只夜莺、一头瞪羚、一朵香水月季，她的眼睛明媚柔和，如同从银河[2]

---

[1] 英文中有句谚语："事做得漂亮，才是真的漂亮。"
[2] 银河，英文为 Milk Way，即"牛奶路"的意思。

里舀出的两夸脱奶油。她看着我粗糙的面孔,没有一丝恐惧或厌恶的神情。事实上,我想我看到的是深深的仰慕和喜爱,和她在广场上给予费格斯的眼神一样。

"我坐下,开口,拣安娜贝拉喜欢的话说了起来——我说她是一个托拉斯[1],集世间万般可爱于一身。我张着嘴巴,涌出的却不是通常那些洋溢着赞美和爱意的、撩人心弦的语句,只发出婴儿得了咽喉炎之后的那种微弱的嘶声。我吐不出一个词——一个音节——甚至一个清晰的发音。我洗澡时不小心着了凉,把嗓子弄坏了。

"一连两个小时,我坐着没动,使尽浑身解数讨好安娜贝拉。她也随口说了几句,但都是淡而无味的敷衍。我发出的声音里最接近语言的表达,也无非像一个贝类动物在退潮时竭力想歌唱'浪尖上的生命'而已。安娜贝拉的目光似乎并未像平常那样频频落在我的身上。我也没法吸引她的耳朵。我俩看了些照片,她偶尔拨弄几下吉他,弹得很差。我离开的时候,她的态度很冷漠——至少是心不在焉。

"这种情况持续了五个晚上。

"第六天,她跟费格斯·麦克马汉跑了。

"据说,他们乘着游艇逃去了伯利兹。过了八小时之后,我坐税务局的一条小汽艇去追他们。

---

[1] 托拉斯,是一个经济学名词,指为了垄断市场而成立的商业组织。

"上船之前,我冲进了印第安混血药剂师老曼纽尔·伊基多的药房。我说不了话,只能指着自己的喉咙,发出一种漏气似的声音。他开始呵欠连连。按当地的习俗,得等一个小时,他才会理我。我探身到柜台里面,掐住他的喉咙,又指了指我自己的喉咙。他又打了个呵欠,把一个装满黑色液体的小瓶子塞进我手里。

"'每两小时喝一小勺。'他说。

"我扔给他一美元,就赶去坐汽艇了。

"我的船只比安娜贝拉和费格斯的游艇晚了十三秒开进伯利兹港。

"我把舢板从侧舷放下水的时候,他们的平底船才刚划走,我们一前一后驶向岸边。我想吩咐水手们划得快一点,但嗓音未能出世就胎死喉中。于是,我想起老伊基多开的药,马上掏出瓶子喝了一大口。

"两条小船同时靠了岸。我径直向安娜贝拉和费格斯走去。她的目光在我身上停留了片刻,就转过去,满怀深情和信任地投向了费格斯。我知道自己还说不了话,但我已经无计可施,只能将仅有的希望寄托在说话上。在相貌方面,我不可能和费格斯比肩,无力对他发起挑战。不承想,我的喉头和会厌竟纯粹自发地尝试召唤我的思想,继而调用我的发声器官。

"让我又惊又喜的是,语言滔滔不绝地涌现出来,美丽、清晰、响亮、精确,充满力量和压抑已久的情感。

"'安娜贝拉小姐,'我说,'我可以跟你单独谈一会儿吗?'

"关于这个,你不想听得那么细了,对吧?多谢。原有的好口才回来了。我把她带到椰子树下,又对她施了以前施过的咒语。

"'贾德森,'她说,'当你对我说话的时候,我听不见别的——也看不见别的——对于我来说,世界上的其他人和其他事都不再存在。'

"好了,故事讲得差不多了。安娜贝拉和我一起乘坐汽艇回到了奥拉塔玛。至于费格斯后来的情况,我没有再听人说起过。我也没有再见过他。安娜贝拉现在已经是贾德森·泰特夫人了。我的故事让你觉得很烦吧?"

"没有,"我说,"我一直都对心理研究很感兴趣。人心——尤其是女人心——真是值得深思的奇妙事物。"

"是啊,"贾德森·泰特说,"人类的气管和支气管也是如此。还有喉咙。你对气管有研究吗?"

"从来没有,"我说,"但是我很喜欢你的故事。我可以问候一下泰特夫人吗?她现在身体怎么样?人在哪里?"

"哦,当然,"贾德森·泰特说,"我们住在泽西城的伯根大街。奥拉塔玛的天气不太适合泰特夫人。我猜你从来没有解剖过会厌的杓状软骨吧,对不对?"

"什么?没有啊,"我说,"我又不是外科医生。"

"请原谅,"贾德森·泰特说,"但是每个人都应该掌握足够的解剖和医疗知识,以便保卫自己的健康。突然着凉可能引发毛细支气管炎或者肺泡炎症,这会对发声器官造成严重影响。"

"也许是吧,"我有些不耐烦地说,"但这和你刚才讲的根本无关。讲到女性情感的奇特表征,我——"

"是啊,是啊,"贾德森·泰特插嘴说,"她们的表现很独特。不过,接下来我要告诉你的是:回到奥拉塔玛之后,我从曼纽尔·伊基多那里弄清了他给我治疗失声的药水的成分。我已经跟你说过,它的疗效有多灵。这玩意儿是他用楚楚拉草做成的。嘿,你瞧。"

贾德森·泰特从口袋里掏出一个长方形的白色纸盒。

"这是世上最好的药,"他说,"专治咳嗽、感冒、喉喑或者气管炎这一类的病。你看,配方都印在盒子上了。每片含有甘草 2 格令,香脂妥鲁 1/10 格令,茴香油 1/20 量滴[1],焦油 1/60 量滴,荜澄茄油树脂 1/60 量滴,楚楚拉液态提取物 1/10 量滴。"

"我来纽约,"贾德森·泰特继续说,"就是想组建一家公司,经销这款史上最了不起的咽炎药。目前我还只是小规模地推广一下。这个盒子里装了四打含片,我只卖它五十美分。如果你得了——"

---

[1] 格令和量滴都是重量单位,用于化学试剂调配。

我站起身，一句话也没说就离开了。我慢慢地向旅馆附近的小公园走去，留下贾德森·泰特和他的良心单独待在一起。我感觉很受伤。他温吞吞地给我灌输了一个可资利用的故事。这里面有一些生活气息，也有一些人为的、在市场中经过精心修饰的气氛在其中出没。结果，它被证明是一颗巧妙地裹了虚构糖衣的商业药丸。最糟糕的是，我没法抛售它。广告部和会计室瞧不上我。从文学角度来看，它也不够格。因此，我和别的失意的人一起坐在公园的长椅上，直到眼皮止不住地合起来。

我回到房间，照往日的习惯，翻开我喜欢的杂志，读了一小时故事。这是为了把我的脑筋重新用在艺术上。

我每读一个故事，就伤心绝望地扔一本杂志，一本接着一本，把它们都丢在了地板上。每一位作家，无一例外，都在给我的心灵涂麻醉香膏，他们欢欣雀跃地写下的故事都像是制造汽车的特殊工序，似乎都安装了抑制灵感的火花塞。

在扔掉最后一本杂志的同时，我又重新振作起来。

"如果读者们能吞得下这么些私人生产的自动机械，"我暗自思忖，"他们应该也不会受不了泰特牌神奇楚楚拉气管炎复方含片。"

所以，如果你看到这篇故事得以发表，你就会明白，生意就是生意，如果艺术远远领先于商业，商业肯定会奋起直追。

为了明明白白地做个了结，我不妨再补充一句：楚楚拉草在药店里是买不着的。

## 双料骗子

乱子出在拉雷多[1]。是利亚诺[2]小子惹的祸,他好杀人,但他应该把对象限定为墨西哥人才对。不过,"小子"已经年过二十;在格兰德河边境这一带,要是到了二十岁还只杀过墨西哥人的话,实在是有些见不得人的。

事情发生在老胡斯托·瓦尔多斯的赌坊里。当时有一场牌局,玩家们并不都是朋友,这是常有的事,人们远道而来,都想在牌桌上逮到几个雏儿。后来,就为了一对皇后这么点儿小事,就起了一场冲突;硝烟散去,人们才发现利亚诺小子闯了大祸,他的对手也犯了大错。因为,那个不幸的斗士不是个泥腿子,而是个出身很好的年轻人,是从一座奶牛牧

---

[1] 拉雷多,美国得克萨斯州南部的一座城市,位于美国和墨西哥的边境。
[2] 利亚诺,出自西班牙语,意为"平原"。

场来的，和利亚诺小子年纪相仿，有很多朋友和手下。他错就错在没能命中，子弹擦过"小子"的右耳，差了十六分之一英寸——不过，"小子"这个更棒的神枪手并没有因此就显得不那么冒失。

利亚诺小子没给自己配随从，也没有多少崇拜者和支持者——即使在边境，他也算声名狼藉——他认为，识时务地选择"走为上策"，与他毋庸置疑的勇猛并非不能相容。

复仇者们很快聚在一起，开始追他。三个人在火车站附近赶上了他。"小子"转过身，咧嘴龇牙，露出在野蛮和暴力的行为时通常会有的灿烂但阴森的笑容。追捕他的人退却了，他甚至都没有伸手摸枪的必要。

在这桩事件中，"小子"并没有感受到平时那种会刺激他跟人决斗的可怕的渴望。这纯粹是一次偶发的争端，起因于几张纸牌，以及两人互赠的某些令绅士难以容忍的粗俗绰号。利亚诺小子其实挺喜欢那个才刚成年就被他射杀的瘦削、自负的棕脸小伙儿。目前，他不想再见血。他只想远走高飞，找块牧豆树下的草地，用手帕蒙上脸，在阳光下好好睡一觉。当他怀有这种心情的时候，即使是墨西哥人，也能安然无恙地从他面前走过。

"小子"光明正大地登上了将在五分钟后开走的北上客车。但在几英里之外的韦伯站，为了接一名乘客，车临时停下了，他只好放弃了原有的逃亡计划。前面有几家电报站；利亚诺小子一向见不得电或者蒸汽之类的玩意儿。马鞍和马刺才是他的安全基石。

他并不认识被他射杀的那个人。不过,"小子"知道那个人属于伊达尔戈的卡拉利托斯牧牛队。那个牧场的牛仔们,只要有其中一个受了辱或受了伤,就都会变得比肯塔基那些刺头更冷酷,更睚眦必报。所以,凭着大勇者所特有的大智慧,"小子"决定尽可能以层层叠叠的灌木丛和梨树林将自己和卡拉利托斯那伙人隔开。

车站附近有家店,店旁的牧豆树和榆树之间,散落着顾客们的几匹披挂整齐的马。它们大多四肢无力,耷拉着脑袋,半睡半醒地等待着。只有一匹长腿弯脖子的杂毛马还在那儿喷鼻刨地。利亚诺小子爬上马背,用膝盖一夹,拿主人的鞭子轻轻地抽了几下。

如果说杀害一个莽撞的赌徒给"小子"善良真诚的公民身份蒙上了一层阴云,那么他后来的举动更将自己的形象置于不光彩的暗影之下。在格兰德河边境,你取走了一个人的性命,有时候只相当于取走了一件垃圾;但如果你夺去了一个人的坐骑,就会给他造成足以导致破产的损失,你自己也得不到什么好处——如果你被逮住的话。所以,对于利亚诺小子来说,现在已经回不了头了。

有了胯下这匹生龙活虎的杂毛马,他不再感到不快与不安。在疾驰了五英里之后,他放慢速度,开始像平原人那样款步前行，向着东北方向的努埃西斯河床而去。他对这片土地十分熟悉——条条极度曲折昏暗的小径，穿过一片长满灌木和梨树的广阔荒野，到处都是营地和偏僻的牧场，人们可以在那里找到安全的消遣。他一心向东走，因为他从未见过大海，想把手伸向那片在更大的水域中像小马驹一样嬉戏的大海湾，摸一摸它的鬃毛。

所以，三天之后，他已经站在科珀斯克里斯蒂[1]的海岸上，眺望着宁静海面上的粼粼波光。

纵帆船"远行号"的布恩船长站在他的小艇边，一名海员顶着浪花在一旁守卫。准备出航的时候，他发现落下了一样生活必需品——口嚼烟草块。受他派遣，一名海员跑去采购这件被遗忘的货物。与此同时，船长在沙滩上来回踱步，骂骂咧咧地嚼着从口袋里拿出来的最后一点存底。

一个穿着高跟皮靴、瘦长结实的年轻人来到了海边。他长了一张娃娃脸，却有一种早熟的严峻神情，表明他已历经沧桑。他的肤色本来就黑，加之长时间待在户外，受风吹日晒，竟被灼成了咖啡棕。他的头发又黑又直，堪比印第安人；他的脸颊还没有被剃刀翻耕过；他的蓝眼睛冷静而沉着。他的左臂稍稍抬起，和身体多少有些距离，这是因为把让镇上的警官们头痛的珍珠贝柄点四五手枪塞进左边腋窝，藏在汗衫

---

[1] 科珀斯克里斯蒂，位于得克萨斯州努埃西斯河口的城市。

底下，总会显得有点臃肿。他的目光越过了布恩船长，带着中国皇帝的那种没有任何感情色彩的威严，眺望着海湾。

"打算把这片海湾买下来吗，老弟？"船长问。他刚才侥幸逃过一场没有烟草的航行，嘴里没什么好话。

"啊，不是，"利亚诺小子和气地说，"没这种打算。我从来没有见过大海，只想看一看而已。你也没打算要出售它吧，对吗？"

"这一趟还不想卖，"船长说，"等我回到布伊纳斯迭拉斯再给你寄过去吧，货到付款。那个毛手毛脚的傻大个终于把我嚼的东西弄来了。一小时前就该起锚了。"

"那边的那艘大船是你的吗？"利亚诺小子问。

"唔，是的，"船长答道，"如果你想把一艘帆船叫作大船，我也不介意吹吹牛皮。不过，更确切地说，船主是米勒和冈萨雷斯，我，该死的老塞缪尔·K. 布恩，只是个平平无奇的船长。"

"你们要上哪儿去？"逃命的人问道。

"布伊纳斯迭拉斯，在南美海岸——我才去过一次，不记得他们管那个国家叫什么了。装的货是木材、瓦楞铁和砍刀。"

"是个什么样的国家？"利亚诺小子又问，"是热还是冷？"

"稍稍偏暖吧，老弟。"船长说，"不过，那里山明水秀、风景怡人，称得上是一座尘世中的伊甸园。每天清晨，伴着长了七条紫尾巴的红鸟的歌声，你会在轻风吹弄玫瑰花丛的叹息中醒来。当地的居民从不工作,因为他们连床都不用下,只要伸一伸手,就能摘到大筐上好的温室水果。那里没有星期天,没有冰,没有房租,没有烦恼,没有用处,甚至连'没有'都没有。对于宁愿一边睡大觉,一边等着事情自行发生的人来说,这真是个伟大的国度。你们吃的香蕉、橘子、菠萝,还有飓风都来自那里。"

"听上去很适合我啊!"利亚诺小子终于难掩兴奋,说道,"我要怎么样才能坐你的船去那里?"

"二十四美元,"布恩船长说,"船费和伙食费。二等舱。我这儿没有头等舱。"

"成交。"利亚诺小子掏出一个鹿皮手袋,说道。

他上拉雷多去赴他一向乐此不疲的"聚会"时,身上带了三百美元。瓦尔多斯赌坊的决斗使他的欢乐时节戛然而止,但还给他剩下了接近两百美元,让他在因伤人而必须逃亡的时候不至于没钱用。

"好吧,老弟,"船长说,"希望你妈妈不会因为你孩子气的瞎捣蛋而责怪我。"他向船上的一名水手招呼了一声,说道:"叫桑切斯背你上小艇,这样你就不会弄湿鞋了。"

美国驻布伊纳斯迭拉斯领事萨克还没喝醉。才十一点钟,直到下午过半之前,他都没法进入他意欲求取的至乐之境——在那种状态下,他会唱起古老的杂耍艺人的伤感小调,冲着他那只不停尖叫的鹦鹉丢香蕉皮。所以，当他听到一声轻咳，从吊床上抬起头，看到"小子"站在领事馆门口的时候，仍能维持一位大国代表所应有的礼貌和殷勤。"别麻烦了，"利亚诺小子亲切地说，"我只是路过。他们告诉我，照规矩要先到你的营地走一趟，然后才能在镇上到处逛。我刚坐船从得克萨斯来。"

"见到你很高兴，敢问贵姓——"领事说。

"小子"笑了起来。

"斯普拉格·道尔顿，"他说，"这称呼，我自己听着都觉得好笑。在格兰德河边境一带，人家都叫我利亚诺小子。"

"我叫萨克，"领事说，"坐在那把藤椅上吧。如果你想来这儿投资，你需要有人给你一点建议。这些邋遢玩意儿，如果你不了解他们的做事方式，那么连你牙齿上镀的那点金子，他们都要刮走。来支雪茄？"

"多谢，"利亚诺小子说，"我不抽雪茄。不过，如果没有玉米烟叶和后兜里的小袋子，我连一分钟都活不下去。"他掏出他的"材料"，卷了一根烟。

"这儿的人说西班牙语，"领事说，"你需要一个翻译。如果需要我做什么，嗯，我很乐意帮忙。如果你想买果园，或者申请任何一种特许经营权，你都需要熟知内情的行家帮你出主意。"

"我的西班牙语，"利亚诺小子说，"大概比英语好九倍。

我来之前待的那块牧场，人人都说西班牙语。我也不去市场买任何东西。"

"你会西班牙语？"萨克目不转睛地审视着"小子"，沉吟道。

"你长得也像个西班牙人，"他接着说，"而且你是从得克萨斯来的，看你的年纪，不会超过二十或二十一岁。不知道你够不够胆量？"

"你说这些，是想搞点什么交易吗？"这个得克萨斯人凭着出人意料的精明开口询问。

"你想掺和一下吗？"萨克说。

"就算我否认，又有什么用呢？"利亚诺小子说，"我在拉雷多玩了一场小小的射击游戏，撂倒了一个白人。当时手边没有墨西哥人可以给我打。我到你们这个养鹦鹉和猴子的牧场来，只是为了闻一闻牵牛花和万寿菊。现在，你明白了吗？"

萨克站起身，关上了门。

"给我瞧瞧你的手。"他说。

他握着"小子"的左手，凑近了察看他的手背。

"我能做成，"他兴奋地说，"你的皮肉像木头一样结实，像婴儿一样健康。一个星期就能长好。"

"如果你想让我用拳头跟人打一场，"利亚诺小子说，"我宁可不挣你这份钱。让我用枪，我就接下你这单买卖。我不能像茶会上的女人们一样，赤手空拳地跟人干仗。"

"比你想得容易多了，"萨克说，"到这边来，好吗？"

他指着窗外一座有着宽阔回廊的双层白色灰泥建筑。它矗立在海边的一座坡度和缓、树木葱郁的小山上，被苍翠的热带植物环绕着。

"一位可敬的卡斯蒂利亚老绅士和他的妻子，"萨克说，"住在那栋房子里，他们渴望能把你揽进怀里，给你的兜里装满钞票。他是老桑托斯·乌里克。这个国家的金矿有一半都是他的。"

"你没吃疯草吧？"利亚诺小子说。

"还请坐下，"萨克说，"我跟你解释。十二年前，他们失去了一个孩子。不，他没有死——虽说这里许多人喝了地面上的水，就得病死了。他是个野蛮的小恶魔，尽管当时他只有八岁。这是尽人皆知的事。几个从这里经过的勘测金矿的美国人和乌里克先生有过往来，他们很宠爱这个男孩。有关美国的许多虚头巴脑的故事，由他们的舌头灌满了他的脑袋；大约一个月之后，他们离开了，那小孩也不见了。大伙儿推测，他应该是偷偷地上了一艘水果船，躲在香蕉堆里，被带去了新奥尔良。后来，有人声称曾在得克萨斯看到过他，但此后，就再没有任何有关他的音讯了。老乌里克为了找他，花掉了几千美元。夫人尤其被伤透了心。那小家伙是她的命根子。她到现在还穿着丧服呢。但人家都说，她从未放弃希望，而且深信总有一天，他会回到她的身边。那孩子的左手背上文了一只爪攥长矛展翅飞翔的老鹰。那是老乌里克家的纹章，或者是他从西班牙继承下来的某个标志。"

利亚诺小子缓缓抬起左手，好奇地盯着它。

"就是那里，"萨克说着，伸手到办公桌后面，摸出一瓶走私白兰地，"你反应不慢。我会刺青。我干吗要去山打根[1]做领事？直到现在我才明白。一个星期之内，我就用刀子把那只老鹰搞到你手上去，让你觉得你天生就长着这玩意儿。我备了一套刺青用的针和墨，就因为料定你总有一天会来，道尔顿先生。"

"哦，该死，"利亚诺小子说，"我明明已经告诉你该怎么称呼我了！"

"好吧，那就叫你'小子'吧。这名字简单多了。换成'乌里克少爷'是不是更好听？"

"打我记事起，就没给人当过儿子，"利亚诺小子说，"就算我有父母，那也没什么值得一提的，在我第一次哇哇叫的时候，他们就进了鬼门关。你有什么计划？"

萨克向后一仰，靠在墙上，举起酒杯对着亮光。

"我们现在的问题是，"他说，"你愿意在这件小事当中参

---

1 山打根，一座位于马来西亚沙巴州的港口城市。

与多深，付出多久？"

"我已经把我来这儿的原因告诉你了。"利亚诺小子干脆地说。

"答得好，"领事说，"不过，你其实也不必投入那么多。计划是这样的：我把记号文在你手上以后就去通知老乌里克。同时，我把我能搜集到的他们家族的历史资料都交给你，这样你就能把要点记下来，万一谈到，也不至于露馅。你长得像西班牙人，又会说西班牙语，你知道事情原委，你能说得出得克萨斯的现况，你还有刺青。当我通知他们，说家族的合法继承人回来了，正满心忐忑地等待收留和宽恕的时候，会发生什么呢？他们会立马冲到这儿来，一把抱住你的脖子，戏也就落幕了，接下来就可以去大厅享受茶歇了。"

"戏还没完呢，"利亚诺小子说，"我在你的营地里歇脚的时间还不长，伙计，以前我也从没见过你；如果你打算谋求的只是父母的祝福，那我可看错人了。我要说的就这些，到你了。"

"多谢，"领事说，"我很久都没有遇见像你这样善于条分缕析的人物了。剩下的事很简单。只要他们肯接纳你，哪怕只是暂时的，那也够了。别给他们机会在你左肩上寻摸草莓形状的胎记。老乌里克在家里常备着五万到十万美元现金，就放在一个小保险柜里，你用一根鞋扣就能撬开，把钱搬走。就凭我的刺青技术，我得分一半。咱们分好钱，就搭一条不定期货船到里约热内卢去。如果美国离了我的服务就维持不下去的话，那就让它崩掉吧。怎么样，先生？"

"听上去很对我的胃口！"利亚诺小子连连点头，说道，"这浑水我蹚定了。"

"很好，那么，"萨克说，"在我给你刺上那只鸟之前，你得深居简出。你可以先住在后面那间房里。我是自己做饭的，在抠门的政府允许的花销范围内，我一定尽量把你伺候得舒服些。"

萨克预估的时间是一个星期，但等他耐着性子将图案文在"小子"手上，并终于对效果感到满意的时候，已经过去两个星期了。之后，萨克找来一名小厮，把下面这张便条交给了他打算坑害的对象：

致白房子里的<br>堂桑托斯·乌里克阁下

亲爱的先生：

容我向您禀告，日前有位年轻人从美国来到布伊纳斯迭拉斯，现正在舍下暂住。我不想引发任何可能落空的希望，但我认为他兴许是您离家多年的儿子。您不妨亲自上门，来看看他。如果确是贵公子，那么照我看，他本是想回家的，但一到这里就失去了勇气，因为他拿不准会受到怎样的对待。

您忠实的

汤普森·萨克

半小时过后——在布伊纳斯迭拉斯,这就算相当迅速了——赤脚车夫吆喝鞭打着一队胖胖的笨马,将乌里克先生的复古四轮马车赶到了领事馆门前。

一个白胡子的高个男人先下了车,然后又把一位穿黑衣,戴黑纱的女士搀下来。

两人急匆匆地走进去,萨克迎上前,以最高的外交礼仪鞠了一躬。在他的桌旁站着一个瘦长的年轻人,有着轮廓分明的棕色面孔,一头乌黑的头发梳得油光水滑。

乌里克夫人一扬手,动作飞快地掀开了厚重的面纱。她已过中年,头顶开始沾染银霜,但丰满傲人的身材和清爽的橄榄色皮肤还保留着巴斯克地区特有的妩媚。然而,一旦看到她的眼睛,理解了深邃的阴影和绝望的神情所透露的巨大哀伤,你就会明白,这个女人仅仅活在某些回忆的片段里。

她以极度痛苦的、探询的目光,久久凝望着那个年轻人。接着,她那双大大的黑眼睛转了转,落在了他的左手上。然后,她抽噎了一声,声音不响,但仿佛震撼了整个房间,她喊道:"我的儿子!"随之将利亚诺小子搂在怀里。

过了一个月,"小子"收到萨克捎给他的信,应邀来到领事馆。

看起来,他已经成了一个年轻的西班牙绅士。他的衣服都是进口的,珠宝商也没在他的身上白费心思。卷纸烟的时候,一枚远不止是气派的钻戒在他手上闪闪发光。

"干得怎么样?"萨克问道。

"没怎么样,"利亚诺小子平静地说,"今天,我有生以来第一次吃了鬣蜥肉排。就是那种大个儿蜥蜴,你知道吗?不过,我觉得,豆泥和熏肉也能满足我。你喜欢吃鬣蜥吗,萨克?"

"我不吃鬣蜥,也不吃其他爬行动物。"萨克说。

已是下午三点,再过一小时他就能进入那种至乐之境了。

"该你大显身手了,孩子,"他接着说,涨得通红的脸上丑态毕露,"你对我可不太公平。你已经当了四个星期的公子哥儿,只要你乐意,每顿饭都可以用金盘子盛小牛肉。现在,'小子先生',你觉得把我晾在一边粗茶淡饭这么久,合适吗?出了什么问题?难道你不能用你这对孝子的眼睛在白房子里好好找找看起来像现金的东西吗?别告诉我你做不到。谁都知道老乌里克把钱放在哪里。还都是美国货币;别的钱他不收。你都做了什么?可别说你'什么都没做'啊。"

"哦,当然了,"利亚诺小子一边欣赏着他的钻石,一边说,"那里有很多钱。我对那堆债券没有概念,不过,我敢担保,有一回我看到在被我干爹叫作保险柜的铁皮箱子里有不下于五万美元的现金。有时候他把钥匙交给我保管，就为了叫我明白，他相信我真的是多年之前消失在人海中的那个小弗朗西斯科。"

"嗯，那你还等什么？"萨克愤愤地说，"别忘记，只要我想，我随时都能把你掀个底朝天。如果老乌里克知道你是骗子，你会怎么样？嘿，你不了解这个国家，得克萨斯的利亚诺小子先生。这里的法律比芥末还辣。这里的人会把你扯得像一只被踩扁的青蛙一样，在广场的每个角上各打你五十棍，把每根棍子都打烂还嫌不够，最后，再把你身上剩下的部分丢去喂鳄鱼。"

"我还是跟你明说吧，伙计，"利亚诺小子往躺椅里一仰，优哉游哉地说，"这事就保持目前的状态就行了。这样就很不错。"

"你这是什么意思？"萨克砰的一声，猛地把杯子磕在桌上，问道。

"你的计划完蛋啦，"利亚诺小子说，"今后，无论何时，只要你有幸跟我说话，都得叫我堂弗朗西斯科·乌里克。我保证会答应。咱们不碰乌里克上校的钱。对你我来说，他那只小小的铁皮保险柜就跟拉雷多第一国民银行里定时上锁的保险库一样牢靠。"

"这么说，你要出卖我咯，对吗？"领事说。

"没错，"利亚诺小子用愉快的口吻说，"出卖你。说对了。

现在，我来告诉你为什么。到上校家的第一个晚上，他们领我进了一间卧室。不是在地板上铺条毯子的那种——是真正的卧室，有床，有各种家具。在我睡着之前，我的假妈妈进来帮我掖好被子。'宝贝儿，'她说，'我亲爱的小宝贝儿，上帝把你还给了我。我永远赞美他。'她就这样拉拉杂杂瞎扯了一通。然后有一两颗水珠落在了我的鼻子上。这样的情形始终萦绕着我，萨克先生。从那时起，就一直这样。从现在起，也将一直这样。你别以为，我说这番话是为了自己的利益。别拿小人之心度君子之腹。我这辈子没跟女人打过交道，对母亲也没什么感觉，但咱们必须瞒过这位太太。她承受了一次打击，再承受不了第二次了。我是一头卑鄙的独狼，也许是魔鬼而不是上帝，让我走上了这条路，不过，我会走到底。好了，今后再提起我的时候，别忘了，要叫我堂弗朗西斯科·乌里克。"

"我今天就揭发你，你——你这个双料叛徒。"萨克结结巴巴地说。

"小子"平心静气地站了起来，用铁钳似的手掐住萨克的脖子，缓缓地把他推到一个角落里。接着，他从左边腋下抽出那把珍珠贝柄的点四五手枪，用冰冷的枪口抵住领事的嘴巴。

"我告诉过你我为什么会来这里，"他脸上露出了昔日那种冷酷的笑容，说道，"如果我要离开这里，肯定是你的缘故。

千万别忘了,伙计。喂,我叫什么名字啊?"

"呃——堂弗朗西斯科·乌里克。"萨克喘息着。

外面传来车轮滚动声、人的吆喝声,还有马鞭的木柄敲在胖马背上的脆响。

利亚诺小子收起枪,向门口走去,但又突然转身,折回到瑟瑟发抖的萨克面前。他举起左手,将手背朝着领事。

"事情必须保持现在的状况,"他缓缓地说,"还有一个原因。我在拉雷多杀掉的那个家伙,他的左手上也刺了一个同样的图案。"

外面,堂桑托斯·乌里克的复古四轮马车咔嗒咔嗒地走到了门前。车夫的吆喝停了下来。乌里克夫人穿着一件饰有白色花边和飘带的华丽长袍,向前探出身子,温柔的大眼睛里溢满幸福的表情。

"你在里面吗,亲爱的儿子?"她用清脆的西班牙语喊道。

"妈妈,我来了。"年轻的堂弗朗西斯科·乌里克答道。

要线索,找女人[1]

　　《皮卡尤恩报》的记者罗宾斯和已经"嗡嗡"叫了接近一个世纪的法文报纸《蜜蜂》的记者杜马斯是一对好朋友,多年来,他们的友情历经千锤百炼。现在,两人坐在他们平时碰面的地方——在杜梅因大街上,蒂博夫人开的常有克里奥尔人[2]出没的小咖啡馆里。如果你到过那里,那么单是回忆就足以在你心里唤起一阵快乐的悸动。店里又小又暗,有六张擦得锃亮的桌子,在桌旁坐下就能喝到新奥尔良最好的咖啡,以及可与最好的萨泽拉克[3]媲美的苦艾调和酒。很胖、很和气的蒂博夫人坐在柜台后面收钱。她的两个侄女,尼科莱特和梅美,穿着可爱的围裙,把令人垂涎的饮料送到大伙儿面前。

---

1 这是一句谚语,意思是如果某个男人的举止很奇怪,原因总和女人有关。
2 克里奥尔人,泛指法国裔及西班牙裔的移民。
3 萨泽拉克,是一款历史悠久的鸡尾酒,在新奥尔良尤其流行。

杜马斯以真正的克里奥尔式的奢侈作风，在烟雾缭绕之中，小口小口地啜饮苦艾酒。罗宾斯在浏览一份早间画报，像年轻记者普遍习惯的那样，检阅着排版错误和比他自己更出色的编辑改稿的痕迹。广告栏目里的一条消息吸引了他的目光，让他突然情不自禁地高声读给他的朋友听。

> 公开拍卖——今日下午三时，在博诺姆大街的姐妹之家，撒玛利亚小姐妹会的全部共有财产将被售与出价最高的竞拍人。拍品包括房屋、地皮，以及住宅和教堂里的所有家具，全无保留。

这则通告令两个好友回想起两年前发生在他们新闻生涯中的一段插曲。他们追忆往事，重提当日的种种论断，隔着时间的天堑，由不同角度给出了一些全新的解读。

咖啡馆里没有其他顾客。夫人灵敏的耳朵捕捉到了他们对话的主线，她来到了两人的桌边——他们所提到的，不正是她丢掉的那笔钱吗？——不正是那凭空消失的两万美元吗？——之后的一切变故不都是因此而起的吗？

这三个人捡起了那个早已被弃置的谜团，抖落一片呛人的积尘。罗宾斯和杜马斯曾在急切而徒劳地寻找新闻线索时，站在那个撒玛利亚小姐妹会的小教堂里，呆望着圣母的镀金塑像。

"就是这样,小伙子们,"夫人总结道,"是那个坏蛋,默林先生。谁都知道他盗用了我交给他保管的那笔钱。没错。反正他不知怎么回事,就把钱给花光了。"夫人转向杜马斯,露出了宽厚而善解人意的微笑。"那些天,你找我事事不漏地打听默林先生的情况,我就明白了,杜马斯先生。哦,是啊。我知道,多数时候,男人们把钱弄丢了,你们总要说'要线索,找女人'——在某处的某个女人。但这话对默林先生不适用。不,小伙子们。他在生前就像一个圣徒。杜马斯先生,你想从一个女人那里找到那笔钱的下落,还不如去默林先生捐给小姐妹会的圣母像里边找找。"

听了蒂博夫人的最后一句话,罗宾斯微微一怔,向杜马斯投去犀利的一瞥。这个克里奥尔人无动于衷地坐在那里,神情恍惚地望着袅袅的烟雾。

这会儿已经是早上九点了,再过一会儿,这两个朋友就要分手,各办各的事情去了。关于蒂博夫人那不翼而飞的几万美元,姑且作简述如下。

新奥尔良人时时会想起加斯帕·默林先生之死在他们的城市所引发的一连串事件。默林先生是法裔社区的艺术金匠和珠宝商,也是一个备受尊崇的人,出身于法国最古老的家族之一,在古物鉴赏和史学知识方面颇有建树。他住在皇家街一个清静舒适的古老旅店里,五十岁左右,一直单身。一天早晨，人们在他自己的房间里发现了他的尸体，死因不明。

在调查这桩案件的时候，人们发现他几乎破产了，他的存货和个人资产已经见底——幸好勉强能够偿还债务，才让他免受千夫所指。后续又有消息披露，默林家过去的管家蒂博夫人曾将她的法国亲戚遗赠给她的两万美元交给默林先生保管。

朋友们和司法当局进行了彻底搜查，但没能弄清这笔钱的去向。它无影无踪，而且无迹可寻。默林先生在去世的几星期之前，把钱从银行取了出来，都是金币，他告诉蒂博夫人，要为她找一个稳妥的投资项目。因此，默林先生似乎注定要在人们的记忆中留下一朵不诚信的阴云，而且，当然也令蒂博夫人十分伤心。

之后，罗宾斯和杜马斯就在私下里，代表各自的刊物开始锲而不舍地追查。近年来，新闻界热衷于这类操作，一方面是为了提高自身的声誉，一方面是为了满足公众的好奇心。

"找女人！"杜马斯说。

"说到点上了！"罗宾斯表示赞同，"每一条道路都通往永恒的女性。我们要找出那位女主角。"

他们造访了默林先生住的旅馆，从门童到老板，对每一位工作人员盘根究底。他们彬彬有礼但又不依不饶地逼问死者的亲属，凡是三代以内的血亲都没放过。他们巧妙地向已故珠宝商的雇员们探口风，对他的顾客穷追不舍，想借他们提供的信息摸清他的习性。他们就像猎犬一样，循着他这些年来走过的有限又单调的道路，尽量追溯有可能让他行差踏错的每一步。

他们穷心竭力，一直到查无可查，却没法不承认，默林先生实在是一个纯洁无瑕的人。在他身上根本找不出可能会成为犯罪动机的缺点，他从未偏离过正道，甚至从未表现出一丝对于女色的喜好。他的生活像僧侣一样规律、朴实，他的习惯不张扬，也不掩饰。但凡认识他的人，无不称赞他慷慨大方、举止得体，堪称楷模。

"现在怎么办？"罗宾斯摆弄着空白的笔记本，问道。

"找女人，"杜马斯点了一根香烟，说，"试试贝莱尔斯女士。"

这匹雌马是本赛季的热门。身为女性，她的步伐不太稳当，让镇上几个满心相信她的家伙输得很惨。两位记者就从这方面入手打探消息。

默林先生？绝对不会。他甚至从没看过赛马。他根本不是那种人。先生们的问话真让人吃惊。

"要不还是放弃？"罗宾斯建议，"让负责编谜语的部门试试看吧？"

"找女人，"杜马斯摸出一根火柴，嘟哝道，"到那个叫什么来着的小姐妹会去问问。"

经过调查，他们发现默林先生对那家慈善机构特别关照。

他给予小姐妹会经济上的支持,还选择了那里的小教堂作为他最青睐的私人礼拜场所。据说,他每天都要去那里做祷告。的确,在生命的最后阶段,他整个身心似乎都投在了宗教事务上,这也许对他的世俗事务造成了一些损害。

罗宾斯和杜马斯去了博诺姆大街,在得到许可后,走进了歪歪扭扭的石头围墙中间的那道狭窄的门廊。一个老妇人正在打扫教堂。她告诉他们,会长菲利希特嬷嬷正在凹室祭坛前祈祷,过一会儿就会出现。凹室被厚重的黑布帘遮住了。他们只好等着。

不久,帘子被掀开了,菲利希特嬷嬷走了出来。她身材高挑,骨瘦如柴,神情肃穆,穿着黑色修士袍,戴着姐妹会的那种拒人于千里之外的修女帽。

罗宾斯,这个粗放有余、细腻不足的记者,开口说话了。

他们代表新闻界。默林的事情,这位女士无疑已经听说了。查清这笔失款的秘密,对于公正看待这位先生的生平至关重要。众所周知,他常来这座小教堂。如今,任何有关他的信息,诸如习惯、趣味、交过的朋友等等,对于他身后的名誉都有价值。

菲利希特嬷嬷都听说了。她愿意知无不言,但她了解的实在少得可怜。默林先生是教会的好朋友,有时一出手就捐赠一百美元那么多。姐妹会是一家独立机构,用于慈善事业的开销完全依靠私人捐助。小教堂里的银烛台和祭坛罩都是默林先生赠送的。他每天都来做礼拜，有时一待就是一个小时。他是个虔诚的天主教徒，一心侍奉神。是的，还有凹室里的圣母像，那是默林先生亲自造模浇铸而成，再亲手送到教会来的。哦，猜疑这样一个好人，实在有点残忍。

罗宾斯也对这种诋毁深感痛心。但是，在弄清默林先生如何处理蒂博夫人那笔钱之前，恐怕是悠悠众口难平。有时——事实上，是经常——会有这种情况——呃——就像俗话所说的——呃——和一位女士有关。要是保证守口如瓶，那么——是否——也许——

菲利希特嬷嬷用她的大眼睛严肃地盯着他。

"这儿确实有个女人，"她缓缓地说，"令他拜服——令他献出了他的心。"

罗宾斯大喜过望，连忙掏出铅笔。

"瞧那个女人！"菲利希特嬷嬷突然用低沉的嗓音说道。

她伸出长长的手臂，拉开了凹室的帘子。里面有一座神龛，光芒透过一扇彩窗倾泻下来，温柔地笼罩着它。那是在裸露的石墙上的一处深凹，一尊纯金色的圣母玛利亚像就安放在里面。

杜马斯，这个传统的天主教徒，被这戏剧性的场面慑服了。他迅速低下头，在胸前画了一个十字。罗宾斯有点羞愧，含混地道了歉，尴尬地退了出去。菲利希特嬷嬷拉好了帘子，两位记者就告辞了。

在博诺姆大街狭窄的石头人行道上,罗宾斯转向杜马斯,以不太得体的讽刺口吻说道:"那么,接下来怎么办?继续奉行找女人的金科玉律吗?"

"我只想去找苦艾酒。"杜马斯说。

有关那笔失款的往事就回顾到这里,然而,若有人剑走偏锋,很可能会猜到,蒂博夫人说过的一番话或许会让罗宾斯灵光一现,生出某些特别的念头。

这么想是不是有点太疯狂了?那位狂热的信徒把所有财产都奉献给了——或者,不如说,把蒂博夫人的财产都奉献给了那个物质形式的象征符号,以表达他的无限虔诚?人们常以信仰之名行古怪之事。那丢失的两万美元会不会被塑造成了那个光辉的形象?有没有可能,那个金匠用纯净、贵重的金属铸成了圣母像,出于某种期望或是精神错乱,把它摆上祭台,想获得圣徒们的垂青,为自己的永生铺平道路。

那天下午两点五十五分,罗宾斯走进了撒玛利亚小姐妹会的礼拜堂。他看到一群参加拍卖的人,也许有一百个,在昏暗的灯光下聚在一起。他们多数是教会组织的成员、牧师和神父,他们争着来买教堂里的器具,是为了避免它们落入俗人的手里。其余的都是来竞购房产的生意人和代理人。一位教士模样的兄台自愿上台掌槌,给拍卖现场带来了用词不当和举止端庄的反差气氛。

卖掉几样无关紧要的小玩意儿之后,两名助手把圣母像抬了出来。

罗宾斯开价十美元。一个穿着牧师袍的大块头出十五美元。人群的另一边,有个声音把价格抬到了二十美元。三个人轮流出价,每次加五美元,到了五十美元的时候,大块头退出了。随后,罗宾斯发动了一次奇袭,直接把报价提到一百美元。

"一百五十。"另一个声音说。

"两百。"罗宾斯脱口而出。

"两百五十。"他的竞争对手立即回应。

在电光石火之间,记者有些犹豫,估算了一下能从同一办公室的同事那里借到多少钱,以及能否让业务经理预支下个月的薪水给他。

"三百。"他说。

"三百五十。"另一个人高声叫道。声音一响,罗宾斯就突然跳了起来,钻过人群,朝声音发出的方向冲了过去,狠狠地揪住了声音的主人——杜马斯的衣领。

"你这个一根筋的白痴!"罗宾斯凑近他的耳朵,小声嘀咕,"咱们合伙!"

"同意!"杜马斯冷冷地说,"我把家里翻个底朝天也搜不出三百五十美元,但减半的话,还能承受。你干吗跟我竞价？"

"我还以为我是这群人里唯一的傻瓜呢。"罗宾斯解释道。

没有别人出价,落槌成交,塑像按最后的报价卖给了这个辛迪加[1]。杜马斯留下看守战利品,罗宾斯则急忙跑出去,从两人的资源和信誉里榨取有待支付的拍卖款。不久,他带着钱回来了。两个火枪手将他们的宝贝包裹装上马车,去了附近的老沙特尔街,杜马斯的住处就在那里。他们用一块布盖住塑像,把它拖上楼,搁在桌子上。这东西至少重一百磅,如果他们的大胆推测没错的话,以每盎司材料的单价乘以重量,它应该价值两万美元。

罗宾斯揭下罩布,打开他的折刀。

"上天啊!"杜马斯哆嗦着抱怨道,"这可是基督的母亲啊,你想干吗?"

"闭嘴,犹大!"罗宾斯冷冷地说,"现在可太晚了,你别想得救了。"

他用力一刀,从塑像的肩膀上削了一块下来。切片泛着暗灰色的金属光泽,外面覆了一层薄薄的金箔。

"铅的!"罗宾斯把折刀丢在地上,宣布道,"镀金的铅!"

---

[1] 辛迪加,是一个经济学名词,指同一领域的多个机构联合,从而垄断某个行业或某种商品定价权的联盟形式。

"真见鬼！"杜马斯大不敬地说道，"我得去喝一杯了。"

两人一块儿闷闷不乐地朝两个街区之外的蒂博夫人咖啡馆走去。

那天，夫人似乎突然想起这两个年轻人曾为她出过力。

"你们别坐那张桌子了，"在他俩正打算在习惯的老位置就座的时候，她突然插了句嘴，"小伙子们，我是说，别坐那里了。请你们到这个房间来，我要把你们当最好的朋友来招待。对。我要亲手为你们做一杯苦艾酒和一杯上好的皇家咖啡。啊！我喜欢款待我的朋友。对。请到这边来。"

夫人领着他们去了后面的雅座包间，有时她会把她特别喜欢的贵客请进去。她把他们带到一扇面对庭院的大窗前，那里摆了两把舒适的扶手椅，中间夹着一张矮桌。请他们坐下之后，她就殷勤地张罗起来，着手准备方才允诺过的美味饮料。

这是两位记者头一回有幸获准入此圣地。整个室内都浸泡在昏暗的暮色中，但精致的细木家具以及克里奥尔人喜爱的抛光金属和玻璃器皿还在挥洒闪烁的亮斑。小院里的微型喷泉以潺潺水声悦人入耳；大窗外的芭蕉树以枝叶的摇曳应和时间的节拍。

作为一名天生的情报员，罗宾斯用好奇的眼光在房间里环顾了一圈。夫人大概从某个野蛮的祖先那里继承了对于装饰物的粗鄙嗜好。

墙上挂了些廉价的石版画——迎合资产阶级的趣味,以华丽的歪曲糟蹋自然风光的静物画——生日卡、花里胡哨的报纸夹页,以及纯粹为了袭击视觉神经,让人目瞪口呆而设计的艺术广告样张。还有一些更扎眼、更莫名其妙的东西,其中有一样使罗宾斯大惑不解,他站起身,向前一步,想近距离审视一下。接着,他虚弱地靠在墙上,大声叫道:

"蒂博夫人!哦,夫人!什么时候——哦!你什么时候养成了这种习惯,竟然把五千美元票额,年息四美分的美国黄金债券拿来糊墙?告诉我——这是格林童话吧?要不然,我真该去看眼科医生了!"

听到他的话,蒂博夫人和杜马斯都围了过来。

"你说什么?"夫人兴奋地说,"你说什么呀,罗宾斯先生?太好啦!是那几张漂亮的纸片吗?我还以为那些是你们所谓的日程表呢,就是那种可以在日期底下做标记的东西。但我搞错了。墙上裂了好几道口子,罗宾斯先生,我就用那几张纸片遮住裂缝。我确实觉得它们颜色不错,适合做墙纸。我从哪里得来的?哦,是的,我记得很清楚。有一天,默林先生到我家来——大约在他去世的一个月以前——也就是他答应帮我把那笔钱拿去做投资的时候。默林先生,他把那些纸片放在桌上,说了许多关于钱的话,很难懂,我没搞明白。那以后,我就再没见过那些钱了。那个默林先生可真是个坏蛋。你管那些纸片叫什么来着——罗宾斯先生?"

罗宾斯解释道:"那就是你的两万美元,外加利息。"他用手指抚弄四张债券的边缘,继续说:"最好去找个能人,帮你把它们剥下来。默林先生实在无可挑剔。我要出去清静一下。"

他拽着杜马斯的胳膊往外屋去了。夫人尖声呼唤尼科莱特和梅美,叫她们来看最善良的好人,天国的圣徒默林先生归还给她的财富。

"杜马斯,"罗宾斯说,"我要好好地狂欢一下。三天之内,那份备受推崇的画报将和我的卓越服务绝缘了。建议你也和我一起去。你现在喝的绿色饮料可不怎么样。它会刺激思想,而我们需要做的是清除记忆。我要把在目前的情况下,唯一能确保达成理想效果的那位女士介绍给你。她名叫'肯塔基美女',是十二年陈波旁威士忌。咱们来它几夸脱。你觉得这个主意怎么样?"

"同意!"杜马斯说,"去找那个女人。"

黑比尔藏身记

一个瘦长精壮的红脸汉子,长着威灵顿[1]式的鹰钩鼻和眼神炽热的小眼睛,多亏了淡黄色的睫毛,让这张脸显得柔和了一些。他坐在洛斯皮诺斯火车站的月台上,双腿悬空,晃来晃去。他的身边还坐了一个闷闷不乐、无精打采的胖子,似乎是他的朋友。就他们的外表来看,生活对于他们就像是一件两面都能穿的衣服——哪一面都不好看。

"差不多四年没见了,哈姆,"那个无精打采的人说,"这段时间你到哪里逍遥去了?"

"得克萨斯,"红脸汉子说,"阿拉斯加太冷了,我受不了。得克萨斯倒真够暖和的。我跟你讲讲我在那里经历的一段酷

---

[1] 威灵顿,指威灵顿将军(1769—1852),英国军事家,在滑铁卢彻底击败了拿破仑。

热的日子。

"一天早上,我乘坐的那列国际铁路公司的火车停在水塔旁加水,我下了车,让它自己开走了。那地方是一片牧场,里面满是恶形恶相的人家,比纽约市的还多。只不过,这些房子都隔着二十里地,你连他们吃什么晚饭都闻不出来,不像纽约那样,两家邻居的窗户只有两英寸的距离。

"一眼望去,根本看不到路,所以,我就在原野上走。草没过了脚踝,牧豆树连成一片,像一座桃园。那里特别像是乡绅的私产,每时每刻,你都感觉会有一窝斗牛犬冲过来咬你。在看到牧场房屋之前,我绝对走了有二十英里。那是座小房子,大概有高架铁路的车站那么大。

"一个小个子,穿着白衬衫和棕色工装裤,脖子上围着一条粉红色手帕,正在房门前的一棵树底下卷纸烟。

"'向你问安,'我说,'有没有吃的、喝的、几句客气话、几个小钱,甚至一份活计能赏给我这个陌生人的呢?'

"'哦,进来吧,'他说,听那语气,还挺有教养的,'请坐那张凳子吧。我没听到你来时的马蹄声。'

"'马还不知道在哪儿呢,'我说,'我走路来的。我不想给你添麻烦,不过,不知道你方不方便弄三四加仑水来。'

"'你看起来确实灰头土脸的,'他说,'可我们这儿的洗浴设备——'

"'我是拿来喝的,'我说,'尘土是身外物,根本不用

在乎。'

"他从一个挂在高处的红色陶罐里舀了一勺水给我,继续说着:'你想找活儿干?'

"'想干一阵子,'我说,'在这村子里,这一带算是很安静了,对吗?'

"'是的,'他说,'人家告诉我,有时候一连几个星期都没人打这儿经过。我也才来一个月。我从一个老移民的手里买下了这片牧场,他想继续往西,迁到更偏远的地方去。'

"'挺适合我的,'我说,'幽静隐僻有时候对一个男人来说很有好处,而且我需要工作。我可以照看酒吧、采盐矿、演讲、炒股票,还练过几天中量级拳击,还会弹钢琴。'

"'你会放羊吗?'小个子牧场主问。

"'你问我听说过羊没有?[1]'我说。

"'你会不会放牧——看管羊群?'他说。

"'哦,'我说,'那我懂了。你的意思是赶着它们到处跑,像牧羊犬一样对它们狂吠。好吧,我也许行。我过去确实没放过羊,但我常看到它们在车窗外啃雏菊,看起来,它们也不怎么凶。'

"'我这儿缺个放羊的,'牧场主说,'你永远不能指望墨西哥人。我只有两个羊群。如果你愿意,明早你就可以带一

---

[1] "放牧"的英文是"herd","听说"的英文是"heard",两者读音相近。

群羊出去——总共也就八百只。一个月能挣十二美元,包食宿。你就在草原上搭个帐篷,跟你那些羊待在一起。饭得你自己做,但柴和水都会送到你的营地去。这活儿很轻松。'

"'我干,'我说,'就算必须像画里的牧羊人那样头顶花环,手执拐杖,穿着松松垮垮的衣服,我也要接下这件差事。'

"于是,第二天早上,小个子牧场主帮我把羊群从圈里一直赶到两英里外,在草原上找了个小坡,让它们吃草。他一个劲地嘱咐我,什么不要让羊结伴离开大群啊,中午要把它们赶去水坑那里喝水啊,没完没了。

"'天黑之前,我会用马车把你的帐篷、口粮、露营装备都送过来。'他说。

"'好,'我说,'别忘了口粮。也别忘了装备。一定得带上帐篷。你的名字叫佐利科佛,对吗?'

"'我的名字,'他说,'是亨利·奥格登。'

"'哦,好,奥格登先生,'我说,'我是帕西法尔·圣克莱尔先生。'

"我在这片小牧场放了五天羊,羊毛填满了我的灵魂。我实实在在地成了自然的一部分,简直比鲁滨孙·克鲁索[1]的山羊还要寂寞。我见过大把的人,和他们做伴总比陪着这些羊更有趣。每天晚上,我把它们赶回去圈好,接着做玉米饼、

---

1 鲁滨孙·克鲁索,是《鲁滨孙漂流记》的主人公。

烤羊肉、煮咖啡，然后躺在一块桌布大小的帐篷里，听营地周围的土狼和夜鹰唱歌。

"到了第五个晚上，我把那些价值不菲但话不投机的羊圈起来之后，就步行去到牧场小屋，走进了房门。

"'奥格登先生，'我说，'你我得多走动走动。羊呢，作为风景中的小点缀，确实不错；割掉羊毛，做成八美元一套的毛料衣服，那也很好。可要和它们在饭桌边聊天，或是在炉火旁做伴，那简直就是一种折磨。如果你有一副扑克牌、一套飞行棋或者作家游戏[1]，拿出来一起玩啊，让咱们也来参加一点智力活动。我需要动动脑子，哪怕只是把某个人的脑浆敲出来也算数。'

"这个亨利·奥格登是一个特别的牧场主。他佩戴戒指、大金表，一丝不苟地系了领带，面容冷静，夹鼻眼镜擦得又净又亮。有一次我在马斯科吉见到一个因为杀了六个人而被判绞刑的亡命徒，那家伙跟他长得一模一样。我还认识一个阿肯色州的牧师，你会把他认作这个牧场主的兄弟。我不是很在乎他到底是凶手还是信徒；我只想找个伴，至于跟我共度那段时光的，究竟是高洁的圣人还是迷失的罪人，那都无妨——只要跟羊撇清关系就行。

"'嗨，圣克莱尔，'他放下正在看的书，说道，'我知道，

---

[1] 作家游戏，指一种以作家为题材的纸牌桌游。

一开始你肯定会觉得寂寞。我不否认,我自己也觉得无聊透顶。你确定把羊都圈好了吗?不会跑出来吧?'

"'羊群就像指控百万富翁杀人的陪审团一样,被关得严严实实,'我说,'在它们需要人照料之前,我早就回去了。'

"于是,奥格登翻出了一副纸牌,我们玩起了卡西诺[1]。我在牧羊营待了五天五夜,这会儿就像在百老汇喝酒一样开心。拿到好牌的时候,我兴奋得就跟在特里尼蒂[2]赢了一百万似的。等亨利·奥格登放松下来,说起那个关于'卧铺车厢的女士'的故事,我笑了足有五分钟。

"这表明生活是一个相对命题。一个见过大世面的人,对于乔·韦伯[3]放的一把烧掉三百万美元的大火,或是亚得里亚海,可能都懒得转头去看。但你叫他放几天羊试试,他会因为'今晚不敲宵禁钟'而笑得岔气,会因为能陪太太们打牌而由衷地快乐。

"过了一会儿,奥格登拿出一瓶波旁威士忌,有关放羊的话题就完全被抛到九霄云外了。

"'大约一个月以前吧,报纸上登过一条新闻,你记得吗?'他说,'在马萨诸塞州、堪萨斯州和得克萨斯州之间

---

1 卡西诺,一种可用于赌博的纸牌游戏,通过计算手里扑克牌的点数可以收走桌面的牌,收牌数较多的玩家获胜。
2 特里尼蒂,位于得克萨斯州东部的重要城市。
3 乔·韦伯,指约瑟夫·韦伯(1867—1942),美国著名的喜剧演员。

的火车运行路段上，一列火车被劫持了。押运员肩膀中弹，大约一万五千美元被卷跑了。据说，是一个人单枪匹马干下来的。'

"'我有点印象，'我说，'不过这种事很常见，不会一直被得克萨斯人记在脑子里的。他们追上那抢劫犯了吗？逮捕他了吗？'

"'他逃脱了，'奥格登说，'我今天看到报纸上说，警察一路追踪他，追到这一带来了。好像被劫走的钱都是埃斯皮诺萨第二国民银行首批发行的钞票。所以，他们就循着这里面被花掉的那些钱，找到这边来了。'

"奥格登给自己添了些威士忌，再把酒瓶推给我。

"'我想，'我先抿了一口杯里的皇家酒[1]，然后说，'对于一个火车劫匪来说，跑到这里来躲一阵子，绝对不是个蠢主意。一片养羊的牧场是最适合他的地方了，谁会想到，在小鸟、羊群和野花中间，竟能找出这么一个狠角色呢？顺便问一句，'我打量了一下亨利·奥格登，说道，'报上有提到这个独脚大盗的特征吗？像是什么相貌啊，身高体重啊，有没有补过牙齿啊，服装式样啊……'

"'唔，没有，'奥格登说，'他们说，没人看到过他的脸，

---

[1] 皇家酒，"波旁"是法国波旁王朝的皇家姓氏，因此主人公将波旁威士忌戏称为"皇家酒"。

因为他一直戴着面罩。但他们知道，这个火车劫匪的名字叫黑比尔。因为他一直是独来独往的，但却把一块绣着自己名字的手帕落在火车上了。'

"'好吧，'我说，'我赞成黑比尔躲在牧场里。照我看，他们找不到他的。'

"'逮住他能领到一千美元赏金。'奥格登说。

"'我不需要那种钱，'我直视着这位牧羊人先生的眼睛说，'你每个月给我十二美元，够用了。我需要的是休息，同时也攒点钱，攒够去特克萨卡纳的火车票钱。我那个守寡的母亲住在那儿。如果黑比尔朝这边来了，'我意味深长地看了看奥格登，继续说道，'比如说，一个月之前到了这里，还买下了一个小牧场——'

"'住口，'奥格登气势汹汹地从椅子上站起来，说道，'你是不是在影射——'

"'没有，'我说，'没有任何影射。这只是一个假想。我是说，如果黑比尔朝这边来了，而且买下了一个牧场，还雇我给小羊们唱摇篮曲，待我又宽厚又友好，就像你所做的一样，那么对于我，他永远也没什么好担心的。一个人不管和羊或者火车有什么瓜葛，也还是一个人而已。现在你了解我的立场了吧。'

"有九秒钟时间，奥格登的脸黑得像营地的咖啡。然后，他就被逗乐了。

"'你是个说到做到的人,圣克莱尔,'他说,'如果我真是黑比尔,也不会不信任你。咱们今晚玩两把"七点"吧,我是说,如果你不介意跟火车劫匪玩牌的话。'

"'我把我的想法对你和盘托出了,'我说,'没有任何附加条件。'

"打完第一局,我在洗牌的时候装作漫无目的地问奥格登,他是从哪儿来的。

"'哦,'他说,'从密西西比河谷来的。'

"'真是好地方,'我说,'我常在那儿歇脚。但你是不是觉得在那里床单总是有点湿,东西也不好吃?'我又说,'我呢,在太平洋沿岸出生长大。你去过那儿吗?'

"'风太大了,'奥格登说,'不过,如果你到中西部去,只要报上我的名字,保管有人用暖脚的炉子和上好的咖啡招待你。'

"'这样啊,'我说,'我可没想套出你的私人电话号码,或是你那个拐走了坎伯兰长老会[1]牧师的姨妈的名字。这都不重要。我只想让你知道,你把自己交到你的羊倌手上,是很安全的。好了,该走黑桃的时候别出红心,别那么焦虑。'

"'还在胡扯,'奥格登又笑了,说道,'你怎么不想想,如果我是黑比尔,还认为你对我起了疑心,那我干吗不给你

---

1 坎伯兰长老会,北美地区的一个基督教教派。

来一枪，彻底医好我的焦虑？'

"'不会的，'我说，'一个有胆量独自劫火车的男人不会耍这种把戏的。我在外面摸爬滚打得久了，知道哪种人最讲义气。倒不是说，我已经可以自称是你的朋友了，奥格登先生，'我又说，'我只是你的羊倌；但如果一切顺利，我们也可能成为朋友。'

"'请你先把羊的事放一放，'奥格登说，'快点切牌。'

"大约过了四天吧。一个中午，趁着羊在水坑边喝水的时候，我抓紧这难得的闲暇，煮了一壶咖啡。一个神秘人物穿着显然经过精心搭配，以代表个人身份的外衣，骑着马缓步走过草地。他的打扮介于堪萨斯城的侦探、水牛比尔[1]和巴吞鲁镇的捕狗人之间。他的下巴和眼睛并不是战斗型的，所以我知道，这只不过是个探路的。

"'在放羊？'他问我。

"'嗯，'我说，'对你这样一个精明强干的人，我可不敢说自己从事的是修复古青铜器或者给自行车链轮上油的工作。'

"'照我看，你的谈吐和形象都不像放羊的。'他说。

"'但你的谈吐和形象都符合我的猜想。'我说。

---

1 水牛比尔，是十九世纪下半叶美国西部的传奇牛仔，参加过南北战争，因为组织了一场以西部为主题的巡回表演而名声大噪，被称为"美国西部神话的缔造者"。

"然后他问起我的雇主是谁,我把两英里以外丘陵边上的小牧场指给他看,他则告诉我,他是一个副警长。

"'有个叫黑比尔的火车劫匪应该就在这一带的某个地方,'探路的说,'有人跟着他,一直跟到圣安东尼奥,可能还不止。过去这一个月来,你有没有看见过或听说过有什么陌生人到过这附近?'

"'没有,'我说,'只听人讲起,弗里奥河那边的鲁米斯牧场,在墨西哥人居住区里有个新来的。'

"'你了解这人的情况吗?'副警长问。

"'他是三天前出生的。'我说。

"'雇你干活的那位是个什么样的人?'他又问,'这地方不是老乔治·雷米的吗?过去十年他一直在这里养羊,但从没发达过。'

"'那老头把地卖了,到西部去了,'我告诉他,'大概一个月之前,另一个养羊的老板从他手里把买卖接了过来。'

"'是个什么样的人?'副警长又问了一遍。

"'哦,'我说,'是个大胖子,荷兰人,一把长胡子,戴一副蓝色眼镜。我觉得他连绵羊和地松鼠都分不清。估计老乔治在这笔买卖里狠敲了他一笔。'

"副警长又东拉西扯地问了一堆不着边际的问题,顺带吃掉了我这顿晚饭的三分之二,然后才骑马离开。

"那天晚上我跟奥格登提起这件事。

"'他们就像章鱼一样,用触手缠住了黑比尔。'我说,然后就把副警长的情况告诉了他,还包括我怎样向副警长描述他,副警长对此又说了些什么。

"'哦,好,'奥格登说,'咱们别让自己卷进黑比尔的麻烦里。咱们有咱们自己的事。把碗柜里那瓶波旁威士忌拿出来,为他的健康干一杯吧——除非,'他笑了两声,说道,'你对火车大盗有成见。'

"'我喝,'我说,'为所有把朋友当朋友的人干杯。而且我相信,'我接着说,'黑比尔就是这种人。所以,干了这一杯,祝黑比尔好运。'

"我俩都喝了。

"大约两个星期以后,就到了剪羊毛的时节。得把羊赶回牧场,再叫一大帮邋里邋遢的墨西哥人用弹簧剪刀把它们的毛铰个精光。所以,在这群'理发师'到来之前的那天下午,我赶着那些还没完全长大的小羊翻过山岭,穿过河谷,顺着蜿蜒的溪流走到牧场庄园。我把它们关进畜栏,像每晚一样,同它们道别。

"我去了牧场主的房子,发现亨利·奥格登先生躺在他的小吊床上睡着了。我猜他已经被反失眠之力征服,被不醒之症入侵,或是染上了与数羊有关的职业病。他的嘴巴和坎肩都敞着,呼吸的声音像个二手的自行车打气筒。我看着他,不由得生出一些感慨。'恺撒大帝,'我说,'闭上嘴,别让风

灌进来,这才是睡觉的正确姿势。'

"即使是天使,看到一个熟睡的男人,也不得不流泪。他的头脑、肌肉、神经、背景、权力、家世又能派什么用场?他只能任由敌人摆布,对朋友更是毫不设防。他的睡姿和午夜十二点半靠在大都会歌剧院外,梦见阿拉伯平原的拉车马一个德性。可是你知道,一个熟睡的女人就大不相同了。不管她的长相如何,在睡相方面也好过全体男人。

"我喝了一杯威士忌,又替奥格登喝了一杯,在他打盹的时候,尽可能把自己伺候舒服。他的桌上有几本书,都是些土里土气的题材,像是日本啊,排水啊,体育文化啊——另外,还有些烟草,这东西就时髦多了。

"我抽了一会儿烟,听着亨利·奥格登的呼噜声,有意无意地望了望窗外准备用来收割羊毛的羊圈。在那边,有一条小路从另一条几乎一模一样的小路中伸出来,而这条较远的小路又通向更远处的一条和小路一样曲折、一样纤细的小河。

"我看到五人五骑正朝这边来,每副马鞍上都横放着一支枪,其中就有曾在营地向我问话的那位副警长。

"他们散开队形,给枪上了膛,小心翼翼地骑行。我用我的眼睛从这支法律与秩序的骑兵中挑出了他们的头号人物。

"'晚上好啊,先生们,'我说,'不如先下来把马拴好吧。'

"为首的人策马向我靠近,抬起了手里的枪,看起来,我的身体正面整个都暴露在他的射程之内了。

"'手放在原处不准动,'他说,'直到你把必须交代的事情对我交代清楚。'

"'我不动,'我说,'我不是聋哑人,一定做到有问必答,不会违抗你的命令。'

"'我们正在侦办黑比尔的案子,'他说,'五月份的时候,这人劫持火车,抢走了一万五千美元。我们正在搜查每个牧场和牧场的每个人。你叫什么名字,在这个牧场是干什么的?'

"'长官,'我说,'帕西法尔·圣克莱尔是我的职业,我的名字是放羊。今晚我把我的牛群——哦,我的羊群——圈在这里。收羊毛的人明早就来给它们理发——我猜,还得抹点爽肤水。'

"'牧场的主人在哪儿?'这伙人的队长又问我。

"'且慢,长官,'我说,'要是能抓住你在开场白里提到的那个亡命徒,是不是有什么奖赏可以领?'

"'有一千美元赏金,'队长说,'但要等他落网定罪之后,对于通风报信的,好像没有这方面的条令。'

"'看来,这一两天要下雨啦。'我说,接着百无聊赖地仰望着湛蓝的天空。

"'假如你知道这个黑比尔是什么人,在什么地方,有什么秘密,'他声色俱厉地甩出一通套话,'知情不报就是犯法。'

"'我听一个修篱笆的工人说,'我磕磕巴巴地说,'一个

墨西哥人在努埃西斯的皮钦商店告诉一个牛仔,说他听人说在两周以前,有个牧羊人的表弟在马塔莫罗斯见过黑比尔。'

"'你嘴很硬啊,我跟你讲,'队长打量着我,用讨价还价的语气说,'如果你带我们去逮黑比尔,我自己——我们自己——掏腰包,付给你一百美元。这已经够大方了。你没资格提别的要求。好了,你觉得怎么样?'

"'立马付现钱吗?'我问。

"队长和他的手下合计了一番,他们把口袋里的东西都掏出来算了算。这帮人总共能拿出一百零二美元三十美分,外加值三十一美元的口嚼烟草。

"'靠近点听我讲,长官。'我说。他照办了。

"'我穷困潦倒、地位卑微,'我说,'为了每个月十二美元的工钱,我必须把一大群一心只想跑散的牲口聚在一起。尽管,'我说,'我自认要比南达科他[1]人稍好一点儿,但对于一个过去只知道羊肉可以吃的人来说,这就够落魄的了。我跌进如此低谷,主因是壮志未酬、朗姆酒,还有一种在宾夕法尼亚铁路沿线一带,从斯克兰顿到辛辛那提都会调制的鸡尾酒——把干杜松子酒、法国苦艾酒混合起来,再挤一点青柠汁和适量的苦橙汁就行。如果你有机会经过那片地方,别

---

[1] 南达科他,指南达科他州,位于美国中西部草原与落基山脉之间,曾为印第安人聚居地。

忘记叫人家也给你调一杯。再重申一下,'我说,'我没有背叛过朋友。在他们风光的时候,我总是紧跟他们;在我倒霉的时候,我从没放弃他们。'

"'但是,'我接着说,'有个朋友是个例外。每月十二美元只够结成泛泛之交。我也不认为黑豆和玉米面包是招待朋友的食物。我是个穷人,'我说,'我在特克萨卡纳有个守寡的母亲。你们要找黑比尔,'我说,'就去这栋屋子右手边的房间,他就在里面,睡在一张吊床上。从他所说起的和他所谈论的来看,这人就是你们找的人。不管怎么说,他还算是我的朋友,'我辩解道,'如果我还是过去的我,就算把整座贡多拉金矿搬来,也不能诱使我出卖他。可是,'我说,'每个星期发一次豆子,有一半还生了虫,营地里的木柴也缺得要命。'

"'进去吧,最好当心点,先生们,'我说,'他有时候似乎很暴躁,考虑到他最近的职业方向,如果突然受到刺激,他可能会鲁莽行事。'

"于是,这支队伍集体下马拴马,卸下枪支弹药,蹑手蹑脚地进了屋子。我跟着他们,就像领着非利士人算计参孙的大利拉[1]。

"这伙人的头领摇醒了奥格登。他立刻跳起来,另外两

---

[1] 这里的典故出自《圣经·旧约·士师记》。参孙是一个犹太领袖,力大无穷,挫败了许多非利士人的阴谋,但因为爱上了非利士的美女大利拉,终于被剪去维系神力的长发并被非利士人囚禁。

个赏金猎人也朝他扑过去。奥格登人虽瘦削，却出奇地强壮，以寡敌众，一时竟然未落下风，让我大开眼界。

"'这是什么意思？'他在被按倒之后问道。

"'你被捕了，黑比尔先生，'队长说，'就是这个意思。'

"'简直岂有此理。'亨利·奥格登怒气更盛了。

"'确实，'那个卫道士说，'铁路公司可没惹你，再说了，法律明令禁止打邮递包裹的主意。'

"他坐在亨利·奥格登的肚子上，有针对性地仔细搜查他的口袋。

"'我会让你为此汗颜的，'奥格登说，可他自己倒先'汗颜'了，'我能证明我的身份。'他又说。

"'我也能证明你的身份，'队长说着，从亨利·奥格登上衣里面的口袋掏出一把埃斯皮诺萨第二国民银行发行的新钞票，'这些钱要比你每周二、周五定期使用的贵宾卡更能说明你都干过什么，该承担什么。现在，你可以起来跟我们走了，想想怎么为自己的罪行辩护吧。'

"亨利·奥格登站起来，理了理他的领带。在他们从他身上搜出那笔钱之后，他再没说过话。

"'真是个好主意，'治安队长钦佩地表示，'溜到这么个地方，买一个牧场养羊，神不知鬼不觉。我头一回见到这么巧妙的藏身办法。'

"然后，这伙人中的一个去了准备剪羊毛的羊圈，把另一个牧羊人，一个叫约翰·萨里斯的墨西哥人叫了过来。萨里斯给奥格登备好马，警察们坐在马上端着枪，把他围在中间，准备把他们的犯人押到镇上去。

"出发前，奥格登把牧场托付给约翰·萨里斯，叮嘱他关于剪羊毛的事情，还交代他去哪里放羊，好像他算好了过几天就会回来似的。几个小时之后，也许会有人看到，一个叫帕西法尔·圣克莱尔的人，一个小牧场的前牧羊人，兜里揣着一百零九美元——工钱加上昧心钱——骑着牧场的另一匹马朝南去了。"

红脸汉子停下来倾听着什么。从低矮的群山之间，远远地传来了行驶中的货运列车的汽笛声。

坐在他身边的那个无精打采的胖子轻哼了一声，缓缓地、不以为意地摇了摇乱蓬蓬的脑袋。

"怎么了，斯奈皮？"另外一个问道，"又觉得不舒服了？"

"不，我没有，"那无精打采的人又哼了一声，答道，"但我不喜欢你说的这些话。你和我时聚时散，好歹也做了十五年的朋友；我还没见过或者听过你向官府举报过任何人——一个也没有。你喝了这个人的酒，还和他坐在同一张桌子边上玩牌——如果打卡西诺也算玩牌的话。可你竟然向官府举报他，还领了赏钱。我说，这可不像是你的为人。"

"这个亨利·奥格登，"红脸汉子又继续说道，"他请了一名律师，凭借不在场证明和其他法律依据，为自己恢复了自由身，这是我后来听说的。他没受什么罪。他待我不薄，我才不想坑害他呢。"

"那么他们从他口袋里搜出来的钞票是怎么回事？"那无精打采的人问。

"我放进去的，"红脸汉子说，"他睡着的时候，我看到那队人马朝这边来了，就这么干了。我才是黑比尔。快看，斯奈皮，火车来了！趁着它取水的工夫，咱们踩着保险杠爬上去。"

## 平均海拔问题

一年冬天,新奥尔良的城堡歌剧团沿着墨西哥、中美洲和南美洲的海岸线,试探性地做了一次巡演。结果,那次冒险取得了前所未有的成功。热爱音乐、敏感多情的西班牙语系美洲人用金钱与喝彩淹没了歌剧团。经理变肥了,也变和蔼了。要不是气候不允许,他早就让那朵象征繁荣的奇葩(一件镶有饰带、缀有盘花纽扣的华丽皮草)在他身上绽放了。他还差点被说动,打算给员工们加薪。不过,他费了很大力气,终于还是克制住了这种虽说快乐,却全无利益可言的强烈冲动。

在委内瑞拉海岸的马库托,歌剧团的演出尤其大受欢迎。想象一下,把康尼岛搬进西班牙语地区去,你大概就了解马库托是什么样了。从十一月到来年的三月,都是人头攒动的旺季。度假的人群从拉瓜伊拉、加拉加斯、巴伦西亚和其他内陆城镇蜂拥而来。等着他们的是海水浴、庆典、斗牛和流言蜚语。人们对音乐有一种狂热，广场和海滨的乐队掀起了他们的激情，却无法满足他们。城堡歌剧团适时到来，在寻欢作乐的人中间引发了最大限度的热捧。

委内瑞拉的总统和独裁者，大名鼎鼎的古斯曼·布兰科，与一干政府官员一起，也在马库托度假。这个大权在握的统治者——他自掏腰包，每年给加拉加斯的大歌剧团发四万比索津贴——下令腾空一间国有库房，改作临时歌剧院。舞台很快就搭好了，给观众准备的简易木凳也做好了，还加设了总统和军政要人专用的包厢。

歌剧团在马库托待了两个星期。每一场演出都座无虚席，观众把剧院里挤得水泄不通。疯狂的乐迷们为了争夺门口和窗口的空间而大打出手，成百上千的人簇拥在外面。那些观众形成了一个色彩斑斓的方块岛屿。从纯种西班牙人的浅橄榄色到混血儿的黄色和棕色，再到加勒比人和牙买加黑人的煤炭色，都可以在这些人的脸上找到。其间还夹杂着三三两两的印第安人，面孔像石雕，裹着艳丽的织毯——他们是从萨莫拉、安第斯和米兰达等山区来滨海市镇卖金沙的。

这些内地居民着魔的样子着实引人注目。他们被狂喜俘获，坐着一动不动，在手舞足蹈、口沫横飞、拼命宣泄快乐的马库托人中间显得格外突出。只有一回，那帮土著人任由隐晦的心花在脸颊上怒放。那是在演出《浮士德》的时候，古斯曼·布兰科陶醉于《珍宝之歌》的动听，将一袋金币扔上了舞台。其他的杰出公民见状纷纷效仿，将随身带着的现钱都顺手抛了出去，有几位时髦的贵妇到了兴头上，将一两件珠宝和钻戒扔到了玛格丽特脚下——根据节目单，玛格丽特的扮演者是妮娜·吉劳德小姐。随后，只见各式各样驽钝木讷的山民在仓库的各个位置此起彼伏，把茶色和褐色的小袋子往台上扔，东西落地的时候发出"噗"的一声，就定住不动了。当吉劳德小姐在化妆间里解开这些鹿皮小袋子，发现里面装的是纯净的金沙时，肯定会因为这些给予她艺术的嘉奖而快乐得两眼放光。如果确实如此，这份快乐也是她理所应得的，因为她的演唱干净高亢，充满艺术家的激情和感染力，配得上她所赢得的犒赏。

不过，城堡歌剧团的胜利并不是这篇故事的主题——只是主题赖以发展和渲染的引子。马库托发生了一起悲剧性事件，一个无法解开的谜题，使这多彩的欢乐时节也一时为之沉寂。

一个晚上，短暂的黄昏刚过，再过一会儿，妮娜·吉劳德小姐本该像热情似火的卡门一样身着红黑两色的服装，在音乐中卖力旋转，但她却让倾注于舞台之上的六千多双眼睛和同样数目的心灵落空了。随后是一阵可想而知的骚乱，人们匆匆忙忙地到处找她。跑腿的飞也似的赶去她下榻的法国人开的小旅馆。团里的其他人则分头去了她有可能逛逛的商店、有可能忘情以致消磨太久的海滨浴场。但所有人都遍寻无果，吉劳德小姐消失了。

半小时过去，她仍没有现身。独裁者不习惯名角的反复无常，渐渐失去耐心。他派了一名副官去包厢外传话给经理，如果不马上开场，他就把整个歌剧团都投进监狱，尽管被迫出此下策，他会感觉十分遗憾。只要他一声令下，马库托的鸟儿都得歌唱。

经理只好放弃吉劳德小姐能及时回来的指望。合唱队的一名演员多年来一直眼巴巴地梦想着天赐良机，这会儿迅速把自己扮成了卡门，于是，歌剧演出得以继续。

后来，失踪的女歌手始终音讯杳然，歌剧团只得向当局求助。总统果断调动军队、警察和全体市民参与搜查，但还是没能找到有关吉劳德小姐的任何线索。城堡歌剧团只好先离开，到其他沿海城镇履行演出合约去了。

回程时，轮船又一次停靠马库托，经理焦急地到处打听，依旧没人发现那位小姐的踪迹。到这地步，城堡歌剧团也就无能为力了。吉劳德小姐的私人物品都存放在旅馆里，以备她将来再次出现，而歌剧团则继续踏上前往新奥尔良的归途。

堂约翰尼·阿姆斯特朗先生的两头鞍骡和四头驮骡在海滩旁的公路上站着，耐心地等着赶骡人路易斯的皮鞭声。那将预示着另一趟前往山区的长途跋涉就此开始。驮骡背上扛着种类繁多的五金器具。堂约翰尼要用这些东西换取金沙。内地的印第安人在安第斯山的溪流中洗好这些金沙，再储存进羽毛管和小袋子里，等着他来做交易。这种买卖利润颇丰，阿姆斯特朗先生有望在近期攒够资金，买下他梦寐以求的咖啡种植园。

阿姆斯特朗站在狭窄的人行道上，一边和老佩拉尔托讲着篡改过的西班牙语，一边和拉克讲着删减过的英语。老佩拉尔托是当地的富商，刚以原价的四倍卖了六打铸铁斧子给阿姆斯特朗；拉克是个小个子德国人，在这里当美国领事。

"先生，"佩拉尔托说，"愿圣徒们保佑你一路顺风。"

"最好试试奎宁，"拉克透过嘴里的烟斗发出咆哮，"每晚吃两粒。别去得太久了，约翰尼，我们需要你。梅尔维尔的惠斯特牌[1]打得糟糕透顶，又找不到替代的人。再会。骑骡子打悬崖边经过的时候，眼睛要盯着骡子的两耳中间。"

路易斯骑的那头骡子的铃铛声一起，整个骡队便随之鱼贯而去。阿姆斯特朗跟在队伍的末尾，向身后挥手作别。他们拐进了狭窄的街道，经过英格尔斯旅馆的二层小木楼。艾夫斯、道森和理查兹以及另外几个人正在宽敞的走廊上犯懒，翻看着一个星期之前的旧报纸。他们纷纷拥到栏杆前，喊着亲切的、聪明的和愚蠢的话，同他道别。穿过广场时，他们

---

[1] 惠斯特牌，一种在欧美国家盛行的桥牌游戏。

在古斯曼·布兰科的铜像前小跑而过——有人用从革命党那里缴获的上刺刀的步枪在铜像周围扎了一圈篱笆。骡队从两排挤满了赤身裸体的马库托小孩的茅草屋中间穿过，一路出了城，钻进一片潮湿阴凉的香蕉林，终于来到一条波光潋滟的溪流边。衣不蔽体的棕脸女人像报仇似的在石头上捶洗衣服。骡队蹚过了河，再攀上一道陡坡，就和这片海岸所承载的文明说再见了。

一连几个星期，阿姆斯特朗由路易斯领着，沿着他在这片山区里惯常采用的常规路线行进。在收集了一阿罗瓦[1]的贵金属，赚了大约五千美元之后，这些减轻了负重的骡子才掉头折返。在瓜里科河的源头，水流从山侧的一个大缺口中涌出，路易斯在那里喝停了骡队。

"先生，再有半天的路程，"他说，"就到一个叫塔库扎马的村子了。我们还没有去过，我觉得可以去一下，估计能换到不少金子。值得试试。"

阿姆斯特朗表示同意。他们再次调转方向，朝塔库扎马去了。这是一条陡峭的山路，要穿过一片茂密的森林。黑暗阴沉的夜幕徐徐降下，路易斯又停了下来。一道幽暗的裂谷横亘在他们前方，将道路拦腰斩断。他们这一边与对面相隔甚远，没法看清前方的状况。

---

[1] 阿罗瓦，一种西班牙语国家使用的重量单位，一阿罗瓦约等于十一千克。

路易斯从骡背上跨了下来。"这里本来有一座桥。"他喊了一句，然后沿着崖边跑了一段。"就在这儿。"他嚷嚷着，又骑上骡子，继续带路。过了一会儿，阿姆斯特朗听到从黑暗中传出一阵擂鼓般的响声。原来，有人用木棍绑着坚韧的兽皮，在裂谷上空搭了一座便桥，骡蹄敲击皮革的足音在山谷中回响，有如雷鸣。再往前走半英里，就到塔库扎马了。村子在一片隐蔽的树林深处，由岩石和泥土造的小屋聚落而成。他们骑马进村，眼中所见只有一片沉郁的孤寂，耳中却飘进一阵与气氛毫不相称的声音。在距离他们越来越近的一间狭长低矮的泥屋里，一个华丽的女声正放歌高唱。歌词是英语，旋律在阿姆斯特朗的记忆中引发共鸣，但他贫乏的音乐知识却无法辨认它。

他从骡背上出溜下来，悄悄摸到房子一头的窄窗前。他小心谨慎地朝里窥探了一眼，看见一个绝色美人，就站在离他不到三英尺远处，穿着一件华丽的豹皮宽袍子。小屋里挤满了蹲坐的印第安人，只给她留出了一小块立足之地。

女人唱完后挨着小窗坐下，仿佛醉心于透窗而入的清新空气。她才刚收声，就有几个听众站了起来，把一些小袋子扔到她脚边，袋子闷声落地。之后，在阴郁的人群里响起了一阵刺耳的低语声——这无疑是野蛮人在喝彩和议论。

阿姆斯特朗一向果断，善于把握时机。在这片喧哗声的掩护之下，他用压得很低但足以听清的声音呼唤那个女人：

"别把头转过来，听着就好。我是美国人。如果你需要帮助，告诉我该怎么做。回答得尽量简明扼要一些。"

那女人没有辜负他的冒险。那张苍白的脸突然一红，这便算对他表明，她已经理解了他的意思。接着，她说话了，嘴唇几乎没有动。

"我被这群印第安人囚禁起来了。上帝知道我有多么需要帮助。两个小时后，到离这里二十码远的那座山脚下的小屋去。那屋里有一盏灯和一面红窗帘。门口一直有个人把守，你得制服他才行。看在老天的分上，千万要来啊。"

这个故事似乎在回避历险、营救和神秘。对于勇往直前的急性子说书人而言，故事的主题太过温吞，太过斯文。但它是如此古老，可以回溯到时间的源头。它被命名为"环境"，其实这个词十分乏力，不足以表达人与自然之间那种难以言喻的亲缘关系——那是一种奇特的情谊，令草木山石、云雾江海都能使我们心潮澎湃。为什么高耸的山地会让庄严和崇高的感受油然而生？为什么毗连成林的参天大树会让我们陷入严肃的沉思？为什么浪花涌上沙滩会让我们失去矜持，像猴子般胡闹起来？是不是原生质——算了，讨论到此为止。化学家们正在研究这一问题，用不了多久，他们就会把所有生命活动都列在一张符号表里。

接下来，为了把故事限定在合理的范围内，咱们简短地做个交代：约翰尼·阿姆斯特朗走进了小屋，捂住印第安卫兵的嘴，放倒了他，救出了吉劳德小姐。除了人以外，还带走了几磅重的金沙，这些都是她被迫在塔库扎马驻演的六个月时间里攒下来的。在赤道和新奥尔良的法兰西歌剧院之间，卡拉波波印第安人无疑是最狂热的音乐爱好者。同时，他们也坚定地笃信爱默生[1]的谏言："哦，不满的人啊，拿走你最想要的东西，并且付出你应付的代价。"他们中有几个人曾在马库托看过城堡歌剧团的演出，对吉劳德小姐的风格和技巧深感满意。他们想要她，于是在一天晚上，他们悄无声息地劫走了她。他们对她体贴入微，一天只要她唱一首歌。她很庆幸能被阿姆斯特朗先生救出。好了，神秘和历险就讲到这里，下面再说回原生质的理论。

约翰尼·阿姆斯特朗和吉劳德小姐在安第斯山脉的群峰间骑行，沉浸在伟大与崇高的氛围里。在自然的大家庭中，最强大的、与家人们相隔最远的那位成员又重新认识到自己与亲属之间的联系。在那些史前时代就隆起的庞然大物之中，在那些恢宏的寂静和绵延的空旷之中，人的渺小暴露无遗，就像一种化学品在另一种化学品中析出的沉淀物。他们如同在庙里一般，一举一动都毕恭毕敬。他们的灵魂被抬升到与雄伟的山峦相同的高度。他们在一个庄严祥和的地带悠然前行。

---

[1] 爱默生，指拉尔夫·沃尔多·爱默生（1803—1882），美国著名作家、诗人、思想家，"超验主义"的代表人物，在世界范围内有巨大的影响力。

在阿姆斯特朗看来，这个女人近乎一件圣物。她仍然沐浴在这番受难所带来的洁白宁静的威仪之中，受难净化了她的尘世之美，给予她一种超凡脱俗的魅力光环。在两人共处的最初几个小时里，她从他那里得到的爱慕，一半是人间的眷恋，另一半是对临凡女神的崇拜。

自获救以来，她还没有笑过。因为山上的气温很低，她始终在裙子外面裹着那件豹皮长袍，模样就像那片荒凉可畏的高地孕育的一位非凡的公主。这个地区的精神同她很合拍。她的眼睛总是望向那些阴森的峭壁、幽蓝的山谷和积雪覆盖的峰顶，眼神蕴含着与这些事物相同的崇高和忧郁。在旅途中，她不时唱起动人心魄的赞美诗和祷告曲，激起群山的阵阵应和，以至于他们的整个行程仿佛是在大教堂的通道中庄严前进。这得救的人寡言少语，她安宁的心境融于周遭大自然的静谧。阿姆斯特朗将她看作一位天使。他不能亵渎神明，像追求别的女人那样去追求她。

第三天，他们开始下行，进入了气候温和的台地和山麓。山脉在他们身后渐渐隐去，但仍巍峨耸立，赫然将令人敬畏的头颅陈列在地平线上。这里已经有了些人迹。他们看见咖啡种植园的白房子在空地的另一边闪着微光。走到大路上，他们遇见了旅人和驮骡。牲口在山坡上吃草。经过一个小村庄时，眼睛溜圆的孩子一看到他们就尖叫着跟他们打招呼。

吉劳德小姐脱掉了豹皮袍子。在山里穿袍子显得很合适，也很自然，现在就有些不太搭调了。如果阿姆斯特朗没有搞错的话，在减掉衣物的同时，她也减掉了几分高贵的举止。所到之处，人口越来越稠密，生活条件越来越优越，他很开心地看到安第斯山尊贵的公主和女祭司正在逐渐变成一个女人——一个凡间的女人，但迷人的程度丝毫未损。她那大理石般的脸颊上浮出了一些血色。脱去长袍之后，考虑到别人对她的万般关注，她整了整身上那件样式比较符合常规的连衣裙，还仔细地梳了梳久未打理的一头乱发。在山地苦行的肃杀气氛之下沉潜已久的世俗的兴致，如今又在她的眼中有所流露。

眼见神性在她身上冰消瓦解，他的心为之悸动不已。一个北极归来的探险家如果远远地望见绿色的原野和汩汩的流水，大概也会同样振奋。现在，他们处在地球和生活的低海拔区域，渐渐屈从于它独特微妙的影响。他们呼吸的不再是崇山峻岭中的稀薄空气。弥漫在他们周围的是果实、谷物和住家房屋的气息，是炊烟和温暖的土地散发的芬芳，是人类横加在自己和与他们出自同一把尘土的兄弟之间的慰藉物。穿越那些令人望而生畏的山峰时，吉劳德小姐似乎被它们虔诚持重的精神束缚住了。眼下这个女人活泼好动、热情奔放、充满渴求，洋溢着生命力和魅惑力，连小指尖都散发着女人味，她和之前那个女人还是同一个吗？一念及此事，阿姆斯特朗就陷入了疑惑。他希望能和这个正经历转变的人一起留在这里，不再下山。这里的海拔和环境似乎与她的个性相得益彰。

他害怕继续往下，会走到完全由人主宰的高度。到了他们正前往的那片人造地带，她的精神是不是还会进一步地屈服？

现在，他们从一个小高地上望见海水在绿色低地的边缘熠熠闪光。吉劳德小姐轻轻地叹了口气。

"看啊，阿姆斯特朗先生，那不是海吗？多美啊！我早已厌倦了这些山。"她嫌弃地耸了耸娇俏的肩膀，"那些可怕的印第安人！想想我都遭遇了些什么！尽管我觉得我已经实现了成为明星的抱负，但我可不愿再被这样邀约了。多亏了你把我救出来，你真是大好人。告诉我，阿姆斯特朗先生——说老实话——我的样子是不是很吓人？你知道的，我有好几个月没照过镜子了。"

阿姆斯特朗依据自己的情绪变化做出了回答。他还把手放在她搁在马鞍边的那只手上。路易斯在骡队的前头带路，看不见他们。她默许了他的行为，眼中含着笑意，坦然地直视着他。

日落时分，他们的高度已经降至棕榈树和柠檬树掩映的海岸，身处热带地区的翠绿、猩红和赭石色之间。他们进入了马库托，看到一群洗海水浴的人在海浪中嬉戏，这些人的活性太高，似乎随时可能挥发掉。山已经很远了。

吉劳德小姐的眼睛闪动着喜悦的光芒，这种光芒在群山环伺之下绝不可能出现。有许多其他精灵在召唤她——柑橘林中的宁芙，在海浪中喋喋不休的小妖精，从音乐、香水、色彩和人们的奉承中诞生的小鬼。她突然想到了什么,开始尽情地放声大笑。

"会不会引起轰动啊?"她冲着阿姆斯特朗喊道,"我多么希望现在就来一个演出合约啊!新闻记者们该有多来劲啊!'歌喉曼妙,野蛮人因爱成痴;铤而走险,原住民囚禁偶像'——这标题是不是很棒啊?不过,我想我没必要再为钱费心了——这袋在额外加演期间攒下的金沙得值好几千美元,你觉得呢?"

他在她过去下榻的那家甜梦旅馆门口和她分了手。两小时之后,他又回来,站在小会客室兼咖啡馆敞开的门外朝里面张望。

五六个马库托官场和社交圈的风云人物散坐在房间的各个位置。富有的橡胶专营商维拉布兰卡先生用肥硕的身体占满了两把椅子,巧克力色的脸上露出了软绵绵的媚笑。法国矿业工程师吉尔伯特透过擦得锃亮的夹鼻眼镜色眯眯地抛着媚眼。政府军的门德斯上校穿着绣有金色饰带的制服,傻呵呵地咧着嘴,正捣鼓着香槟酒的瓶塞。另外还有几个马库托的花花公子,也在装模作样、搔首弄姿。烟雾弥漫在空气中,酒水泼洒在地板上。

吉劳德小姐像枝头的百灵,栖坐在房间中央的一张桌子上,摆出一副高高在上的架势。一身别致的配有樱桃色缎带的白色麻布衣服代替了旅行时的装束。蕾丝和褶边隐约可见,手工刺绣的粉色袜子也恰到好处地露出一点。她的膝上搁着一把吉他，脸上闪耀着复活的光辉，那是凤凰经受烈火和苦难后抵达极乐之境的安逸。她正和着轻佻的伴奏，唱着一支小曲：

> 你可见一轮又大又圆的月亮
> 像一个气球，直往天上飞；
> 你可见一个又黑又蠢的小鬼
> 蹦蹦跳跳，想找情人亲个嘴。

这时，唱歌的人看到了阿姆斯特朗。

"嗨，约翰，快过来，"她叫道，"我等了你一个小时啦。你怎么才来？嘿嘿！不过啊，这帮被烟熏黑的家伙都是你从没见过的慢性子。他们根本还没开始闹腾呢。来吧，我叫那个戴金色肩章的咖啡色老伙计给你开一瓶冰镇香槟。"

"谢谢，"阿姆斯特朗说，"但现在还不行。我有几件事要办。"

他走出去，沿着街溜达，碰见了正从领事馆朝这边来的拉克。

"跟你打一局桌球吧，"阿姆斯特朗说，"我得干点什么事，把海平面的味道从嘴里赶跑。"

红酋长的赎金

这个主意看上去十分可行,不过还是有点耐心,等我细细道来。我们——比尔·德里斯科尔和我——游荡到南部的亚拉巴马州,突然起了搞绑票的念头。后来比尔把这叫作"一时的鬼迷心窍",但要等一切过去,我们才会得出这个结论。

那里有个小镇,地势平得像块烙饼,名字呢,当然要起得"高一些",所以叫"顶峰"。这里栖居着一个和过去簇拥在五月柱[1]周围的那群人一样健康自足的农民阶层。

比尔和我总共有大约六百美元的资金,只需要再多凑两千美元,我们就可以在西部的伊利诺伊州运作一个骗人的城镇集资筹建计划。在旅馆前的台阶上,我们认真讨论了一下。

---

[1] 五月柱,是以鲜花和彩带等加以装饰的一段粗壮的树干,主要在西方传统节日"五朔节"庆典上做祭祀用。农民们会围绕着五月柱载歌载舞,庆祝谷物丰收、牲畜丰产,并向农牧神祈祷下一季的风调雨顺。

我们认为,在这种半农业社区,人们对子女特别上心,再加上这地方又不在报纸的发行范围之内,要实施一起绑架,自有别处比不了的优势。要知道,报纸会派记者乔装打扮去跟踪炒作这类话题,给我们平添很多麻烦。我们知道,顶峰镇拿不出什么有力的措施来对付我们,无非是派几名巡警,可能还有几只懒洋洋的猎犬,最多再在《农民经济周报》上登一两篇撒气的文章。所以,这主意似乎可行。

我们选中的受害者是本地名流埃比尼泽·多塞特的独子。他的父亲为人正派,但不大方,喜欢把钱拿去放贷,遇到教堂募捐,总是能省则省,能免则免。那孩子十岁,脸上有浅浮雕似的雀斑,头发的颜色和你赶火车时在站台报摊上买的杂志封面一个样。比尔和我估计埃比尼泽会乖乖地交出两千美元赎金,一个子儿也不敢少给。不过,且等我细细道来。

距离顶峰镇约莫两英里的地方有一座小山,山上长满了茂密的雪松,山的背面有一个岩洞。我们在洞里囤了些口粮。

一天傍晚,太阳刚落山,我们驾着一辆轻便马车,打老多塞特家经过。那孩子在街上,正朝对面篱笆墙上的一只小猫扔石头。

"嘿,小孩!"比尔说,"你想不想来一袋糖果,再坐车兜一会儿风?"

那孩子丢过来一块碎砖头,不偏不倚,正中比尔的眼睛。

"就凭这一下,那老头就得多付五百美元。"比尔嘴上还在说着，人就下了车。

那孩子打起架来像一头次中量级的棕熊，但最后，我们还是把他塞进车厢底部，赶车跑路了。我们把他抬进山洞，我又在雪松林里拴好马。天黑以后，我把马车赶回三英里外租车的村子，然后步行回到山上。

比尔正往脸上被抓破和打伤的地方贴橡皮膏。山洞入口的大石头后面有一堆篝火，男孩在那儿守着一壶沸腾的咖啡，红头发上插了两根秃鹰的尾羽。待我走近，他用一根木棍指着我说："哈！该死的白人，你竟敢进入平原魔王红酋长的营地？"

"他现在好极了，"比尔一边说着，一边卷起裤腿，查看小腿上的瘀伤，"我们在扮演印第安人。'水牛比尔'的演出跟我们一比，就像市政厅里放的巴勒斯坦幻灯片一样无聊。我是猎人老汉克，红酋长的俘虏，天一破晓就要被剥掉头皮了。我的天！这小子踢人真够狠的。"

是啊，先生，那孩子似乎有生以来就没这么快活过。在山洞露营的乐趣使他忘记了自己才是俘虏。他立刻给我起好了名字，叫密探蛇眼，还宣布，等他手下的勇士们征战归来以后，就要在太阳升起时把我绑在火刑柱上烧死。

接着，我们吃了晚饭；他嘴里塞满了熏肉、面包和肉汁，却还要开口说话。这番席间演讲的大致内容如下：

"我很喜欢这样。我以前从没有在外面露营过；但我养过一只负鼠。我上回过生日时刚满九岁。我讨厌上学。吉米·塔尔博特姨妈的花斑母鸡下的蛋被老鼠吃掉了十六个。这些林子里有真正的印第安人吗？我还想再来点肉汁。是树动了才刮风的，对吗？我家有五只小狗。你的鼻子怎么那么红啊，汉克？我爸爸很有钱。星星很烫吗？星期六，我揍了埃德·沃克两顿。我不喜欢女孩。不用绳子别想抓住蟾蜍。牛会叫吗？橘子为什么是圆的？这个山洞里有睡觉的床吗？阿莫斯·默里有六根脚趾。鹦鹉会说话，猴子和鱼不会。几乘几等于十二？"

每过几分钟，他就会想起，自己是一个可恨的印第安人，于是抄起他的木棍来复枪，踮起脚尖走到洞口，伸着脖子查看有没有可恨的白人前来窥探。他还时不时地发出两声战吼，唬得猎人老汉克直打哆嗦。那孩子打一开始就把比尔吓坏了。

"红酋长，"我对小孩说，"你想回家吗？"

"啊，为什么要回家？"他说，"家里一点也不好玩。我讨厌上学。我喜欢露营。你不会又把我送回家去吧，蛇眼？"

"暂时不会，"我说，"咱们要在这山洞里住一阵子。"

"好啊！"他说，"那可太好了。我这辈子还没有这么开心过。"

我们大约十一点睡的觉。我和比尔在地上铺了几条宽大的毯子被子，让红酋长睡在我们中间。我们不担心他会逃走。他总是不一会儿就跳起来，伸手抓来复枪，还在我和比尔的耳边尖叫:"嘘!伙计。"害得我们过了三个小时还没睡着。因为在他幼稚的幻想中,不法团伙在秘密接近这里时踩到了树枝和树叶,弄出实际并不存在的噼啪声和沙沙声。最后,我头昏脑涨地睡了过去,梦见我被一个凶恶的红发海盗绑架,还被他绑在一棵树上。

天刚破晓,我就被比尔发出的一连串可怕的尖叫给吓醒了。那不是你想象的那种男性发声器官所制造的吼叫、嚎叫、喊叫,或是惊呼、狂呼,而只是不雅、骇人、可耻的尖叫,就像女人遇见鬼或者毛毛虫时一样。天还没亮就听到一个强壮但绝望的胖子在不顾一切地尖叫,这实在太可怕了。

我跳起来想看看究竟怎么回事。只见红酋长骑在比尔的胸口,一只手揪住比尔的头发,另一只手握着我们用来切熏肉的锋利餐刀。根据前一晚做出的判决,他是诚心实意地想剥掉比尔的头皮。

我夺下小孩手里的刀子,叫他再躺下睡觉。然而,打那时候起,比尔就被吓破了胆。他还躺在他本来躺的那一边,但只要那孩子跟我们在一起,他就再也没合过眼。我打了一个盹,但在日出的时候,我想起红酋长说过,太阳升起就要把我绑在火刑柱上烧死。我并不紧张或害怕,但我还是坐起来,靠在一块石头上,点着了烟斗。

"你怎么起得这么早,山姆?"比尔问。

"我吗?"我说,"哦,我的肩膀有点痛。我想坐着给它放松放松。"

"你撒谎!"比尔说,"你害怕。日出的时候你要被烧死的,你害怕他真干得出来。他也的确干得出来,只要他能找到火柴。真恐怖,对吗山姆?你认为会有人愿意花钱把这么个小鬼赎回家吗?"

"当然有,"我说,"这种捣蛋鬼才是家长最宠爱的。现在,你跟酋长起来做早饭,我去山顶侦察一下。"

我登上山顶,环顾四周。本来,我以为朝顶峰镇那边眺望,能看到村里那些强壮的庄稼汉拿着镰刀和干草叉,在田间地头戳戳打打,搜索卑鄙的绑匪。但我只看到一派祥和宁静,视野中只出现了一个人,正赶着一匹暗褐色的骡子犁地。不见有人在小溪里蹚水查找,也不见传信的东奔西跑,给心急如焚的父母带去没有消息的消息。亚拉巴马州将一部分地表袒露在我的眼前,上面弥漫着森林和农田常有的那种蒙蒙眬眬的睡意。"也许,"我对自己说,"他们还没发现羊栏里的羊羔已经给狼叼走了。愿上帝保佑狼。"然后我就下山吃早饭去了。

回到山洞时,我发现比尔背靠着山壁,大口喘气,那孩子还拿着一块有半个椰子那么大的石头,威胁说要砸他。

"他把一个滚烫的煮土豆塞进我的衣领,"比尔解释说,"然后用脚把它踩烂。我就打了他一耳光。你身上带枪了吗,山姆?"

我抢走男孩手里的石头,好不容易才平息了他们的纠纷。"我会收拾你的,"那孩子对比尔说,"所有袭击过红酋长的人,最后都要付出代价。你最好小心点!"

早饭之后,那孩子从口袋里拿出一块缠了绳子的皮革,走到山洞外面,把它解开。

"他现在又想干吗?"比尔焦躁地说,"你说他是不是想逃啊,山姆?"

"这个不用担心,"我说,"他似乎不是一个多么恋家的人。不过,我们也得针对赎金的事做个安排了。他的失踪好像没有在顶峰镇造成多大轰动,也许他们还不知道他被拐跑了。他的家人可能以为他在简姑妈或者某个邻居的家里过夜了。不管怎么说,今天会有人想起他来的。到了晚上,咱们就得给他父亲捎个信,让他拿两千美元来赎人。"

这时,我们听到了战吼声,就像大卫打倒斗士歌利亚[1]时有可能会发出的呐喊。红酋长从口袋里掏出的是一个投石器,他正把它举在头顶挥舞着。

我一闪身,听到沉重的一声"砰",比尔发出一声叹息,你给一匹马卸掉鞍具时,它也会这样长出一口气。一块鸡蛋大小的黑石头命中了比尔的左耳根。他的身体一软,扑进还

---

1 歌利亚,是犹太传说中的巨人,作为非利士人的首席战士率军攻击以色列人,后来被大卫用石头击倒并杀死。这个史诗故事可见于《圣经·旧约》中的《撒母耳记》。

架在火上的煎锅里——锅里还盛着准备用来洗碗的热水。我把他拖出来,往他头上泼凉水,折腾了半个小时。

比尔悠悠醒转,坐了起来,摸着耳朵后面说:"山姆,你知道我最喜欢《圣经》里的哪一个人物吗?"

"放轻松一点,"我说,"你很快就会清醒过来的。"

"希律王。"他说,"你不会自己走开,把我一个人留在这儿吧,山姆?"

我出去抓住那孩子猛摇了一阵,摇得他脸上的雀斑都咔嚓咔嚓响。

"你要是再乱来,"我说,"我就直接送你回家。现在,你能规矩点吗?能还是不能?"

"我只是在闹着玩,"他闷闷不乐地说,"我不是有意要伤害老汉克。可他干吗要打我?蛇眼,如果你不把我送回去,今天还准我扮成'黑侦察员',那我就规规矩矩的。"

"你的游戏,我不会玩,"我说,"你和比尔先生商量着决定。他才是你今天的玩伴。我要离开一会儿,去办点事。你现在进来跟他和好,为你弄伤人家好好道歉,不然马上就把你送回家。"

我让他跟比尔握了握手,然后把比尔拉过一边,告诉他我要到离山洞三英里远的小村白杨湾去,尽量打听清楚这起绑架案到底在顶峰镇引起了什么反响。我还想当天就给老多塞特去一封措辞强硬的信,要他交付赎金,并且向他指明怎么交付。

"你知道的,山姆,"比尔说,"遇到地震、火灾、洪水——或者开牌局、放炸弹、躲警察、劫火车,哪怕是冲进飓风里,我都会坚定地和你站在一起,绝不含糊。我从来没有失掉勇气,直到咱们绑架了这个两条腿的窜天猴。他搞得我心惊肉跳。你不会让我和他在一起待很久吧,山姆?"

"我下午就回来,"我说,"在我回来之前,你得把这孩子哄得又开心又安静。现在,咱们给老多塞特写信吧。"

比尔和我拿出纸和笔,开始写信。红酋长身上裹着一条毯子,昂首阔步地走来走去,在洞口守卫。比尔含着泪求我把赎金从两千美元下调到一千五百美元。"我并不想贬低父母关爱孩子的伦理价值,"他说,"但咱们是在跟人打交道,谁要是拿两千美元来赎这个四十磅重的雀斑野猫,那就不是人了。我宁愿要一千五试试看,你少赚的那份差额可以由我来补上。"

为了让比尔安心,我同意了,于是我们合作写了下面这封信:

埃比尼泽·多塞特先生:

我们把你儿子藏在一个离顶峰镇很远的地方。你,或者最高明的侦探都休想找到他。若想让他回到你身边,你必须无条件地满足以下要求:

你要给我们一千五百美元作为赎金,都要大钞;今天午夜,你要把钱放在你放回信的同一个地点和同一个盒子里——下文会详细说明。如果你答应这些要求,今晚八点半派一个人单独来送回信。先蹚过猫头鹰河,再在前往白杨湾的路上,紧挨着右边麦田篱笆的地方,找三棵跨距大约一百码的大树。在第三棵大树对面的篱笆桩子底下有一个小纸盒。

送信的把回信放进盒子之后要立即返回顶峰镇。

如果你敢玩花样,或者违背上面的要求,你就再也见不到你儿子了。

只要你如约付钱,他会在三个小时之内平安回到你身边。这些条件均已板上钉钉,如不同意,以后再没有进一步沟通的余地。

*两个亡命之徒*

我在信封上写好多塞特的地址,把信装进口袋。就在我打算动身的时候,那孩子来找我,说:"喂,蛇眼,你说等你走了我就可以扮'黑侦察员'是吗?"

"当然可以,"我说,"比尔先生会陪你玩的。这游戏怎么玩啊?"

"我来当黑侦察员,"红酋长说,"我必须骑马去寨子里警告居民们有印第安人来犯。我不想自己扮印第安人了。我想做黑侦察员。"

"好吧。"我说,"听起来对我没什么坏处。我想比尔先生会帮你挫败那些惹麻烦的野蛮人。"

"我要怎么做?"比尔狐疑地瞅着那孩子,问道。

"你来当马,"黑侦察员说,"趴在地上,跪下来。没有马,我怎么骑马去寨子?"

"你最好别扫他的兴,"我说,"凑合到计划启动以后吧。放松一点。"

比尔四肢着地,眼神就像掉进陷阱的兔子。

"离寨子还有多远,孩子?"他嘶声问道。

"九十英里,"黑侦察员说,"你得加把劲儿,准时赶到那里。嚯,走咯!"

黑侦察员跳到比尔背上,用脚后跟踹他的腰。

"看在老天的分上,"比尔说,"快点回来,山姆,越快越好。咱们开的赎金要是没超过一千就好了。喂,你别踢我了,不然我就起来狠狠地修理你一顿。"

我走到白杨湾,在邮局兼商店里面坐了一会儿,跟进来买东西的乡巴佬聊天。一个长着络腮胡子的人提起他听说老埃比尼泽·多塞特的儿子是跑了或是丢了,把整个顶峰镇闹得沸沸扬扬。这正是我想打听的。我买了些烟草,随口问了问黑豌豆的价格,偷偷地投了信就走了。邮政局局长说过,不到一个小时之后,邮差就会来取送往顶峰镇的信件。

我回到山洞时，比尔和那孩子都不见了。我在山洞附近搜了一遍，还冒险吆喝了一两声，但没有人回应。

我只好坐在长满青苔的河岸上，点燃烟斗，等着看后面会发生什么。

过了大约半小时，我听到灌木丛发出沙沙声响，随后比尔摇摇晃晃地走到洞前的一小块空地上。孩子像侦察员那样蹑手蹑脚地跟着他，脸上乐开了花。比尔停下来，摘掉帽子，用一块红手帕擦了擦脸。那小孩在他身后大约八英尺远的地方站住了。

"山姆，"比尔说，"我猜你可能觉得我是个叛徒，但我真没办法。我是个成年男人，有雄性的禀赋和自卫的本能，但总有些时候，这套维护自我和掌控局面的系统会完全失灵。那男孩走了。我把他送回家了。都结束了。古时候有些殉道者，宁死也不愿放弃他们喜爱的某种事业。但他们之中，谁也没有经受过我所经受的非人折磨。我很想遵从我们的强盗守则，但也得有个限度。"

"出了什么事，比尔？"我问道。

"我被骑着，"比尔说，"跑了九十英里到寨子去，一英寸也不能少。接着，居民们得救了，我得到了燕麦。沙子可不是什么美味的替代品。然后我还得再花一个小时跟他解释空洞为什么是空的，路怎么能往两个方向延伸，草是怎么变绿的。我跟你说，山姆，只要是人，总有受不了的时候。我揪住他的衣领，把他拖下了山。一路上，他把我的小腿踢得青一块紫一块的，我的拇指和手掌还被他咬了两三口，现在还火辣辣的。

"好在他终于走了，"比尔接着说，"回家去了。我把去顶峰镇的路指给他看，一脚把他朝那边踢了八英尺远。咱们拿不到赎金了，我很抱歉，但如果不这样做，比尔·德里斯科尔就要进精神病院了。"

比尔还在喘个不停，但红扑扑的脸上却现出难以言喻的宁静和逐渐滋长的满足。

"比尔，"我说，"你的家族没有心脏病史吧？"

"没有，"比尔说，"有得疟疾的，有意外横死的，但没有人有慢性病。问这个干吗？"

"那你现在可以转过去，"我说，"往身后看一眼。"

比尔回过头，看到了那孩子，吓得面无人色，一屁股坐倒在地，开始胡乱地扯起手边的小草和树枝来。我为他的精神状态担心了足有一小时。之后我告诉他，我的计划是速战速决，只要老多塞特接受我们的条件，午夜时分我们就能拿到赎金，远走高飞。于是比尔强打精神，对那小孩挤出一个虚弱的微笑，答应等感觉好一点的时候，陪他玩日俄战争的游戏，由自己来扮俄国人。

我有一个安全收取赎金而绝不会被诱捕的办法，理应拿出来跟职业绑匪们共同参详。先是在底下放回信，之后还要在底下放钱的那棵大树紧挨着路边的篱笆，四周是大片光秃秃的原野。如果有警察蹲守，想逮住取信的人，那他们打老远就能看见他走在路上或穿过田野。但这不会发生，先生！八点半我就爬到了树上，像一只树蛙一样躲好，等着送信的人来。

时候一到，一个半大孩子骑着自行车过来了，他找到了篱笆桩子底下的纸盒，把一张叠好的纸塞进去，就又蹬着车回顶峰镇去了。

我等了一个小时，确认没有什么问题才下树取信，之后就顺着篱笆一直跑进树林，再过半小时就回到了山洞。我打开纸条，凑近灯光，读给比尔听。上面的笔迹很潦草，内容也简单明了，具体如下：

两位亡命之徒先生：

　　今天收到你们寄来的信，信中提出要我以赎金赎回儿子。我认为你们的要求稍稍有些高。故在此，我要向你们提一点反对意见，我猜你们大概会接受。你们送约翰尼回家，并且付我两百五十美元，我就同意从你们手里接管他。最好晚上来，因为邻居们都以为他走丢了，若是他们看见有人送他回来，很难说会干出什么事情，我可不负责。

　　　　　　　　　　　　　　埃比尼泽·多塞特谨上

"彭赞斯[1]的大海盗!"我说,"简直无耻到了极点——"

但我瞟了比尔一眼,又迟疑了。他的眼中有我在不会说话和会说话的牲口脸上瞧见过的最可怜的表情。

"山姆,"他说,"两百五十美元算得了什么呀?我们出得起啊。再跟这小孩睡一晚,我就得去精神病院给自己找张床了。我认为,多塞特先生开出这么慷慨的条件,不但是个十足的君子,而且称得上是挥金如土了。你也不想错过这个机会,对吗?"

"老实跟你讲,比尔,"我说,"这头小犊子也把我烦得够呛。咱们送他回家,付了赎金,早点溜之大吉。"

当晚我们就把他送回了家。我们告诉他,他爸爸给他买了一支银柄的来复枪、一双鹿皮鞋,还说第二天我们要一起去猎熊,这才说动他。

我们敲响埃比尼泽家的前门时,正好是十二点钟。按照原计划,我本来该在这个时间取出盒子里的一千五百美元,而现在,比尔却数出两百五十美元,递到了多塞特手里。

那孩子发现我们要把他留在家里,便像汽笛似的干号起来,像水蛭似的牢牢扒在比尔腿上。他父亲就像剥一块石膏一样,慢慢地把他剥了下来。

"你能坚持多久?"比尔问道。

---

1 彭赞斯,是英国一座古老的沿海城镇,位于英格兰西南部的康沃尔郡。

"我的身子骨没有以前硬朗了，"老多塞特说，"不过，我想我可以为你们争取十分钟时间。"

"够了，"比尔说，"我要用这十分钟穿越中部、南部和中西部各州，朝着加拿大边境飞奔。"

尽管天那么黑，尽管比尔那么胖，尽管我跑得那么快，但等我赶上比尔的时候，他已经在距离顶峰镇一英里半的地方了。

生活的波澜

　　治安官贝纳加·威达普坐在办公室门口抽着他的旧烟斗。坎伯兰山脉直插云霄，在午后的薄雾中化为一片蓝灰色的阴影。一只花斑母鸡昂首阔步地走在居留地的大街上，傻乎乎地咯咯叫着。

　　路上传来车轴的吱呀声响，接着升起一股尘烟，一辆牛车出现了，坐在车上的是兰西·比尔布罗和他的妻子。车停在治安官的门前，两人下了车。兰西是个身高六英尺的瘦长男子，皮肤是蜡黄色，头发是金黄色。大山的静默像一副甲胄箍在他身上。那女人穿着花布衣裳，面容棱角分明，淡褐色的头发梳得很整齐，有一种不抱希望、不感兴趣的表情。透过这一切，隐约闪现出一种对年少无知时枉费青春的抗议。

　　治安官为了保持威严，偷偷把脚伸进鞋子，然后挪了挪地方,请他们进屋。

"我们俩,"女人说话的声音像风从松枝间掠过,"要离婚。"她瞟了兰西一眼,想看看他是否从她对他们的事所做的陈述中挑出了什么缺漏、歧义、含混、偏颇或某种自我袒护之处。

"要离婚,"兰西郑重地点点头,重复了一遍,"我们不可能继续厮守在一起。一个男人和一个女人住在山里,本来就够寂寞了。何况她在家里不是像野猫一样喋喋不休,就是像夜枭一样死气沉沉,男人没法跟她过日子。"

"何况?何况他是个没出息的流氓,"女人说,"一点人情味儿也没有,整天跟无赖和酒贩子鬼混,灌过了玉米酒就在床上挺尸;何况他还养了一群饿狗,自己撒手不管,麻烦别人来给他喂!"

"她总是扔锅盖打人,"兰西反唇相讥,"还往坎伯兰最好的猎兔犬身上泼开水,不肯给她的男人做饭,还整夜骂骂咧咧,让他睡不成觉。"

"他总是拒交税金,还跟人家大打出手,在山里得了个'铁公鸡'的绰号,这样的人夜里怎么睡得好觉?"

治安官十分审慎地着手履行职责。他把他唯一的椅子和一张木凳搬给诉讼人坐,然后打开桌上的法律章程,查看索引。没过一会儿,他擦了擦眼镜,动了动墨水瓶。

"法律和规定,"他说,"述及本庭的管辖范围时,没有提到离婚的问题。不过，根据公平原则、宪法和黄金律[1]，买卖不能只进不出。如果治安官能为一对新人办理结婚手续，那他显然也能给他们处理离婚事宜。本庭将发放离婚判决书给你们，并为它征求最高法院认可的法律效力。"

兰西·比尔布罗从裤兜里掏出一个小烟袋，从里面抖搂出一张五美元钞票，让它落在桌子上。"我卖掉了一张熊皮和两张狐皮，"他说，"我们只有这么多钱了。"

"本庭受理离婚案件的正常收费，"治安官说，"就是五美元。"他装出若无其事的样子，把钞票塞进土布坎肩的口袋里。他在体力和脑力方面都使了很大的劲，终于在半张大页纸上写出一份离婚判决书，再在另外半张上面照抄一遍。然后，兰西·比尔布罗和他的妻子便一起听他读这份将给他们带去自由的文件：

> 本文书旨在周知所有民众，兰西·比尔布罗及其妻阿里艾拉·比尔布罗今日亲赴本庭，当面商定他们将来无论是好是坏，无论富裕贫穷，都不再相敬相爱，不再彼此服从。订立协议时，双方神志清醒，身体健全，并已按治安条令和国法规定，接受过离婚调解。本文

---

[1] 黄金律，指用同一标准对待自己和他人的原则，在各种文化系统中均有类似表述，大意类似于《论语》中的"己所不欲，勿施于人"。

书持续有效,天地可鉴。

田纳西州,皮埃蒙特县
治安官贝纳加·威达普

治安官正要把其中一份文件递给兰西,阿里艾拉突然出声制止。他们一起转头看着她。两个男人的迟钝天性与女人身上的某种突如其来的、难以预期的特质遭遇了。

"法官,先别把那张纸给他。事情不能就这么了结。我得先主张我的权利。我得先拿到我的赡养费。一个男人要跟他的老婆离婚,可别想一分钱都不付给她。我打算去猪背山投奔我哥哥埃德。我得弄一双鞋子、一些鼻烟,还有别的东西。兰西既然有钱离婚,那就让他给我赡养费。"

兰西·比尔布罗惊得目瞪口呆。赡养费的事之前从未被提及过。女人总会抛出一些让人猝不及防的问题。

治安官贝纳加·威达普认为这一主张需要司法裁决。当局没有颁布关于赡养费的明文规定。然而,那女人打着赤脚,去猪背山的道路却不但陡峭,还满是坚硬的石头。

"阿里艾拉·比尔布罗,"他用公事公办的语气问道,"在本案中,你认为需要多少赡养费才足够,才合适?"

"我认为,"她说,"要买鞋,还要其他那么多东西,怎么也要五美元吧。作为赡养费,这钱可不多,不过我估计也够我去埃德哥哥那里了。"

"这个数目,"治安官说,"不可谓不合理。兰西·比尔布罗,在发布离婚判决之前,本庭命你付给原告五美元。"

"我没钱了,"兰西心情沉重地低声说道,"我把所有的钱都给你了。"

"你不付的话,"治安官从眼镜上方盯着他,严厉地说,"就是在藐视法庭。"

"我想,如果能宽限到明天,"丈夫恳求道,"我或许能到处凑一凑。我从不知道还有赡养费这回事。"

"本案暂时休庭,"贝纳加·威达普说,"明天再审。你们俩都要准时到庭候审,离婚判决之后会发布。"他在门口坐下,开始解鞋带。

"咱们还是去齐亚叔叔家过夜吧。"兰西做了决定。他爬上了牛车,阿里艾拉也从另一边爬了上去。缰绳一抖,那头小红牛顺从地迈起步子,调转方向,牛车便在轮下升起的阵阵尘土中缓缓走远了。

治安官贝纳加·威达普又继续抽他的旧烟斗。将近傍晚,他拿到了周报,就一直看报,看到暮色渐渐溶解了字迹。接着,他点燃了桌上的牛油蜡烛,又看到月亮升起。该是晚餐时间了。他家是一座分成两间房的木屋,建在山坡上一棵剥过皮的白杨树旁边。回家吃饭要越过一条被月桂树丛掩蔽的小岔道。从月桂树丛里走出来一道黑魆魆的身影,将一支来复枪抵在治安官的胸口。他的帽子拉得很低,脸也用什么东西遮去了一大半。

"我要你的钱,"那人说,"别说废话。我很紧张,我的手指在扳机上发抖呢。"

"我只有五——五美元。"治安官一边说着,一边从坎肩里掏出钱来。

"卷起来,"那人命令道,"把钱塞进枪口。"

钞票又新又脆。手指虽说十分笨拙,还在打着哆嗦,但还是轻而易举地把它卷了起来,往来复枪里塞的时候倒是稍微有些波折。

"现在,你可以走了。"强盗说。

治安官忙不迭地跑远了。

第二天,小红牛又拉着车子来到办公室门前。治安官贝纳加·威达普知道会有人到访,早就穿好了鞋子。兰西·比尔布罗当着他的面给了妻子五美元。治安官盯着那张钞票,目光像一把杀人的利刃。看它的样子,好像曾经被卷起来,塞进过枪口似的。但治安官强忍着没有吱声。别的钞票确实也有可能会卷曲的。他把离婚判决书分发给他们。两人都尴尬地默不作声,慢慢地折起那张自由的担保书。女人极力抑制着感情,怯生生地向兰西投去一瞥。

"我想你得赶着牛车回家去了,"她说,"面包在架子上的铁皮盒子里。我怕狗偷吃,就把熏肉搁在炖锅里了。今晚别忘了给闹钟上弦。"

"你要上你埃德哥哥那儿去吗?"兰西假装不经意地问道。

"我打算在天黑以前赶到地方。倒不是说我觉得他们会多么积极地来欢迎我。只不过,我实在没有别的去处。还有很长的路要走,我想我最好早点动身。我要跟你道别了,兰西——如果你愿意道别的话。"

"要是有谁连道别都不肯,那他不止算不上人,简直连狗都不如,"兰西语带悲凉地说,"除非你急着赶路,不愿听我啰唆。"

阿里艾拉沉默不语。她小心翼翼地折好那张五美元的钞票,还有她的那份判决书,把它们放进怀里。贝纳加·威达普透过眼镜,用悲伤的目光看着那五美元消失在他面前。

接下来他要说的话(此刻正在他的思绪中酝酿),得把他抬高到既能与世上富有同情心的一大群人并提,也能与富有经济头脑的一小群人比肩。

"今晚的老屋该有多寂寞啊,兰西。"她说。

兰西·比尔布罗凝望着远处,此刻,坎伯兰山脉被阳光染得一片湛蓝。他没有看阿里艾拉。

"我知道也许会寂寞,"他说,"但如果有人怒气冲冲地只想离婚,想留也是留不住的。"

"是人家提出要离婚,"阿里艾拉对着木凳说道,"何况根本没有谁想要留住谁。"

"没有人说过不留啊。"

"也没有人说要留啊。我想我还是现在就动身去埃德哥哥家吧。"

"没有人会给那个旧钟上弦。"

"想让我上车陪你回去给闹钟上弦吗,兰西?"

那个山地人面上不动声色,但他的一只大手却伸出去捉住了阿里艾拉瘦小的褐色手掌。她的灵魂在看似冷漠的脸上闪现了一下,给它镀上了一层圣洁的光辉。

"那些猎狗不会再给你惹事了,"兰西说,"我觉得我真是太差劲了。还是你给那只闹钟上弦吧,阿里艾拉。"

"我的心老是记挂着那间木屋,兰西,"她低声说,"老是记挂着你。我再也不乱发脾气了。我们出发吧,兰西,这样就能在太阳落山前到家了。"

治安官贝纳加·威达普眼见他们就要动身往外走,就好像已经忘记他的存在一样,便插嘴发话了。

"以田纳西州的名义,"他说,"我不许你们藐视本州的法律和条令。本庭看到两颗相爱的心拨开了误解与不睦的阴云,不但十分乐意,而且万分高兴。但本庭有责任维护本州的道德风气和诚信氛围。本庭提醒你们,你们已经不再是夫妻关系,离婚申请已经得到正式裁决,这种情况意味着,你们没有资格享有一切婚姻状态下可享有的权益。"

阿里艾拉抓紧了兰西的胳膊。这话的意思难道是说,他们刚刚才从生活中吸取了教训,她就必定得要失去他吗?

"不过本庭已有所准备,"治安官接着说,"可以消除离婚判决造成的不便。本庭可以当场主持庄严的结婚仪式,从而解决问题,使当事人如愿恢复光明正大的婚姻状态。依本案的情况而定,仪式的操办费用共计五美元。"

阿里艾拉从他的话中捕捉到一丝希望的光芒。她的手立刻探进了怀里。钞票像着陆的鸽子,无拘无束地飘落在治安官的桌子上。当她和兰西手牵着手,站着聆听那些使他们重新结合的语句时,她焦黄的脸颊终于有了几分血色。

兰西扶她上了车,然后自己也爬上去坐在旁边。那头小红牛又掉转了一次方向,他们十指紧扣,往山里去了。

治安官贝纳加·威达普在门口坐下来,脱掉了鞋子。他又一次用手指摁了摁收在坎肩口袋里的钞票,又一次抽起了他的旧烟斗。而那只花斑母鸡也又一次在居留地的大街上昂首阔步地走动起来,傻乎乎地咯咯叫着。

## 小熊约翰·汤姆的返祖现象

我见红门药店楼上杰夫·皮特斯的房间亮着灯,便连忙赶去,因为我此前不知道杰夫·皮特斯回城了。他就像那些徒步朝圣者一样见多识广,从事过不下一百种职业,只要他乐意,对其中的每一种职业,他都有故事可讲。

我发现杰夫又在收拾行装了,说是要去佛罗里达看一看一个月以前他用育空的采矿权换得的一片橘树林。他踢过来一把椅子给我坐,那张饱经风霜的脸上仍旧挂着那副幽默、深邃的微笑。我们上回见面距今已有八个月了,但他跟我打招呼的方式和朝夕相处的人没什么两样。时间是杰夫的仆从,辽阔的美洲大陆被他走过的道路切成了无数巴掌大的小块。

我们东拉西扯了好一阵子,尽在争论一些不着边际的话题,最后还谈到了菲律宾的动荡局势。

"所有的热带赛马会，"杰夫说，"如果由他们自己的骑手来驾驭，都会跑出好成绩。热带人知道自己要什么。他想要的一切不过是看斗鸡的月票和一双西联电报公司的工人用的爬杆鞋——有了这玩意儿，他就能很轻松地爬面包果树了。盎格鲁-撒克逊人想要让他学习词形变化，还想让他穿背带裤。其实，照自己的习惯生活才是最幸福的。"

我十分震惊。

"伙计，教育是关键，"我说，"他们迟早也会达到我们的文明标准。看看教育对印第安人起到了多大的作用。"

"喔唷！"杰夫点燃烟斗（这是好兆头），抬高了嗓门，"是啊，印第安人！我看着呢。我巴不得看到红种人当上进步的旗手。但有色人种其实都一样。你不可能把他变成一个盎格鲁-撒克逊人。我有没有跟你提起过我的朋友小熊约翰·汤姆？有一回，他咬掉了文化教育的右耳，把时间的陀螺转回了哥伦布还是小男孩的年代，我告诉过你没有？

"小熊约翰·汤姆是一个受过教育的切罗基印第安人，也是我在边疆一带活动时结交的老朋友。他毕业于东部的一所橄榄球学校，那类学校成功地让印第安人学会了把生肉搁在烤架上烤熟，而不再把活人绑在火刑柱上烧死。若把他看作一名盎格鲁-撒克逊人，约翰·汤姆的身上有太多古铜色的雀斑。若把他看作一名印第安人，他又是我认识的最白净的人之一。虽说是切罗基人，但他在绅士评选的第一轮投票中就能顺利当选。虽说也是这个国家的一员,但他想通过最初级的选举都很困难。

"约翰·汤姆和我一拍即合,想一起搞搞制药生意——我们谋划的是合理合法的高级骗局,实行起来要不露痕迹,免得招来警察的愚蠢干预和大企业的眼红妒忌。我们一共凑了五百美元,像所有受人敬仰的资本家一样,我们渴望资产增值。

"所以,我们想了一个主意,看上去就跟金矿招股书一样光鲜气派,就跟教堂义卖一样利润丰厚。不到三十天之后,我们赶着两匹矫健的骏马和一辆红色的欧式大篷车冲进了堪萨斯州。约翰·汤姆是'只想挣大钱'一族的酋长,是著名的印第安巫医和七大撒玛利亚人[1]部落的首领。皮特斯先生是他的经纪人和企业合伙人。我们还需要第三个人加入,于是四处物色,后来就找到了靠在招聘信息张贴栏上的 J. 康宁汉姆·宾克利。这个宾克利对莎士比亚戏剧的角色有种病态的痴迷,幻想着能在纽约的舞台上连续演出两百个晚上。但他承认,他没有本事靠演莎剧赚到抹不完的黄油,只好跟着卖药的小车赶去两百英里以外,挣些不那么可口的面包来填饱肚子。除了扮演理查三世,他还会唱二十七首黑人歌曲,班卓琴弹得很棒,而且愿意做饭和照看马匹。我们有一系列相

---

[1] 撒玛利亚人,在《圣经·新约》中,耶稣曾以"好撒玛利亚人"的寓言表明各民族应平等相待的观念。撒玛利亚是非洲的一个古老民族。

当有效的敛财手段。其一是魔法香皂，能去掉衣服上的油渍和衣兜里的硬币。其二是松瓦达，一种以采自大草原的仙草提炼的了不起的印第安神药，伟大的神灵托梦给他宠爱的巫医麦克加利蒂大酋长和芝加哥的装瓶商西伯思坦，透露了这个不可思议的配方。此外，还有一套掏空堪萨斯人口袋的无聊话术，百货公司跟它比起来，简直是小巫见大巫。瞧一瞧，看一看啊！一双吊带丝袜、一本解梦书、一打晾衣夹、一颗金牙、一本《花样骑士》[1]，全都包在一块如假包换的日本蚕丝手绢里，这位美丽的太太，只要区区五十美分，皮特斯先生就把这些好东西全都给你，再让宾克利教授在一旁演奏三分钟班卓琴为我们助兴。

"这套把戏，我们要得非常出彩。我们未动刀兵便血洗了这个州，一心要打消人们对于'流血的堪萨斯'何以得名的一切怀疑。小熊约翰·汤姆穿齐了全套印第安酋长的行头，引走了人们对飞行棋联谊会和业主权益座谈会的关注。他在那所东部橄榄球学校的课业中习得了大量修辞手法、肢体表达和诡辩技巧，当他站在那辆红色马车上，滔滔不绝地对庄稼汉们解释冻疮和颅骨过敏的时候，杰夫总嫌自己把印第安神药递给人们的速度实在不够快。

---

[1]《花样骑士》，出版于1898年，是由美国作家查尔斯·梅杰创作的冒险小说。

"一天晚上,我们在萨莱纳[1]西面的一个小镇旁扎营。出于习惯,我们总是把帐篷支在水边。有时,我们的神药意外售罄,神灵就会来到'只想挣大钱'酋长的梦里,命令他就近补货,再灌上几瓶松瓦达。大约十点钟光景,我们演完了街头话剧,回到营地。我在帐篷里打了灯笼,好计算这一天的收益。约翰·汤姆还没脱下印第安人的装束,正坐在篝火边,守着煎锅里那块为教授准备的上等牛腰肉,等着他拴好那两匹上蹿下跳的大马,结束惊险万状的表演。

"突然,漆黑的灌木丛中爆出一声鞭炮似的脆响,约翰·汤姆哼了一声,从胸前挖出一颗被他的锁骨撞扁的子弹。他朝放枪的方向冲了过去,回来的时候,手里拎着一个小男孩的衣领。这孩子大约九岁或十岁,穿着一套平绒衣服,拿着一支镀镍的小来复枪,枪管只有钢笔那么粗。

"'嘿,你这个小东西,'约翰·汤姆说,'你想用这门榴弹炮炸谁?打到别人眼睛可怎么办?杰夫,你出来看着牛排,别给它烤焦了。我要审一审这个射豆子的小鬼。'

"'红皮懦夫,'小孩说,他的话好像出自一个很受欢迎的小说家,'你胆敢把我绑在火刑柱上烧死,白人就会把你们从大草原上赶尽杀绝,就像——就像随便什么东西。喂,快放我走,不然我就告诉妈妈。'

---

[1] 萨莱纳,位于堪萨斯州中部的一座城市。

"约翰·汤姆把小孩放在折叠椅上,自己也挨着他坐了下来。'好了,告诉酋长,'他说,'为什么朝你约翰大叔的身上开枪?你不知道子弹已经上了膛?'

"'你是印第安人吗?'小孩抬头看着约翰·汤姆的鹿皮衣服和老鹰羽毛,一脸天真地问道,那模样要多可爱就有多可爱。'是的。'约翰·汤姆说。'那就对了。就为这个。'小孩晃悠着双腿,说道。我看着那小家伙天不怕地不怕的样子,差点让牛排烤焦了。

"'哦嗬!'约翰·汤姆说,'我懂了。你是复仇小子。你发誓要把这片大陆上的印第安野蛮人消灭干净。是不是这样,小朋友?'

"小孩不情不愿地点了点头。他有些闷闷不乐。还没有一名勇士成为他的枪下亡魂,他却被人套出了藏在心底的秘密,这让他感到屈辱。

"'好了,告诉我们你家在哪儿?小朋友,'约翰·汤姆说,'你住在哪里?你这么晚还没回家,你妈妈会担心的。告诉我,我送你回去。'

"小孩咧嘴一笑。'恐怕不行,'他说,'我住的地方离这儿有几千英里——不,还得再加几千英里。'他把手转过去指着地平线。'我坐火车来的,'他说,'自己一个人。在这儿下车是因为售票员说我的车票作废了。'他突然狐疑地瞅着约翰·汤姆。'我敢打赌,你不是印第安人,'他说,'你看着像印第安人,但说话不像,印第安人只会说"好极了"和"白人去死"。我看你像是在街上卖药的冒牌印第安人。这种家伙,我在昆西见过一个。'

"'不管我是雪茄店招牌,还是卡通画里的塔曼尼[1],'约翰·汤姆说,'都用不着你操心。咱们的委员会要研究的是该拿你怎么办的问题。你离家出走了。你读过不少豪厄尔斯的小说。你企图枪杀一个驯服的印第安人,却没说过:"去死吧,印第安狗!你触到复仇小子的霉头,已经有十九次么多了。"你到底是怎么回事?'

"小孩思索了一阵。'我想我搞错了,'他说,'我应该再往西边去。要走得更远才能找到真正的野蛮人。'他向约翰·汤姆伸出手。这个小赖皮。'我向你开枪了,'他说,'请原谅,先生。希望没伤着你。但你也该谨慎一些。一个侦察兵看到一个战士打扮的印第安人,肯定要用枪子儿来说话的。'小熊发出一阵大笑,笑完还吆喝了一声,把小孩甩到空中,足有十英尺高,再让他骑在自己的肩膀上,而那个逃家的小鬼抓住披风的流苏和老鹰的羽毛,快活得忘乎所以,十足像一个踩在低等人种头上作威作福的白人。谁都看得出,从那一刻起,小熊和小孩成了知交好友。那个小叛徒已经鸣金收兵,要和野蛮人把酒言欢了,从他的眼神可以看出,他正在打战斧和

---

[1] 塔曼尼,是十七世纪的一个印第安酋长,曾参与美国独立战争。

鹿皮鞋的主意,当然,尺寸得要小一点。

"我们在帐篷里吃了晚饭。在那个小家伙看来,我和教授只是普通战士,甚至只是营地布景当中的两件道具。他坐在一箱松瓦达上,脖子刚好够到桌子边,嘴里塞满了牛肉。小熊问他叫什么名字。'罗伊。'小孩用一种被牛腰肉筛过的声音回答。但再问他姓什么、住哪里时,他摇了摇头。'我不说,'他说,'你们会把我送回去的。我想跟你们一起。我喜欢野营。在家那边,我们一帮小孩也在后院野营。他们都叫我"红狼罗伊"。就这么称呼我吧。请再给我一片牛排。'

"我们不得不收留这孩子。我们知道,他的离开肯定在某地引发了一场骚乱,妈妈、哈利叔叔、简阿姨和警察局局长,个个都在火急火燎地寻找线索,但他什么也不愿告诉我们。两天不到,他就成了我们这个大药房的吉祥物,我们暗地里都希望再也没有物归原主的一天。在红色大篷车开张营业的时候,他就坐在里面,给皮特斯先生递药瓶,像一个王子为了身家百万的女暴发户而放弃了只值两百美元的王冠,模样骄傲又满足。有一回,约翰·汤姆向他问起他的父亲。'我没有爸爸,'他说,'他丢下我们跑了。他把妈妈弄哭了。露西阿姨说他是个怪胎。''是个什么?'有人问了句。'怪胎,'小孩说,'什么怪胎来着——我想想看——对了,一个丧尽天良的怪胎。我不懂这是什么意思。'约翰·汤姆想用贝壳串和玻璃珠把他打扮成一个小酋长,把他变成我们的活商标,但

被我否决了。'照我看，有人丢了孩子，可能还想再要回去。待我略施小计，探探他的口风，看看能不能让他自报家门。'

"于是那天晚上，我走到篝火旁的罗伊·未知先生身边，轻蔑地瞅着他。'斯尼肯威策尔！'我说，仿佛这个姓着实让我恶心，'斯尼肯威策尔！呸！要是有谁这么叫我，我得觉得多丢人啊！'

"'你怎么了，杰夫？'小孩瞪大眼睛问道。

"'斯尼肯威策尔！'我重复了一遍，又啐了一口，'今天我碰见一个从你们镇子来的人，他把你的姓告诉我了。怪不得你自己没脸说出来。斯尼肯威策尔！唷！'

"'喂，你听我说，'小男孩气得浑身发抖，'你怎么搞的？我才不姓那个呢，我姓科尼尔斯。你怎么搞的？'

"'这还不是最糟的，'不等他回过味儿来，我赶紧趁热打铁，'我们还以为你是小康家庭出身呢。这里的小熊先生是切罗基酋长，有权在节庆时披的毯子上挂九条水獭尾巴；宾克利教授会演莎士比亚戏剧，会弹班卓琴；我呢，在车上那个黑铁皮盒子里存了好几百美元。我们对同伴的资格审查是很严谨的。那个人跟我说，你家住在又远又小又破的鸡窝巷，那里连条人行道都没有，山羊都跟你们同桌吃饭。'

"那孩子眼看就要哭出来了。'才不是这样，'他气急败坏地说，'他——他在胡说八道。我们住在白杨大街，我不跟山羊玩的。你怎么搞的？'

"'白杨,还大街,'我挖苦道,'什么白杨大街!那就是一条住了几个人的小道!穿过两片街区,就掉进断崖里了。你站在这一头,能把一桶钉子丢到那一头。别跟我说什么白杨大街!'

"'它有——有好几英里长,'小孩说,'我们的门牌是862号,后面还有好多房子呢。你怎么搞的?杰夫,哎呀,你弄得我好烦啊。'

"'好啦,好啦,'我说,'我想那人肯定搞错了。也许他说的是另一个小孩。下次再让我撞见他,我得教训他一顿,看他还敢不敢说人坏话。'晚饭过后,我去了镇上,给家住伊利诺伊州昆西市白杨大街862号的科尼尔斯太太发了一封电报,告诉她孩子在我们这里,一切平安,接下来如何处理,请她回复告知。不到两小时就有了回信,她叫我们看紧他,说她会乘下一班火车来接他。

"那趟车第二天下午六点抵达,我和约翰·汤姆带着孩子去了车站。不过这时,就算你找遍整个平原,也见不到'只想挣大钱'酋长的影子。取而代之的是一副盎格鲁-撒克逊派头的小熊先生,他的皮鞋是专利款,领带是名牌。约翰·汤姆在求学期间除了研习形而上学和低位防守铲球技术,也把这些东西移植到自己身上。若不是略微发黄的肤色和又黑又直的乱发,你会以为你看见的是一个从城市通讯录里走出来的普通人——这些人订阅杂志,傍晚时分穿着长袖衬衫在院里推割草机。

"火车进站了。下来一个穿灰衣服、头发光可鉴人的娇小女子,脚一着地就焦急地四下张望。复仇小子一见她就喊'妈妈',她也立刻应了声'啊',于是两人抱成了一团。现在,讨嫌的印第安人不用再怕红狼罗伊的来复枪了,总算可以爬出山洞,走进平原了。科尼尔斯太太来向我和约翰·汤姆道谢,举手投足完全没有一般女人身上常见的慌张和拘束。她的话不多,但说出的那些足以使人信服,而且,虽然没有管弦乐队的伴奏,但也十分动听。我在炫弄言辞技巧的时候,犯了几个低级错误,那位女士只报以友善的微笑,仿佛一个星期之前就认识我了。小熊先生则慌里慌张地用各种各样的方言习语来活跃气氛,说的都是曾经被教育抹掉的词句。我看得出来,孩子的母亲对约翰·汤姆有些不以为意,但她似乎对他的乡音也略通一二,而且还顺着他的话头,有一搭没一搭地和他谈了几句。

"小孩把我们介绍给他妈妈,还加了一些脚注和说明,比运用修辞学雄辩上一个礼拜还要清楚明了。他蹦蹦跳跳,捶我们的脊背,还想爬到约翰·汤姆的腿上去。'他叫约翰·汤姆,妈妈,'他说,'是个印第安人。他在一辆红马车上卖药。我开枪打了他,他都没发火。另一个是杰夫,也是个四海为家的人。跟我来,去看看我们住的营地,好吗,妈妈?'

"很明显,那个女人的生命之所系,就在小男孩的身上。

从重新找回他的那一刻起,她就一直把他搂在怀里,这足以说明问题。只要能让他开心,她没有不愿意做的事情。她犹豫了八分之一秒,又对这几个男人瞟了两眼。我猜想,关于约翰·汤姆,她在心底做了如下总结:'头发不卷,但像个绅士。'对于皮特斯先生的评价则是这样的:'不是一个讨女人喜欢的男人,但是一个懂女人的男人。'

"于是,我们慢悠悠地溜达到了营地,彼此友好得像是刚结束守灵,正一起去参加葬礼。她参观了马车,拍了拍孩子睡觉的地方,用手帕轻轻地抹了抹眼角。宾克利教授用班卓琴上的一根单弦为我们演奏《游吟诗人》,正想顺势转入哈姆雷特的独白,一匹马被绳子缠住了,他不得不去处理,只好嘟哝两句'又来打岔'之类的话。

"天黑了,我和约翰·汤姆回到谷物交易所旅馆,我们四个人在那里吃了晚饭。我想,麻烦就是从那顿饭开始的,因为小熊先生就是在那时乘上了智力的气球,升了天。我抓住桌布,听着他口沫横飞地在高空翱翔。这个红种人,如果我的判断不错,很有学习的天赋。他掌握了语言,然后就像罗马人摆弄通心粉一样,使它花样百出。他的口语都经过了美妙的润色,满是文雅得近乎深奥的动词和前缀。他的音节平顺流畅,恰到好处地串联了他的思想。我原以为我听过他讲话,但我曾经听过的与现在他所讲的根本不是一回事。区别不在于词句的数量,而在于表达的方式;而且,这也与话题无关,因为他说的都是很常见的事物，诸如教堂、足球、诗歌、伤风、灵魂、运费和雕塑等。科尼尔斯太太能听懂他的话音，也能领会在其间流转的优雅回声。杰夫·皮特斯只偶尔插进两句毫无营养的陈词滥调，像是'请递一下黄油'，或是'再来个鸡腿'什么的。

"是的，小熊约翰·汤姆显然对科尼尔斯太太大为心动。她属于那种讨人喜欢的类型。模样好看,而且不只是好看而已，听我跟你说。你见过大商场里那些披着风衣的服装模特吧？它们给你留下的印象完全是非个性化的。它们存在的目的就是悦人眼目，为了这个，它们以三围、肤色和散播错觉的艺术，让人误以为那件海豹皮大衣穿在满脸痦子但钱包鼓鼓的女人身上也一样美观。好，假如这些模特中的一个退休了，你把它带回了家，要是你拿手指戳一戳它，它就会在桌旁坐下，叫你一声'查理'，那么，你也就有了一样跟科尼尔斯太太相类似的东西。我看得出来，对于这个白种女人，约翰·汤姆是无论如何也不可能厌弃的。

"那位太太和孩子住在旅馆。他们说明天一早就动身回家。我和小熊是八点离开的，之后在政府广场卖印第安神药，一直卖到九点。他让我和教授赶车回营地，他自己要留在镇子里。我对这一安排并不买账，因为这表明约翰·汤姆已是魂不守舍，会去喝酒，还会招惹麻烦、造成损失。'只想挣大钱'酋长并不经常贪杯，但只要他喝多了，就免不了在那些穿着蓝制服、挥舞着警棍的白人治下的地区掀起一场风雨。

"九点半,宾克利教授已经裹着被子,用没有词的无韵诗打呼噜了。我坐在篝火边听蛙鸣。小熊先生悄悄地溜回营地,靠着一棵树坐了下来,不像是喝过酒的样子。

"'杰夫,'过了很久,他才说话,'一个小男孩到西部来捕猎印第安人。'

"'嗯,然后呢?'我有些摸不着头脑。

"'他猎着了一个,'约翰·汤姆说,'但靠的不是枪。这个人啊,这辈子从没穿过平绒衣服。'这下我算是有些头绪了。

"'我明白了,'我说,'你说的这个人,他的头像被印在情人节卡片上了,我来跟你赌一把,猜猜这个傻瓜是白人还是印第安人。'

"'是印第安人,你赢了,'约翰·汤姆平静地说,'杰夫,你觉得我用多少匹马才能把科尼尔斯太太买下来?'

"'一派胡言!'我回了句,'白人可没有这种习俗。'约翰·汤姆哈哈大笑,咬掉了一截雪茄。'确实没有,'他答道,'我的话是粗野了些,可白人结婚成家也需要花钱啊。哦,我知道,在种族之间,横着一道推不倒的墙。杰夫,如果我能办得到,我要去每一所接收红种人入学的白人学校放一把火。为什么你们要来打扰我们,'他说,'不让我们按自己的意思,跳鬼魂舞,吃狗肉宴?不让我们的脏婆娘给我们煮蚱蜢汤,补鹿皮鞋?'

"'什么?你不是对长盛不衰的教育之花有什么不敬吧?'

我愤愤不平地说,'我把这朵花戴在智慧衬衫的胸口。我受过教育,'我说,'它从没给我带来任何损害。'

"'你们用绳索套住我们,'小熊没有理会我无聊的多嘴,继续说道,'教我们理解文学和生活之美,教我们欣赏男人与女人的优点。你对我做了什么啊?'他说,'你把我变成了一个切罗基摩西。你教我憎恨简陋的棚屋,教我爱上白人的生活方式。我可以远远地眺望应许之地,可以看看在那里的科尼尔斯太太。但我自己的位置,只能固定在印第安保留地。'

"小熊还是一身酋长的装束,他站起身,又一次哈哈大笑。'不过,白人杰夫啊,'他接着说,'白人也提供了一项救赎。虽说很短暂,但毕竟能让人放松一下。这东西名叫威士忌。'说罢,他径直向镇子走去。'唉,'我在心里自言自语,'但愿神灵今晚只准他犯些可以保释的事儿。'因为我知道,约翰·汤姆打算用白人的安慰剂来解脱自己。

"大约十点半,我正坐着抽烟,只听得小路上传来啪嗒啪嗒的脚步声,科尼尔斯太太朝这边跑了过来,头发乱得不成样子,脸上的表情错综复杂,像是被贼偷了,被老鼠吓了,又被面粉迷了眼睛。'哦,皮特斯先生,'她难以自持地叫道。'哎,哎,'我当机立断,直接指出问题的症结所在,'我和那个印第安人亲如兄弟,用不了两分钟我就能让他乖乖听话,如果——'

"'不,不是,'她说,慌乱之间把手指关节捏得噼啪直响,

'我没有见到小熊先生。是——是我丈夫。他把我儿子抢走了。啊,'她说,'我才刚把他找回来啊!那个没良心的恶棍!他让我尝尽了每一种生活的苦楚!我可怜的小羊羔啊,他本该躺在温暖的床上,却被那个恶魔抢走了!'

"'怎么回事?'我问道,'跟我说说事情的经过。'

"'当时我正在给儿子铺床,'她解释道,'罗伊在旅馆的门廊上玩儿。他驾车来到台阶前。我听到罗伊的尖叫声,赶紧跑出去。我丈夫已经把他摁在了马车里,我求他把孩子还给我,他只给了我这个,'她把脸转向灯光,在面颊和嘴角之间,有一道深红色的痕迹,'是他用鞭子抽的。'她说。

"'先回旅馆,'我说,'咱们合计合计该怎么办。'

"她在路上跟我讲了讲来龙去脉。他拿鞭子打她的时候告诉她,他发现她要接儿子,就搭同一班火车来了。科尼尔斯太太和她哥哥住在一起,他们一直对孩子严加看管,就因为她丈夫以前也曾想把孩子拐跑。照我看,他比铁路公司的街头宣传员还要卑劣。他挥霍她的钱,殴打她,弄死了她的金丝雀,还到处跟人家说是她辜负了他。

"到了旅馆,我们发现那里聚集了五个愤怒的市民,正一边嚼着烟草,一边谴责这种暴行。镇上多数人在晚上十点左右就睡下了。我小声告诉那位太太,我打算坐一点钟的火车到东边四十英里外的下一个城镇去。因为可敬的科尼尔斯先生很可能驾着马车去那里搭乘火车。'我不是不知道他有什么合法权利,'我对她说,'但只要我找到他,我会照着他的眼睛先来一记非法的左直拳,然后把他捆起来,让他老实一两天再说。不管怎么说,是他破坏了和平守则。'

"科尼尔斯太太进屋去和旅馆的老板娘一起流泪,老板娘正在调配一种能让这可怜的人儿恢复平静的猫薄荷茶。旅馆老板走出来,站在门廊上,用一根拇指扯着吊带,对我说:'自从贝德福德·斯蒂格尔的老婆吞掉一只跳进她嘴里的蜥蜴以来,镇上还没有闹出过这么大的动静。我透过窗户看到他用鞭子抽她,从头到尾我都看到了。你身上这套衣服花多少钱买的?看这样子,快要下雨了,你说呢?对了,大夫,你们那个印第安人今晚有点不太对劲,是吗?他只比你早来一会儿,我把这里发生的事告诉他,他像野狗那样吼了一声,就跑掉了。我想,我们这儿的巡警在天亮之前会把他关进班房。'

"我寻思,我不如就在门廊上坐着,等一点钟的火车。我感觉不到一丝欢欣。约翰·汤姆又一次发了疯,这桩绑架案更是叫我没法入睡。不过,真正让我烦恼的,总是别人的烦恼。每隔几分钟,科尼尔斯太太就会来到门廊上,顺着马车的去向,朝路的另一头张望,好像在盼着她的孩子拿着红苹果,骑着白马自己回来似的。喂,你说,女人不就是这副样子吗?这让人想起猫来了。'我看见一只老鼠钻进了这个洞,'猫太太说,'你高兴的话,可以去那边地板底下找,我

就守着这个洞。'

"差不多十二点四十五分的时候,那位太太又出来了,她仓皇不安,有气无力地哭着,就像那些自娱自乐的女人。她又朝那条路望着、听着。'听着,夫人,'我说,'盯着那些被冻硬的车辙是没用的。这会儿,他们都到——''嘘——'她举起一只手说。我果然也听到黑暗中传来某种啪嗒啪嗒的响声。接着,我听到了自'水牛比尔'在麦迪逊广场花园外的日场表演之后,再未听到过的最可怕的战吼。与此同时,那个并不可敬的印第安人跳上台阶,站在了门廊上。厅里的灯光照在他身上,我没有认出九一届毕业的校友小熊约翰·汤姆先生,我只看见一位身经百战的切罗基勇士。烈酒和其他一些东西唤醒了他。他的鹿皮衣破成了一堆碎布条,他的羽毛像鸡毛一样乱糟糟地纠结在一起,他的鹿皮鞋上沾满了不知多少英里路的泥土,他的眼中闪动着原住民特有的光芒。然而,在他的怀里躺着的是那个小孩,他把他带回来了。孩子眼睛半睁半闭,悬空的双脚轻轻地摇晃着,一条手臂紧紧地搂着印第安人的脖子。

"'娃儿!'约翰·汤姆说,我发现白人的语言之花在他的舌头上凋零了。他的本来面目是挥舞的熊掌和古铜色的皮肤。'我,带回来,'他把孩子递到母亲怀里,'跑了十五英里,'约翰·汤姆说,'啊!抓住白人。带回娃儿。'

"这小妇人喜不自胜。她肯定会叫醒那个惹是生非的小家伙，抱紧他，郑重其事地告诉他，他是妈妈的心头肉、掌上珠。我有很多问题想要问，但我看了看小熊先生，瞧见了挂在他腰上的某样东西。'去睡觉吧，夫人，'我说，'这个小捣蛋鬼也得休息休息啦。危险解除了，绑架事件今晚彻底翻篇了。'

"我很快哄得约翰·汤姆回了营地，等他倒头大睡的时候，我取下他腰上的东西，丢去教育的眼睛绝对看不到的地方。因为，即便是足球学校也不赞成开设剥头皮技术这门课。

"第二天上午十点钟，约翰·汤姆悠悠醒转，四下打量。我很高兴又在他的眼睛里看到了十九世纪的特征。

"'我怎么了，杰夫？'他问。

"'喝蒙了。'我说。

"约翰·汤姆皱起眉头，想了想。'再加上那种叫作返祖的、有趣的、小小的生理振荡，'他坦率地说，'我现在想起来了。他们走了没有？'

"'坐七点半的火车走了。'我回答。

"'哦！'约翰·汤姆说，'这样更好。白人，给"只想挣大钱"酋长弄点溴塞耳泽来，他要重新挑起身为红种人的担子了。'"

## 托妮娅的红玫瑰

国际铁路线上的一座高架桥被烧毁了。从圣安东尼奥出发南下的列车要滞留四十八小时。托妮娅·韦弗的复活节帽子就在那列火车上。

埃斯皮诺萨牧场派墨西哥人埃斯皮里什恩赶着四轮马车跑了四十英里地去取帽子,他回来时手里除了一支香烟以外,什么也没有,只好耸了耸肩膀。在小站诺帕尔,他得知了火车延误的消息,既然命令并没要求他等到为止,他便调转马头,回牧场去了。

若有人以为,春天女神伊斯特尔[1]关心第五大道教堂后的游行甚于关心她在得克萨斯州卡克塔斯的信徒礼拜时穿着的

---

[1] 伊斯特尔,是日耳曼神话中的黎明女神和春天女神,主宰万物的生长和繁殖。复活节本来是异教徒祭祀伊斯特尔的日子,后来混同于耶稣受难后复活的纪念日,因此,也可称伊斯特尔为"复活节女神"。

服饰，那他就搞错了。弗里奥河周边牧人的妻女和任何其他地方的女性没什么不同，到了复活节都要戴新帽子，穿新衣服，打扮得花枝招展才行。在这个日子，仙人掌、巴黎和天堂在西南地区合而为一。如今已经是耶稣受难日了[1]，托妮娅·韦弗的复活节帽子还含羞带俏地躲在烧焦的高架桥后一列受困的快车里，被隔绝在荒凉的氛围中。鞋带牧场的罗杰斯姐妹、锚地牧场的艾拉·里弗斯、绿谷牧场的贝内特太太和艾达，约好星期六午间在埃斯皮诺萨牧场会合，接上托妮娅一起出去。这帮仙女把复活节的帽子和裙装仔细包起来捆好，以免沾染尘沙，之后要欢天喜地颠簸上十英里，到卡克塔斯去，等第二天梳妆一番，再征服男人的眼和心，向伊斯特尔致敬，在野百合花丛中激起一阵嫉妒的骚动。

托妮娅坐在埃斯皮诺萨牧场宅子的台阶上，闷闷不乐地用马鞭拨拉一簇卷曲的牧豆树叶。她皱眉噘嘴，阴沉着脸，竭力营造不快和不幸的气氛。

"我讨厌铁路和男人，"她断然宣布，"男人自称能驾驭铁路。可现在高架桥烧坏了，怎么解释？艾达·本内特的帽子有紫罗兰装饰，如果拿不到新帽子，我就不去卡克塔斯，一步也不走。如果我是个男人，我就想办法弄一顶回来。"

有两个男人听见自己的种类遭到蔑视，觉得不太自在。

---

[1] 耶稣在受难后的第三天复活，因此，耶稣受难日再过两天就是复活节。

其中一个是威尔斯·皮尔森,热浪牧场的牛仔头领。另一个是汤普森·巴罗斯,来自昆塔纳山谷的富有的牧羊人。他们都觉得托妮娅·韦弗十分可爱,尤其是她抱怨铁路和贬损男人的时候。两人都愿意舍弃一块皮肤给她做复活节帽子,那份牺牲的热忱不亚于鸵鸟奉上自己的尾羽,鹭鸶献出自己的生命,无奈却没有足够的才智想出好主意,在安息日[1]到来前弥补这个令人伤心的缺憾。皮尔森古铜色的脸膛和蓬松的棕色头发使他看上去像一个陷入青春期的忧郁之中无力自拔的中学生。对于托妮娅的困境,他完完全全地感同身受。汤普森·巴罗斯则更加圆滑,更加精明。他原本是个东部人,打领带、穿低帮鞋子,在女人面前不会哑口无言、呆若木鸡。

"沙河里的那个大水坑啊,"皮尔森小声地说,自己都没指望被人听见,"被上回那场大雨给填满了。"

"哦!是吗?"托妮娅尖刻地说,"谢谢你提供的宝贵信息。我想一顶新帽子对你来说不算什么,皮尔森先生。你大概以为女人应该像你一样,戴一顶旧的斯泰森毡帽,五年都不用换一换。如果你那个老水坑能把高架桥的火给浇灭了,那你说这话就算情有可原。"

"韦弗小姐,"巴罗斯吸取了皮尔森的教训,说道,"你没能收到帽子,我深感难过。实在是非常非常难过。如果我有

---

[1] 安息日,是复活节前的星期六,也就是复活节前一天。

什么可以效劳的地方——"

"不必了,朋友,"托妮娅以温存的讥诮口吻打断了他,"如果你有什么可以做的,你肯定已经做了。没有了。"

托妮娅住嘴不说了。她灵机一动,眼中突然闪过一道希望的光芒,眉头也渐渐舒展开了。

"努埃西斯河的孤榆渡口有一家商店,"她说,"有帽子卖。伊娃·罗杰斯就是在那里买的。她说那是最时兴的款式。说不定还没卖完。可是,到孤榆渡口有二十八英里路呢。"

两个男人匆忙起身,把马刺弄得叮当作响;托妮娅差点笑出声。看来骑士们还未尽归尘土,靴子后面的刺轮也还没有生锈。

"当然啦,"托妮娅若有所思地望着一朵白色海湾云从苍穹之上飘过,说道,"没有人能在明天姑娘们来接我之前,从咱们这儿到孤榆渡口赶个来回。所以,估计这个复活节我只能窝在家里了。"

说完后,她微微一笑。

"好吧,托妮娅小姐,"皮尔森说着伸手拿了帽子,像个熟睡的婴儿一样毫无心机,"我想我该赶回'热浪'去了。'干树枝'那儿明天一早就有活儿要干,我和我的马'走鹃'都得候着。你的帽子在半路耽搁了,真是可惜。没准他们能赶在复活节之前修好高架桥。"

"我也得走了,托妮娅小姐,"巴罗斯看了看手表,说,"哎呀，快五点钟了！我必须及时赶回牧羊营地，把那些发疯的母羊圈起来。"

托妮娅的追求者似乎都遇到了十万火急的事。他们郑重地向她道别，然后又以西南部人那种一丝不苟的礼节同彼此握手。

"但愿很快就能与你再次相见。"巴罗斯说。

"我也一样，"牧牛人说，神情严肃得仿佛要送他的朋友出海捕鲸，"不管什么时候，要是你路过热浪牧场，欢迎来找我。"

皮尔森跨上弗里奥河流域最健壮的矮种马"走鹃"，先任由它撒欢一阵；就算刚赶了一整天的路，这马也照样活蹦乱跳。

"托妮娅小姐，你在圣安东尼奥订购的是一顶什么样的帽子？"他叫道，"我真为它感到遗憾。"

"是草帽，"托妮娅说，"款式当然是最时髦的，还有红玫瑰作帽饰；红玫瑰——我喜欢。"

"那颜色跟你的皮肤和头发简直是绝配。"巴罗斯赞叹道。

"反正我很喜欢，"托妮娅说，"所有的花里，我只爱红玫瑰。粉色的、蓝色的，我都不感兴趣。可那又怎么样呢？高架桥烧了，什么都泡汤了。对我来说，今年的复活节无聊透了！"

皮尔森脱掉帽子，一抖缰绳，吆喝一声，驾着"走鹃"

朝埃斯皮诺萨牧场宅子东边的树丛疾驰而去。

就在他的马镫把灌木蹭得嘎嘎直响的时候，巴罗斯的栗色长腿马也沿着窄路朝西南方向开阔的原野跑去。

托妮娅挂好马鞭，走进起居室。

"很遗憾你没能拿到帽子，女儿。"她妈妈说。

"哦，别担心，妈妈，"托妮娅平静地说，"明天我肯定能及时得到一顶新帽子。"

巴罗斯到达了这片草原的尽头，之后便策马右拐。他的坐骑自行选择了一条道路，优哉游哉地穿过一块河床干涸后形成的高低不平的沙碱地，接着攀上了一座灌木丛生的碎石岗，最后终于打了一个心满意足的响鼻，来到了平坦的高地草场。眼前现出一片葱茏的绿意，其间点缀着刚挤出春芽的牧豆树。巴罗斯一路向右，不一会儿就踏上了沿努埃西斯河向南延伸的一条古老的印第安小道。孤榆渡口就在东南方向二十八英里之外。

巴罗斯催动他的栗色马，从这儿开始大步慢跑。他刚在马鞍上坐稳，为长途跋涉做好准备，就听到马蹄的嘚嘚声，空心木马镫磕碰树丛的嗒嗒声，以及好似科曼奇印第安人的那种呼喝声；转眼只见威尔斯·皮尔森从小路右侧的灌木林中窜了出来，就像从深绿色复活节彩蛋里提前破壳而出的一只黄色小鸡。

除非是在他敬畏的女人面前，皮尔森的心中搁不下一丝忧愁。一见到托妮娅，他的声音就温柔得如同在夏天的芦苇荡里犯懒的牛蛙。可现在，听到他粗野的欢叫声，一英里以外的兔子都会惊得垂下耳朵，含羞草都会吓得把叶子合起来。

"你要把牧羊营地搬到离牧场十万八千里的地方去吗，邻居？"在"走鹃"从栗色马身侧擦过的时候，皮尔森说道。

"也就二十八英里远。"巴罗斯沉着脸说。皮尔森的笑声吵得半英里外河岸上水榆树里的猫头鹰早醒了一个小时。

"来得好，牧羊人，本人就喜欢光明正大地较量。咱们两个是在荒野中追猎帽子的疯帽商。别怪我没知会你，巴罗斯，你可得看好你的畜栏。起跑是公平的，接下来，咱们之中先抢到帽子的那一个就能在埃斯皮诺萨站得更高。"

"你有一匹好马，"巴罗斯看着"走鹃"那桶状的身躯，以及上粗下细、动起来像引擎活塞杆一样的腿，说道，"当然啦，这是一场竞赛；可你太会骑马了，用不着咋咋呼呼，赶得这么急。咱们不如先一起过去，等回程再冲刺，来个直道赛跑。"

"好，我奉陪，"皮尔森应承道，"你很理智，我钦佩你。只要孤榆渡口有帽子，其中一顶明天就会戴在托妮娅小姐头上，不过这场加冕仪式跟你没什么关系。我不是吹牛，巴罗斯，你这匹栗色马的前腿太瘦弱了。"

"拿我的马和你的马做赌注，"巴罗斯提议，"赌明天托妮娅小姐会戴上我给她的帽子去卡克塔斯。"

"我跟你赌,"皮尔森喊道,"不过,唉,如果是交换的话,这简直是白抢我的马!你的栗色马放在我那里,唯一的用处就是在'热浪'有访客的时候,给女士们骑来代步,而且——"

巴罗斯突然怒目圆睁,黝黑的脸膛涨得通红,弄得牧牛人的话只说到一半又缩了回去。但皮尔森从不把任何压力长久地搁在心上。

"复活节的这套把戏到底是怎么回事,巴罗斯?"他快活地问,"女人们为什么到了日子就得戴新帽子,不惜让马跑断肚带也要把它弄到手?"

"圣约里对各个时节都有规定,"巴罗斯解释道,"是教皇或者别的什么人下的命令。和黄道十二宫有关,具体我也不清楚,但我想应该是埃及人发明的吧。"

"看来是异教徒留下了印迹,这个节日才那么热闹,"皮尔森说,"不然的话,托妮娅也不会掺和进去。就连教堂里都搞起了这一套。假如孤榆渡口的铺子里只有一顶帽子呢,巴罗斯?"

"那么,"巴罗斯阴沉地说,"咱们之中最棒的那个会把它带回埃斯皮诺萨。"

"嗨,伙计!"皮尔森叫了一声,把帽子高高抛起又接在手里,"以前我见过好些从羊栏里出来的人,还没哪个像你一样的。你说得很好,很符合实际。假如不止一顶呢?"

"那么,"巴罗斯说,"我们各选一顶。一个人会带着他选的帽子先回去,另一个人就拉倒吧。"

"世上再没另两个灵魂像你我这样同声同气了,"皮尔森仰天向群星宣告,"我俩在天上可能正骑着同一头独角兽,用同一个脑子想问题。"

午夜刚过,两人骑马奔进了孤榆渡口。这村子的五十来所房屋都黑灯瞎火。店铺的大木屋矗立在村里唯一的街道上,门户紧闭。

拴好马之后,皮尔森兴高采烈地砸起店主老萨顿家的门来。

结实的百叶窗缝隙里伸出一支温切斯特步枪的枪管,又传出一声简短的询问。

"'热浪'的威尔斯·皮尔森和'绿谷'的巴罗斯,"他们答道,"我们要在店里买点东西。抱歉吵醒你了,但我们必须得买到才行。出来吧,汤米大叔,快点把事办完。"

汤米大叔磨磨蹭蹭的,但终于还是被他们拉去了柜台,点着了油灯,听他们讲明了他们的迫切需要。

"复活节帽子?"汤米大叔睡意蒙眬地说,"哦,对,可能就剩两顶了吧。今年春天我只订了一打货。我拿给你们看看。"

汤米·萨顿大叔也不知是睡是醒,但商人的本能还在起作用。他确实还有两顶卖剩的春季帽子,就在柜台下面那只落满灰的纸盒里。可是,唉!在那个星期六的凌晨,如果他诚信经商,就该说明帽子是两年前的春天进的旧款。女人一眼就能看出其中的破绽,但牧牛的和放羊的却都没什么像样的眼力,还以为它们是今年四月才出厂的新品。

这类帽子曾经被统称为"车轮帽",是用硬麦秆编的,红色,平檐。这两顶则一模一样,环绕帽顶,装饰着一圈盛放的纯白色人造玫瑰。

"就这些了吗,汤米大叔?"皮尔森说,"好吧。没别的选择了,巴罗斯。你先拿吧。"

"这可是最新款,"汤米大叔撒谎说,"如果你在纽约,去逛逛第五大道就能找到一样的。"

汤米大叔用两码长的深色印花棉布分别把两顶帽子裹好,扎起来。一顶被巴罗斯小心地系在他的小牛皮马鞍上;另一顶则成了"走鹃"的负担。他们大声地向汤米大叔道谢和告别,奔上了夜色中的归途。

骑手们把驾驭马匹的全部本领都使出来了。在回去的路上,他们的速度渐渐放慢下来。两人交谈了寥寥几句,彼此之间还算友好。巴罗斯的左腿底下有一杆温切斯特步枪挂在马鞍一角。皮尔森腰间的枪带上别了一把六发左轮手枪。弗里奥河一带,男人们骑马出门,都是这副打扮。

早晨七点半,他们来到山顶,望见了五英里之外一片深色橡树林里的一个小白点，那就是埃斯皮诺萨牧场了。

马鞍上的皮尔森本是一副无精打采的模样，看到这幕景象，打了一个激灵。他很清楚"走鹃"的能耐。栗色马嘴角溢出了白沫，步子磕磕绊绊；"走鹃"则像一台轻便机车一样不知疲倦。

皮尔森转头冲牧羊人笑了笑。"再见，巴罗斯，"他挥手叫道，"比赛开始了。我们到冲刺阶段了。"

他用膝盖夹紧"走鹃"，朝埃斯皮诺萨的方向俯下身子。"走鹃"晃着脑袋，喷着鼻息，加速狂奔起来，精神得仿佛在牧场休养了一个月。

刚跑出二十码，皮尔森便明白无误地听到了温切斯特步枪子弹上膛的声响。不等枪声传到耳边，他就赶紧趴下，贴在马背上。

巴罗斯的打算可能是废马留人——他的枪法很好，足以避免伤及骑手。但在皮尔森弯腰时，子弹击穿了他的肩膀，又掠过了"走鹃"的脖子。马跌倒了，牧牛人一头栽在坚硬的路面上，人和马都不再动弹了。

巴罗斯仍旧马不停蹄地朝目的地奔去。

过了两个小时，皮尔森睁开眼睛，四下打量。他挣扎着站起身，颤颤巍巍地去到"走鹃"躺着的地方。

"走鹃"躺着不动，但看上去还挺舒服。皮尔森给它检查了一下，发现子弹只在它身上擦出一道"褶痕"。它被放倒了，但只是暂时的，伤得并不重。它太累了，就躺在托妮娅小姐的帽子上休息，路边的牧豆树贴心地将枝条垂在它面前，它便不客气地啃着上面的叶子。

皮尔森把马吆喝起来。复活节帽子从马鞍上松脱了，掉在地上，连带着包裹它的印花棉布，已经被"走鹃"结实的身躯碾得不成样子。这时，皮尔森再次昏倒，又把那顶倒霉的帽子压在了受伤的肩膀底下。

牛仔是很难被杀死的。半小时之后，他醒了过来——这段时间足够一个女人晕倒两次，并且吃掉一个冰淇淋来补充元气。他小心翼翼地站起来，找到了正在旁边草地上狼吞虎咽的"走鹃"。他重新把那顶晦气的帽子绑在马鞍上，尝试了几次之后，终于也把自己安置在马背上。

中午，一群浓妆艳抹、欢声笑语的人在埃斯皮诺萨牧场前面等候着。罗杰斯姐妹是坐她们家的新马车来的，锚地牧场和绿谷牧场的人也都到了——几乎都是女眷。每个人都戴上了崭新的复活节帽子，即便在空旷的大草原上也不例外，因为她们都渴望辉耀同侪，为即将到来的节日增光添彩。

托妮娅站在门前，毫不掩饰脸上的泪痕。她的手里攥着巴罗斯从孤榆渡口带回的帽子，那上面围了一圈她讨厌的白玫瑰，她就是被它弄哭的。因为她的朋友们很够朋友地欢呼雀跃，告诉她"车轮帽"已经过时三季了，没法戴了。

"戴上你的旧帽子，走吧，托妮娅。"她们催促道。

"复活节戴旧帽子?"她回话,"那我还不如死了呢。"说完又哭了起来。

那些幸运儿的帽子都是今春的最新款,帽檐弯弯曲曲,扭成不规则的弧形。

一个陌生人骑着马从她们中间的灌木丛里穿出来,有气无力地勒住了坐骑。绿草汁和山路的石灰岩蹭得他满身满脸不成样子。

"你好啊,皮尔森,"韦弗老爹说,"你的样子就像刚刚驯服了一匹野马。马鞍上绑的是什么——一头在树杈上撞死的猪吗?"

"走吧,托妮娅,如果你还想去的话,"贝蒂·罗杰斯说,"不能再等了。我们在马车上给你留了位置。别在意帽子的事了。你穿这身漂亮的纱裙,不管戴哪一顶旧帽子,都够迷人的了。"

皮尔森慢慢地解下马鞍上的那个怪东西。托妮娅看着他,突然生出了希望。皮尔森是创造希望的人。他打开包裹,把帽子递给她。她飞快地扯掉了线绳。

"我尽力了,"皮尔森缓缓说道,"'走鹃'和我做了我们能为它做的一切。"

"哦,哦!要这种样式才对!"托妮娅尖叫道,"还有红玫瑰!等我试试看!"

她冲进去照镜子,然后又跑出来,容光焕发,笑容满面,光彩照人。

"哦，看啊，那红色多衬她啊，"姑娘们用朗诵腔称赞道，"快来吧，托妮娅！"

托妮娅在"走鹃"身边停了一会儿。

"谢谢，谢谢你，威尔斯，"她快活地说，"我想要的就是这个。明天你来卡克塔斯，陪我一起去教堂好吗？"

"如果我能去，那我就去。"皮尔森说。他好奇地瞅着她的帽子，虚弱地笑了。

托妮娅像只小鸟一样飞进了马车。车子向卡克塔斯驶去。

"你刚才干什么去了，皮尔森？"韦弗老爹问道，"你看起来没有平时精神。"

"我吗？"皮尔森说，"我给花涂了颜色。我离开孤榆渡口的时候，玫瑰是白色的。扶我下马吧，韦弗老爹，我没有多余的染料了。"

幽默家的自白

一种疾病在我身上无痛潜伏了二十五年,然后突然发作,人们这才说我患上了这种病。

不过,他们不叫它麻疹,而是称之为幽默。

店里的雇员在大股东五十岁生日时凑钱给他买了一个银质墨水台。我们一起挤进他的私人办公室去送礼。我被推举为发言人,上前说了几句,内容简短,却准备了足足一个星期。

这番话反响热烈,其中充满了警句、双关和搞笑的反转,笑声差点震塌了房子——在五金批发行业里,这家店算十分坚固了。老马洛本人竟咧嘴大笑,雇员们自然心领神会,跟着哄闹起来。

我身为幽默家的名望就从那天上午九点半开始流传。

一连几个星期,我的同事们都在挑动我的自满情绪。他们一个接一个地跑来找我说,老兄,那段演讲多么机智啊,还认真地跟我解释每一个笑话的要点。

我逐渐发现,大家都盼着我继续发挥所长。别人可以正经八百地谈论买卖生意和时事话题,我却总被要求开些玩笑,活跃气氛。

人们想让我拿陶器逗乐,期待着我用戏谑把花岗岩器皿变得轻巧一些。我是记账的,假如我拿出资产负债表来,却没有对总额发表滑稽的评论,或者没能在一张犁具的发票上找出点可笑的东西,其他员工就会感到失望。

我的名声不胫而走,本人竟成了当地的"名人"。我们的镇子足够小,所以才有这种可能。日报引用我的言论,社交聚会缺了我便办不成。

我相信自己确实聪明过人、应变迅速、能言善辩。我通过实践培养和提升这些天赋。我的幽默,性质温和可亲,不倾向于挖苦和冒犯他人。人们大老远见我走过去,就开始笑了,等我们终于相遇的时候,我通常已经想好了把微笑扩展为大笑的妙语。

我结婚早,我家有一个可爱的三岁男孩和一个五岁女孩。我们住在一栋覆满爬藤的房子里,可想而知,我们过着幸福的生活。我在五金公司担任记账员的微薄薪水倒是可以将过剩财富带来的那些疾病拒之门外。

我不定期地写一些笑话和自认极其有趣的奇思妙想,寄给刊载这类东西的杂志。它们无一例外,都被立刻采用了。

有几位编辑来信预约更多稿件。

一天,一家著名周刊的编辑给我来信,建议我提供一篇幽默文章给他,填补一栏空缺;他还暗示说,如果这件作品确实令人满意,他将为此开设一个固定专栏。我照做了。两周后他提出和我签一份一年期的合同,报酬比五金公司给我的薪水高出许多。

我欣喜若狂,而我的妻子,已经在她的心目中为我的文学成就戴上了一顶不朽的桂冠。那天的晚餐,我们吃了龙虾丸子,还喝了一瓶黑莓酒。这是个从苦差里脱身的好机会。我和路易莎十分严肃地探讨了这件事。我们一致同意,我必须辞去店里的工作,全职投身幽默的事业。

我辞职了。同事们为我举行了欢送宴会。我在席间的发言精妙绝伦。《公报》上登了全文。第二天早晨,我一觉醒来,看了看闹钟。

"天啊,迟到了!"我大叫一声,一把抓起衣服。路易莎提醒我,我不再是五金商品和日用百货的奴隶了。现在的我,是一名职业幽默家。

早饭后,她得意地领着我走进厨房外的小房间。可爱的姑娘!我的书桌、椅子、稿纸、墨水和烟灰缸都在里面了。还有所有作家都需要的装饰——摆满新鲜玫瑰和忍冬花的支架、上一年的墙历、字典,外加一小袋可以在灵感的间隙品一品的巧克力。啊,可爱的姑娘!

我坐下来，开始工作。壁纸的图案是阿拉伯纹饰或者宫女或者——也许，是一些不规则的四边形。我目不转睛地盯着其中的一个造型。我想到了幽默。

一个声音唤醒了我——路易莎的声音。

"如果你不是太忙，亲爱的，"她说，"来吃饭吧。"

我看了看表。那个阴沉的镰刀客居然一挥手就收割了整整五个小时。我去吃饭了。

"这才刚开头，你不该搞得太辛苦，"路易莎说，"歌德——还是拿破仑来着？——曾经说过，每天五个小时脑力劳动就够多了。今天下午你能不能带我跟孩子们去树林里玩儿？"

"我确实有点累了。"我承认道。于是，我们去了树林。

之后没过多久，我便摸着了窍门。不到一个月，我就能像制作五金器具一样批量生产我的产品了。

我成功了。我在周刊上的专栏引起了轰动，评论家们私下里议论纷纷，将我称为幽默界的后起之秀。我又通过给其他出版物投稿，大大提升了收入。

我习得了这一行的要诀。我能够捉住一个有趣的念头，写成两行字的笑话，换来一美元的酬劳。只需进行易容改装，它就摇身一变，由两行长成四行，出厂价也随之翻了一番。把这条裙子里外颠倒，缝上一圈整齐的韵脚作为褶边，配上插图改成时尚的款式，它就成了一首漂亮的讽刺短诗。

我有了些积蓄，我们添置了新地毯和一台客厅风琴。镇上的人开始把我看作有身份地位的市民，而不再是昔日在五金店供职的那个快活的乡巴佬了。

五六个月之后，我的幽默似乎不再自然而然地冒出来。我的双唇不再能够不假思索地妙语连珠。

有时，素材短缺令我捉襟见肘。我发现自己在和朋友交谈的时候开始留心倾听，从中猎取有用的主意。我叼着铅笔，盯着壁纸一看就是几个小时，一心只想制造一串不矫揉造作的滑稽泡沫。

对于我的朋友们来说，我变成了一个贪得无厌的人、一个一味索取的人、一个带来厄运的人、一个吸血鬼。我焦虑、憔悴、饥渴地站在他们中间，委实令人扫兴。一旦有一则响亮的警句、一个巧妙的比喻、一条辛辣的俗语，从他们的嘴里掉落下来，我便像候着骨头的猎犬那样猛扑过去。我不敢信任自己的记忆，只好卑鄙地、愧疚地转过去，在那本须臾不离身的备忘录里记上一笔，或者干脆写在袖口上，以备将来不时之需。

朋友们看待我的目光惊奇而又悲伤。我已不是从前的我。我曾为他们贡献了欢娱和快乐。而如今，我剥削他们。我不再为了博人一笑而随便抖包袱。笑话太珍贵了。我不能无偿地把我的生计资源施舍出去。

我就是那只可悲的狐狸，勤于赞美我的朋友——乌鸦——

的歌声,只为让他们松嘴,掉落一小口令我垂涎的智慧。[1]

几乎每个人都开始躲着我。我甚至忘了如何微笑,即使得到能直接窃用的好词儿,也没法回人家一个像样的表情。

在我搜罗材料时,没有任何人、任何地点、任何时间、任何主题能够漏网。甚至在教堂里,我那堕落的幻想也在庄严的过道和廊柱间游走巡猎。

牧师刚给一首长韵赞美诗起了个头,我就开始瞎想:"赞美——美元——圆咕隆咚——诗歌——十个——疙里疙瘩。"

布道词到了我的脑子里就像过了筛子一样,清规戒律被筛得一干二净,只剩下些零碎的双关妙语。唱诗班演唱的最庄严的颂歌也只能给我的思绪充当伴奏,好让我在为旧的幽默构思新的转折时,去呼应女高音、男高音和男低音的你追我赶、争风吃醋。

我自己的家也成了狩猎场。我妻子的女性特质异常突出,她坦率、富有同情心、容易激动。听她讲话曾是我的至乐,她的思想曾是永不枯竭的愉悦之源。而现在,我在利用她。她是一座金矿,蕴藏了女人特有的可笑又可爱的矛盾念头。

我开始贩卖那些不太聪明但相当诙谐的奇珍异宝,它们本应仅仅拿来装点圣洁的家庭园地。我以邪恶的狡黠怂恿她

---

[1] 这一典故出自《伊索寓言》中的一则故事,说的是乌鸦得到了一块肉,狐狸为了夺到肉,想方设法让乌鸦张嘴,最后通过赞美乌鸦的歌声,骗得乌鸦开口歌唱,才终于得逞。

说话。她毫不设防、毫无芥蒂地吐露心声。我却将之搬到冰冷无情的、众目睽睽的、俗不可耐的报纸版面上，公之于世。

我吻她，出卖她。一个文学犹大。为了几块银子，我给她可爱的坦诚套上了灯笼裤和愚蠢的百褶装，叫它们在集市上给人跳舞。

亲爱的路易莎！夜深人静，我俯向她，像残忍的恶狼俯向柔弱的小羊，聆听她从睡梦中流出的喃喃细语，希望能事先给第二天的辛苦活儿找些启发。可更糟的还在后头。

上帝啊，请宽恕我！接下来，我竟将尖牙深深地扎进我年幼的子女无从捉摸、无所顾忌的童言之颈。

盖伊和维奥拉是两眼亮晶晶的喷泉，不断地涌出孩子气的奇思妙语。我发觉这类笑料十分畅销，于是就在杂志里设了专栏，用于陈列"滑稽的童年幻想"。我像印第安人追踪羚羊一样偷偷追踪他们。我躲在沙发和门的背后，或者在院里的树丛中匍匐，以窃听他们的嬉闹声。我彻头彻尾地变成了哈耳庇厄，除了一点：我还会懊悔。

有一回，我的稿子必须在下一班邮件中寄出，而我却茫无头绪，只好把自己埋在院中的一堆落叶里，我知道他们一定会去那里玩。我绝不会相信盖伊发现了我的藏身之处，即使他的确发现了，我也不忍责怪他用落叶点火，毁掉了我的新衣，还差一点送我归西。

很快，我自家的孩子也开始像躲瘟神一样躲着我。常常，我正像凄惨的食尸鬼那样悄然走近,便听到他们跟对方说:"爸爸来啦。"说完,他们就收起玩具,连忙躲到更安全的地方去了。我真是个有苦难言的可怜虫!

然而,在经济方面,我却是蒸蒸日上。头一年还没过完,我就攒了一千美元,我们生活得相当舒适。

可是,代价是多么巨大啊!我不太清楚印度的贱民阶层是怎样的,但听上去和我十足相似。我没有朋友,没有娱乐,没有生趣,连家庭幸福也断送了。我是一只蜜蜂,想从最甘美的生命花朵上吮吸肮脏的蜂蜜,我的毒刺却只能惹来畏惧与回避。

有一天,有个人带着愉快而友好的微笑同我讲话。这种好事已经有几个月没发生过了。当时,我正打彼得·赫菲尔鲍尔的殡葬公司门前经过,彼得就站在边上,向我致意。我停下脚步,这难得的问候使我的心莫名地抽痛。他请我进去坐坐。

那是个阴冷多雨的日子。我们走进了内室,里面有一个小炉子,火烧得很旺。有顾客上门,彼得留我独自待了一会儿。仅仅过了片刻,一种前所未有的感受悄然笼罩了我——那是一种美丽、安宁、满足的心绪。我环顾四周,只见一排排漆得发亮的紫檀木棺材、黑色棺材罩、棺材架、挂在灵车上的轻纱、丧服,以及这门隆重的买卖所涉及的一切器具用品。这是个平和、有序、寂静的场所,弥漫着庄严审慎的气氛。这里是摆在生命边缘的一座小小的壁龛,其中充溢着永恒安息的灵魂。

我一走进这间屋子，人世的愚昧便舍我而去。我没动过邪念，没想过从那些阴沉肃穆的饰物中榨出几滴幽默的汁水。我的心灵仿佛舒展开来，感恩戴德地躺在一张铺满幽思的卧榻上。

一刻钟之前，我是个众叛亲离的幽默家；现在，我是个悠然自得的哲学家。我找到了一处避难所，得以放下幽默，放下对东躲西藏的俏皮话的狂热执着，不必再低三下四地追赶透支的笑料，也不必再坐立不安地捕捉飘忽的妙语。

我跟赫菲尔鲍尔不熟。他回来时，我等他先开口，他的事业具有甜蜜忧郁的和谐，仿佛一曲挽歌，但我怕他本人偏会是一个不搭调的音符。

幸好不是。他和这里的环境可谓浑然一体。我欣慰地发出一声长叹。本人从未见过有谁的谈吐像彼得一般，乏味得惊世骇俗。与之相比，死海活跃得如同喷泉。他的话语中挑不出一个闪光点和一丝小聪明，却完全不会倒我的胃口。陈词滥调像数不胜数的黑莓从他的唇间纷纷坠落，还不如自动收报机里吐出的上周股市行情更引人入胜。我微微颤抖着，抛出我最戳人的笑话去试探他。它出师不利，锋芒尽损，只好灰溜溜地退了下去。从那时起，我便由衷地喜欢上了这个人。

每个星期总有两三个晚上，我会偷偷溜到赫菲尔鲍尔那里，去他家内室陶醉一阵。那是我唯一的乐趣。我开始早起赶工，挤出更多时间泊在我的港湾里享受安宁。在任何其他地方，我都无法摆脱向环境索取幽默的习性。然而，彼得的谈话密不透风，即便我全力进攻，也撬不开一个缺口。

受此影响，我的精神开始好转。毕竟，每个人都需要这种完全脱离工作的消遣。有时，我在街上碰见一两个旧日的朋友，竟给了他们一个微笑、一个愉快的问候，令他们大为吃惊。还有几次，我放松够了，当着家人的面也能说一两句玩笑话了，结果倒弄得他们目瞪口呆。

我被幽默的梦魇纠缠了太久，以至于如今就像小学生一样痴迷于假期时光。

然而，我的工作却受了损害。它已不像从前那样，已不再是我的痛苦和负担。我常常在书桌前吹起口哨，写得也比过去快得多。我急于飞回我的巢穴，就像酒鬼急于赶往醉乡，所以迫不及待，只想赶紧交差。

由于不清楚这么多个下午我身在何处，我太太总是忧心忡忡。我认为还是别告诉她为好，这些事，女人无法理解。可怜的姑娘！——有一次，她因此受了惊吓。

一天，我带回一个银棺材把手和一条漂亮的灵车纱带，想拿来作镇纸和拂尘用。

我喜欢看到它们摆在我的桌上，这会令我想起赫菲尔鲍尔那间备受喜爱的内室。但路易莎看见了，吓得失声尖叫。我不得不编些蹩脚的借口来安抚她，但从她的眼神里可以看出，偏见并未消除。哪怕我立刻弄走这两样东西，也已经无济于事。

那天，彼得·赫菲尔鲍尔向我提出一个颇具诱惑力的建议，令我心动不已。他给我看了他的账本，以他那种踏实可靠的、平淡无奇的方式做了说明。公司的利润和业务规模都在迅速增长，他想找一个愿意投资的合伙人。在他认识的所有人当中，没有谁比我更合他的心意。当日下午，在我离开彼得那里的时候，他已经拿到了我的存款银行开出的一千美元支票，我也就成了他的殡葬事业合伙人。

尽管仍有一丝顾虑，我还是欣喜若狂地回了家。我不敢告诉妻子。但整个人已经飘飘然了。放弃幽默创作，再次品尝生活的果实，而不是为了榨出几滴果酒供公众取乐，就把它们碾得稀烂——这将是何等的幸事！

晚饭前，路易莎把我不在家时收到的几封信交给了我。其中有些是退稿信。从我第一次去赫菲尔鲍尔那里的那一天起，我被退稿的频率就高得惊人。最近我创作笑话和文章时速度极快，下笔如飞。以前我则费劲得像个泥瓦匠，只能逐字逐句地搬运堆砌。

我随即拆开了和我有长期合约的那位周报编辑的来信，截至目前，这家周报的稿酬支票还是我们的主要经济来源。信的内容如下：

尊敬的先生：

　　如您所知，您与我方签订的年度协议将于本月到期。尽管深感遗憾,但在此必须告知您,我方不打算与您续签下一年度的协议。您的幽默风格曾给相当一部分读者带去了欢乐,我方对此十分满意,但在过去的两个月里,我方却发现来稿质量有明显下滑。

您早先的作品展现了自然流露、随心所欲的趣味和智慧,可近作却吃力、牵强、刻意,令人痛心地证明您已是强弩之末,难以为继。

鉴于此,十分抱歉,我方决定不再录用您的稿件。

谨向您致以诚挚的问候。

周报编辑部

我把信递给妻子。读过之后,她的脸拉得老长,泫然欲泣。"这个卑鄙的老家伙!"她愤愤不平地嚷道,"我保证,你的文章和过去一样好,而且你写东西花的时间还不到过去的一半。"我猜,话说到这里,路易莎想起了将不再寄来的支票。"哦,约翰,"她带着哭腔说道,"现在你打算怎么办?"

作为回答,我站起身,绕着餐桌跳起了波尔卡舞[1]。我敢说,路易莎一定以为我被这个突如其来的噩耗逼疯了;我也敢说,这一定正中孩子们的下怀,因为他们跟在我后面拉拉扯扯,快乐地尖叫,还模仿我的步态。现在,我又像从前那样,

---

1 波尔卡舞,一种欢快的民间舞蹈,起源于捷克。

成了他们的玩伴。

"今晚整个剧院都归我们啦！"我叫道，"一根汗毛也没少！皇宫餐厅为我们备了一顿慢吞吞、乱糟糟的晚餐。咚咚锵——嘀嘀嗒——嘀嗒嘀嗒——咚！"

接下来，我解释了自己为何如此喜悦，宣布我现在已经是繁荣兴旺的殡葬公司合伙人啦，让那些笑话趁早见鬼去吧。

攥在妻子手里的那封编辑来信，为我的行为做了绝佳的辩护，她没有提出异议，只温和地批评了几句，理由是身为女人，实在无法欣赏彼得·赫——对了，现在叫赫菲尔鲍尔股份制殡葬公司——那间小小内室的美妙之处。

作为结尾，我再啰唆两句。如今在我们镇上，你绝对找不出另一个像我一样快活、一样讨喜、一样妙语连珠的人了。我的笑话再度名声大噪，广为流传；我再度毫无功利心地陶醉在妻子的喁喁私语当中；盖伊和维奥拉在我的膝前玩耍，随意抛撒童趣的珍宝，不再害怕那个阴魂不散的家伙拿着小本子，时刻尾随他们了。

我们的生意十分兴隆。我的工作是记账和照看店铺，彼得负责外勤服务。他说我太随性、太活跃，能轻而易举地把任何葬礼变成地道的爱尔兰守灵仪式[1]。

---

[1] 爱尔兰守灵仪式，依照爱尔兰的民间风俗，在死者下葬前会举行一场守灵仪式。在仪式上，参与守灵的人们会说笑嬉闹，甚至喝得酩酊大醉。

你必须得走上街头,

得站在人群中,

得去和人交谈,

去切身感受生活的忙碌与脉动,

这些才是能够激发小说家灵感的东西。

You've got to get out into the streets,

into the crowds,

talk with people,

and feel the rush and throb of real life

– that's the stimulant for a story writer.

——欧·亨利

译后记
"在他的故事里看到了自己"


徘徊在神殿的边缘

在文学世界当中,存在着一个普遍但未必合理的现象:那些声望最高、名头最响的作家,在他的时代过去之后,很容易被遗忘。即使他的生平仍旧是不错的谈资,他的作品却不再受到重视。

文学作品的历史评价从来都与"公正"无关,而且也从来都不是恒定不变的。时间是某些作家的天使,对另外一些作家而言,则是喜新厌旧的妖魔。无论读者或是评论家,总像是一些任性的地质队队员,在勘测一个时期的文学矿藏时,偏爱发掘"遗珠",宁愿不辞劳苦,向更幽深更隐秘之处钻探,对于陈列在历史表层的精妙与壮观却往往视而不见,甚至故作不屑。

作为一代短篇小说巨匠,欧·亨利也没能成为极少数免于蒙尘的旧时珠玉。但他的情况要复杂得多,不易用三言两语概括。

事实上,自欧·亨利离世至今,已超过一百一十年,他的作品始终有庞大的读者基础,但似乎从来没有得到一个"盖棺定论"的评价。他的不少小说被中学和大学的文科专业列为必读材料,但当代作家中很少有谁将他奉为自己的文学偶像,更罕有人承认与他的承袭关系。

欧·亨利曾被誉为"美国短篇小说之父",这固然是一顶华丽的高帽子,但尊敬多于赞赏,而且还隐约暗示了文学的俄狄浦斯情结。

他的同龄人契诃夫至今仍被认为是短篇小说艺术的巅峰,甚至可能是现实主义文学的巅峰。若将两者进行对照,人们很容易产生一种荒谬的印象,似乎欧·亨利是一位古早时期的前辈,德高望重但老朽不堪,尽管他作品中的角色和背景往往现代得多、时髦得多。

"时代局限"当然是一个常见的托词。然而,一名作家真的可以"超越时代"吗?他有必要"超越时代"吗?"超越时代"算是文学的核心任务吗?

这一系列问题，我不打算在这里回答，也无法简单地以"是"或"否"作答。

事实上，以所谓"超前"称许作家及其作品，在多数情况下都显得十分轻率，它以看待日常生活的线性时空观来看待文学，遮蔽了文学经典化逻辑的吊诡之处，遮蔽了解读和评论的主观性——它们常常并不是由作品驱动，而是由解读者的目的驱动的——从而也遮蔽了直接、鲜活的阅读经验。

几乎所有作家都梦想着进入经典的序列，然而，极少数得偿所愿的佼佼者并不能充分代表其所处时代的文学面貌。文学史的叙事容易给人造成两种典型的错觉：其一是文学作为一个整体，一直在沿着某种轨迹发展前行，每个时代均有各自鲜明的文学风气；其二是文学的发展总以某种方式呼应了社会形态和生活方式的变迁。

然而事实上，文学的各种类型早已相对固化，在此基础上，出版与阅读的习性也已逐步形成，新理论、新潮流固然层出不穷，但对文学版图的冲击极小。文学史的线索也绝对谈不上清晰，如若它显得清晰，那也更多是依据事先确定的框架进行人为筛选的结果。另外，即使最乐意讨好大众的作家也很少会将"反映时代现实"作为自己的文学抱负。

在一定程度上，可以说，文学本就是对随波逐流的抵抗，它与时代的映射关系绝不体现在浅层和表象，就精神的基底而论，人的变化其实极其缓慢，也极其有限。乔纳森·弗兰岑[1]或者丹尼斯·约翰逊[2]等当代作家笔下的美国人和欧·亨利小说的主角其实并没有泾渭分明的差异，只是被选择性地呈现了不同的面相。

有关欧·亨利文学成就的争议其实从他成名开始便一直存在，而且从未有任何能够解决的迹象。这些争议或许会被搁置，但不可能被遗忘，因为它们关涉到一个更为重要、更为本质的问题。原本为阅读而生的文学自发展出专门的学科、专业的机构和人才之后，便出现了这个问题：普通读者（在经济原则下，这个词常常被置换为另一个词：市场）和专业研究者，究竟谁才是文学的主体？

大多数读者非但没有为极少数文学家加冕的权力，也没有这种意愿。文学价值的评定一直是大学教授与专业评论家的分内事。他们自认是万神殿里的大祭司，而读者则只能充当不问情由的虔诚信众。可出人意料的是，越来越多的读者不愿再承受庄严的重负，比起进殿瞻仰，更乐意在殿外徘徊观望。

---

[1] 乔纳森·弗兰岑，美国著名小说家，代表作包括长篇小说《纠正》《自由》等。
[2] 丹尼斯·约翰逊，美国著名小说家，代表作包括长篇小说《烟树》、短篇小说集《耶稣之子》等。

欧·亨利曾经被抬到了神殿的台阶上,但终于还是被摆在殿外的广场,而如今,那里也许是人流最为密集之处。换句话说,如果将目光从专家学者们的权威意见上跳开,我们很可能会发现,欧·亨利式的小说至今仍旧是文学的主流。

"消遣"背后的理念之争

对于欧·亨利的常见评价,无论褒贬,总会采取一种简单的二分法。

《剑桥美国文学史》称欧·亨利的作品"妙趣横生",叫人"眼花缭乱",但只是"雕虫小技"而已;评论界巨擘哈罗德·布鲁姆则说欧·亨利"喜剧天赋突出","笔触细腻",但算不上短篇小说"这一文体的主要创新者"。

两者其实如出一辙,只不过布鲁姆还补充道:"最重要的是,他留住了一个世纪的观众:众多读者在他的故事里看到了自己,不是更真实或更离奇,而是正像他们自己的现在和过去。"

哈罗德·布鲁姆的评价大体是公允的。而所有针对欧·亨利的贬低和轻视也并非毫无来由,对于理解其人其作,具有一定的分析价值。但毫无疑问,他对世纪之交的美国所做的全景式描绘，对不同年龄、阶层、职业、地域的数百个角色的精确刻画，体现了宏大的社会视野、丰富的人际观察和高超的写作才能，很难和"雕虫小技"画上等号。

与"小技"之说异曲同工的是，许多评论家将欧·亨利的作品定义为一种"高级消遣"，显然有意在他和"严肃文学"的"正典"之间划出一道鸿沟，但在执行这一动作的时候，又显然不够坚决。

那么，他们究竟在犹豫什么？

首先，哪怕言必称"纯文学"的宗教激进主义者也不能完全否定文学的休闲用途，何况从亚里士多德到叔本华，无数思想家均肯定了"闲暇"的价值，可以说，人类的精神成长有一大部分是在"消遣"中实现的；其次，专家们恐怕都得承认，哪怕是莎士比亚的悲剧，也颇有些"消遣"的成分。再者说，诸如查尔斯·兰姆的《伊利亚随笔》之类本就是"消遣文章"集，也早就登上了英语文学的大雅之堂。

所以，"消遣"一词本不能构成一种指控，甚至都算不上一个指责。除非，给予欧·亨利以负面评定的学者们都意识到，他恰恰在"消遣"之外具有重大的价值，很可能还对他们一贯享有特权的文学领域产生了某些显著的影响。唯有如此，这一否定才有实效可言。

的确，欧·亨利的作品很少涉及人性的复杂和伦理的困境等文学传统的重大母题,更不会用他那些篇幅短小的故事探讨终极意义。

此外,他小说中的人物形象缺乏深度,他笔下的罪犯不会像拉斯柯尔尼科夫[1]那样进行痛苦的自省,他笔下的农家姑娘也不会像苔丝[2]或艾玛·包法利[3]那样具有人生的悲剧意识(仅就这一点而言,哈罗德·布鲁姆已经为欧·亨利做了辩护。其实,一代又一代文学名著中的主人公从本质来说,大抵都是知识分子,因为他们一直在按照知识分子的想象和需要反映某种典型的精神处境;多数普通人的人生却始终懵懂而平静,虽说难免有些波澜,但终将会过去,也终将与他们自身一起被人遗忘。欧·亨利的短篇小说《钟摆》便是一个与此有关的寓言)。

这显然是他被诟病的主因,但前提是,他无法仅仅被当作一个供人"消遣"的通俗作家来对待。单从欧·亨利的作品被众多创意写作课程列为必读材料这点来看,这一前提无疑是成立的。

可问题是,这导致了一种极其荒谬的矛盾和断裂:似乎欧·亨利必须被学习,但不值得被鉴赏。或者换句话说,如

---

[1] 拉斯柯尔尼科夫,陀思妥耶夫斯基小说《罪与罚》的主人公。
[2] 苔丝,哈代小说《德伯家的苔丝》的主人公。
[3] 艾玛·包法利,福楼拜小说《包法利夫人》的主人公。

果将欧·亨利的小说比作一杯醇酒,那么人们所做的无异于把酒倒掉,只拿走华丽的酒杯——他们关心的是欧·亨利的方法,而不是欧·亨利的作品。

这一买椟还珠的行为固然粗暴,但也揭示了真正的核心问题:欧·亨利的方法得到了太多的关注,受到太多人效仿,而过于强调所谓"欧·亨利式的结尾"或"欧·亨利式的幽默"有让文学创作公式化的风险,或者说,有让文学陷入机械论的危机。

因此,将之贬低为"雕虫小技"似乎确实有必要,以缪斯的尊严为名,也似乎确实是一个堂皇的理由。

我无意再为欧·亨利辩护,但事实上,在文学的发展历程中产生了众多范式,它们以或隐或显的形态影响着每一代的创作者。一种范式的出现,就像是为"文学之泉"筑坝导流,非但不意味着僵化的风险,而恰恰是生命力的体现,只会使文学的流向更为灵活多样,因为,对个性与风格的追求永远是最重要的创作动机。

此外,一名艺术家最大的优点往往也是他最大的缺点,反之亦然。欧·亨利的小说也许并未推进对于人性的认识,但却给了平凡的人生以更多的共鸣——与哲人式的深邃相比,他的幽默和机智也更易收获普通读者的爱戴。至于文学艺术理应给予人的升华感,在《麦琪的礼物》的隐喻中或《警察与赞美诗》的转折中，也得到了完全的实现。

当然，他过多地借助了巧合，而非人物的合理选择来推动故事情节，这使他的不少作品在贡献了阅读快感之余，鲜能引发进一步解读的欲望。可以说，他在文学的技术性与普适性上做到了极致，在超越性方面却存在欠缺。

然而，欧·亨利一生的小说作品近三百篇，类型多样，风格多变，其中的一部分在形式上和思想上均有突破，绝不能一概论之。例如像《咖啡馆里的世界主义者》这样的讽刺作品，放在任何一位大师的小说集中都足够犀利新颖。

他的时代远未结束

对待欧·亨利这样的作家，最合适的做法绝不是离弃，而是更充分地阅读其作品。对于读者来说，真正应当避免的是在理解层面的"文学机械论"。

事实上，任何人在细读之下，都很难忽视欧·亨利在文体上的努力，他的修辞丰富，描写精当，对简洁铺陈和繁复织构都得心应手，这使他的小说往往从头至尾都散发出极强的感染力。

更重要的是，他几乎用短篇小说这种积木块般的"小体裁"搭成了像《人间喜剧》那样宏伟的文字建筑。如果说巴尔扎克创作了一系列庄严的古典油画，陈列在一间壮丽的画廊里，那么欧·亨利则以近三百幅形形色色的浮世绘展现了美国社会的方方面面。两者至少在广度上不相上下。若单论这一成就，至今也没有其他短篇小说家可与欧·亨利相比。

而他的一些天才式的发挥，也对之后许多重要的小说作家产生了显著的影响。比如只有短短几页篇幅的《带家具出租的房间》便预示了着力表现美国梦破灭的战后一代作家的风格和题材，很容易令人联想到塞林格和雷蒙德·卡佛[1]；而他唯一的长篇小说，以拉丁美洲为背景的《卷心菜与国王》则令人吃惊地成为"拉美文学爆炸"中一系列政治小说的先声（这部群像小说常被算作短篇小说集，其中一些独立性较强的篇章，例如《海军上将》，绝对是技艺高超的杰作）。

值得一提的是，欧·亨利的全部作品所呈现的最终图景，有可能并非作者有意为之，至少在他的文学生涯初期，不可能萌发这样浩大的动机。这一幕罕见的文学奇观之所以能够形成，必定和欧·亨利虽然短暂，但丰富得出奇的人生经历有关。

他在人世仅仅生活了四十八年，却从事过药剂师、会计、

---

[1] 塞林格与雷蒙德·卡佛均为以短篇小说知名的美国小说家。

牧羊人、厨师、经纪人、出版商、歌手、戏剧演员等十几种天差地别的职业，甚至还遭过几年牢狱之灾；在美国南部的乡镇、西部的平原，以及最繁华的大都市，他都曾安过家，为了避祸，他还曾逃往中美洲的洪都拉斯；他与形形色色的人有过来往，其中包括社会名流、新闻记者、流浪汉、农场主、底层雇工、各地移民、印第安人等。

这样的人生几乎不可能复现，对于欧·亨利的创作而言，自然是得天独厚的资源，加之他在几千字的空间里辗转腾挪的过人本领，使得阅读如同观赏一场人类生活的博览会，能够给读者带来极大的智识享受。

有志于文学创作的读者更需要多读、细读欧·亨利的作品，他的几本小说集题材、风格各异，但均体现了极强的叙事技巧，是天然的文学教科书。

总而言之，已经被称为"经典"的欧·亨利小说其实并未完成他的经典化进程，但这对于作者而言并非不幸，这意味着对他的阅读与争论还将继续进行下去，也意味着，在文学的天空下，欧·亨利的时代不但远未结束，很可能还在来临之中。

2022 年 6 月

# 欧·亨利年表

O. Henry 1862—1910

### 1862年 诞生

9月11日出生于美国北卡罗莱纳州的格林斯伯勒。本名为威廉·西德尼·波特。父亲是有名望的医生,母亲会写诗和绘画。

### 1865年 3岁

母亲因肺结核病去世。随父亲迁至祖母家中居住。

### 1867年 5岁

被送往姑妈开办的私立学校读书,并在姑妈的启发和鼓励下对文学萌生兴趣。

### 1876年 14岁

进入格林斯伯勒当地的高中就读。

### 1877年 15岁

因经济原因被迫辍学,之后便开始在叔叔的药房里当学徒。经常以顾客为对象创作漫画。

欧·亨利的素描作品

## 1881年 19岁

取得了北卡罗莱纳州药剂师执照。

## 1882年 20岁

在医生的建议下前往得克萨斯州拉萨尔县的一家牧场休养,之后便在牧场中住了两年,成为一名牛仔。其间做过厨师和帮工,学习了法语、德语和西班牙语。

## 1884年 22岁

前往得克萨斯州首府奥斯汀市,并在那里的一间药房谋得了药剂师的工作。

奥斯汀市东南部

## 1886年 24岁

改行成为地产经纪人。组建了一支四重奏乐队。

欧·亨利和三位四重奏乐队成员

## 1887 年 25 岁

1月，就任得克萨斯州土地管理局的制图员。7月，与阿索尔·埃斯蒂斯结婚。开始为杂志和报纸撰稿。

阿索尔的毕业照

## 1888 年 26 岁

妻子阿索尔产下一子，但仅过了数小时，婴儿便夭折了。

## 1889 年 27 岁

9月，女儿玛格丽特出生。

阿索尔、玛格丽特和欧·亨利

### 1891年 29岁

进入奥斯汀第一国民银行任出纳员。

欧·亨利在银行

### 1894年 32岁

买下了一家月刊杂志社,将之更名为《滚石》周刊,专门刊发幽默文章;其本人则同时身兼出版商、编辑、作者和插画师等数职。同年,因被指控挪用银行公款而被迫辞职。

### 1895年 33岁

4月,《滚石》停刊。举家迁往休斯敦,成为《休斯敦邮报》的记者和专栏作家。

1895年的《滚石》杂志

## 1896年 34岁

2月,以盗用公款的罪名被起诉,并遭到拘押。获保释后逃往新奥尔良,并随后乘船前往洪都拉斯。在洪都拉斯的一间小旅馆里躲了几个月,在此期间开始创作《卷心菜与国王》。

## 1897年 35岁

2月,因患肺结核的妻子阿索尔病危,赶回奥斯汀,并向法院自首。7月,妻子去世。

## 1898年 36岁

2月,被判有罪,并处五年有期徒刑。在狱中服刑期间成为监狱里的药剂师,并开始全心投入短篇小说创作。

## 1899年 37岁

12月,首次以"欧·亨利"为笔名,在《麦克卢尔》杂志的圣诞专刊上发表短篇小说《口哨大王迪克的圣诞袜》。

## 1901年 39岁

7月,在服刑三年零三个月后,因表现良好而提前获释出狱。与女儿重聚。

### 1902年 40岁

迁居纽约,成为职业作家。逐渐获得了读者的广泛认可,但也染上了赌博和酗酒的恶习。

### 1903年 41岁

与《纽约星期日世界报》签订合同,约定每周提交一篇短篇小说。

### 1904年 42岁

唯一的长篇小说《卷心菜与国王》出版问世。

《卷心菜与国王》1904年版封面

### 1906年 44岁

出版短篇小说集《四百万》。

## 1907年 45岁

与儿时恋人莎拉·林赛结婚。出版短篇小说集《剪亮的灯盏》和《西部之心》。

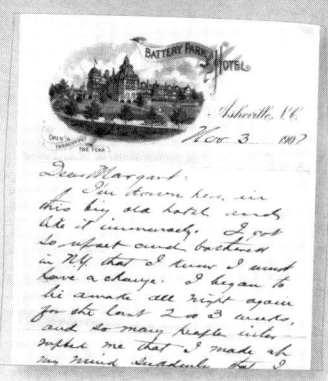

1907年,欧·亨利写给女儿玛格丽特的信。

## 1908年 46岁

出版短篇小说集《城市之声》和《善良的骗子》。

## 1909年 47岁

与莎拉·林赛离婚。出版短篇小说集《各种选择》和《命运之路》。改编自小说《麦琪的礼物》的默片《牺牲》上映。

## 1910年 48岁

出版短篇小说集《陀螺》和《不可变通》。因酒精中毒导致肝硬化,于6月5日逝世,后被安葬在北卡罗莱纳州阿什维尔的河滨公墓。

欧·亨利最后的照片

## 1911 年

短篇小说集《乱七八糟》出版问世。

## 1912 年

短篇小说集《滚石》出版问世。

## 1918 年

美国艺术科学协会设立了"欧·亨利纪念奖",奖励范围为每一年度在美国发表的优秀短篇小说。

## 1952 年

10 月,电影《锦绣人生》上映。该电影改编自欧·亨利的五篇小说。

《锦绣人生》电影海报

## 1968 年

欧·亨利受审的法院被得州大学收购,更名为欧·亨利礼堂。

更名前的欧·亨利礼堂

## 2012 年

9 月,美国邮政局发行欧·亨利 150 周年诞辰纪念票。

美国邮政局发行的纪念邮票

# 译者简介

## 黎幺

青年作家、译者。
现居南方。

2020 年,凭《纸上行舟》获南方文学盛典
"年度最具潜力新人"提名。

# 著作

2019 年　短篇小说集《纸上行舟》
2021 年　长篇小说《山魈考残编》

# 译作

2018 年　《东西谣曲：吉卜林诗选》
2023 年　《麦琪的礼物：欧·亨利短篇小说精选》(作家榜经典名著)
2023 年　《牛仔很忙故事集：欧·亨利短篇小说精选》(作家榜经典名著)
2023 年　《卷心菜与国王：欧·亨利经典长篇小说》(作家榜经典名著)

# 作家榜®经典名著

**★★★★★★★★★★**

读 经 典 名 著 ， 认 准 作 家 榜

作家榜，创立于2006年的知名文化品牌，致力于促进全民阅读，推广全球经典，连续13年发布作家富豪榜系列榜单，引发各大媒体关注华语作家，努力打造"中国文化界奥斯卡"。

旗下图书品牌"作家榜经典名著"系列，精选经典中的经典，凭借好译本、优品质、高颜值的精品经典图书，成为全网常年热销的国民阅读品牌，在新一代读者中享有盛誉。

经典就读作家榜　　经典就读作家榜　　经典就读作家榜　　经典就读作家榜
京东官方旗舰店　　天猫官方旗舰店　　当当官方旗舰店　　拼多多旗舰店

| 策　划 | 作家榜 |
| 出　品 | |

出 品 人 ｜ 吴怀尧
总 编 辑 ｜ 周公度
产品经理 ｜ 田　靓
美术编辑 ｜ 陈　芮
全书绘图 ｜ 北方画唠
封面设计 ｜ 古诗铭
产品监制 ｜ 陈　俊

版权所有 ｜ 大星文化
官方电话 ｜ 021-60839180

经典就读作家榜
抖音扫码关注我

作家榜官方微博
经典好书免费送

百态人生
尽在故事会

**图书在版编目(CIP)数据**

牛仔很忙故事集:欧·亨利短篇小说精选 / (美) 欧·亨利著;黎幺译. -- 杭州:浙江文艺出版社, 2023.2(2023.3重印)
(作家榜经典名著)
ISBN 978-7-5339-7079-6

Ⅰ.①牛… Ⅱ.①欧… ②黎… Ⅲ.①短篇小说-小说集-美国-近代 Ⅳ.①I712.44

中国版本图书馆CIP数据核字(2022)第249687号

责任编辑:於国娟

**作家榜®经典名著**
★★★★★★★
读经典名著,认准作家榜

欧·亨利短篇小说精选
# 牛仔很忙故事集
[美] 欧·亨利 著  黎幺 译

**全案策划**
大星(上海)文化传媒有限公司

**出版发行**
浙江文艺出版社
杭州市体育场路347号 邮编 310006
浙江省新华书店集团有限公司 经销
浙江新华数码印务有限公司 印刷

2023年2月第1版 2023年3月第2次印刷
889毫米×1194毫米 32开本 12.75印张 12插页
印数:10001-18000 字数:247千字
书号:ISBN 978-7-5339-7079-6
定价:49.80元

版权所有 侵权必究
(如有印装质量问题影响阅读,请联系021-60839180调换)